Wolfgang Frings

Nie wieder arm!

Roman

Grupello

Ich danke Kai von Bargen für viele intensive und lange Gespräche über sein Leben, insbesondere die vergangenen Jahre. Sie halfen mir dabei, eine Geschichte zu erzählen, in der ähnliche Momente eine Rolle spielen wie im realen Leben des Kai von Bargen. Ihm zur Ehre und mit seinem Einverständnis habe ich der Hauptperson seinen Namen geben dürfen.

Wolfgang Frings

1. Auflage 2015

Schwerinstr. 55 · 40476 Düsseldorf
Tel.: 0211-498 10 10 · E-Mail: grupello@grupello.de
Druck: CPI books GmbH, Leck

ISBN 978-3-89978-236-3

Schluß mit Edelitalienern

»Zum Nobelitaliener in Oberkassel werden Sie sich in Zukunft wohl einladen lassen müssen!«

Oberstaatsanwalt Mannsmüller ist bestens vorbereitet für sein Plädoyer. Schließlich ist das ein Fall, der auch überregional Schlagzeilen gemacht hat. Schlagzeilen, in denen auch er vorkam und vorkommt. Kai von Bargen auf der Anklagebank muß sich jetzt allerdings ein Schmunzeln verkneifen und sich zwingen, ein reuiges Gesicht zu zeigen. Nichts gegen den netten Ankläger oder das schöne *Saitta* an der Luegallee, das Mannsmüller wohl gemeint hatte. Sicher, für Düsseldorf eine sehr gute Adresse. Aber bei dem Wort Nobelitaliener fielen Kai sofort das kleine Restaurant bei Nizza und dessen hübsche Serviererin Maria ein. Da hatte die Pasta nicht nur eine großzügige Trüffelschicht, sondern auch noch einen Streifen Blattgold zur Zierde. Hätte sonst der *Veuve Clicquot* dazu gepaßt? Und dann auch noch der Blick auf das blaue Mittelmeer. Ja, sowas ist ein Nobelitaliener, aber woher sollte dieser Aktenwälzer das schon wissen? Er blickt auf eine karge, graue Wand und Männer mit schwarzen Roben. Auf den Ankläger, der ihn – würde er ihm früher draußen begegnet sein – eher an den netten Herrn Kaiser von der Hamburg-Mannheimer erinnert hätte. Na ja, in dem Ton, den der jetzt anschlägt, hätte er keine Versicherungsverträge verkaufen können. Muß er ja auch nicht, solange er mit einem soliden aber begrenzten Einkommen mit Pensionsanspruch zufrieden ist. Mannsmüller wirkt jetzt wie eine Mischung aus Pfarrer und Steuerprüfer. Kai freut sich über seine Analyse. Dabei erwartet ihn doch in Kürze der Knast. Aber so ist er nun mal. Immer stolz auf seine Phantasie und Formulierungskunst. Beides hatte ihn ja auch hierher gebracht. In den Saal 1 des Düsseldorfer Landgerichts. Kai ist dezent gekleidet, mit konservativem Jackett, noch grauer als die Wand, und einfachen Jeans, aus denen die Presse später Designerjeans machen würde. Klar, die haben ja auch keine Ahnung von Qualität. Vom *Ristorante di Angelo* kann er angesichts der drohenden Kantine einer Justizvollzugsanstalt kaum noch weiter träumen. Er hatte mit seinem Anwalt, Professor Norbert Blatzheim, und Freunden – wenige sind übrig geblieben – besprochen, wie er am besten dort auftreten solle. Einsicht und Schuldgefühl vermittel, hatten sie ihm geraten. Und das Maul sollte er halten. Denn sie kennen ihn. Wenn Kai einmal loslegt, kann ihn niemand bremsen. Der bundesweit bekannte Strafrechtsprofessor redet, und sonst keiner. Für den demütig dreinschauenden Angeklagten ist diese ungewohnte Rolle dennoch eine leichte Aufgabe. Schließlich hat er fast 45 Jahre lang bis zur Perfektion aufzutreten geübt und gelernt. Er hat schon stressigere Auftritte hinter sich gebracht, besonders in den letzten Jahren. Was heißt Rolle? Er braucht sich hier kaum zu verbiegen. Denn er fühlt sich nicht als Justizopfer, wenn andererseits auch nicht als Krimineller. Er hatte zu hoch gepokert – und verloren. So sieht er das. Und Spielschulden sind nun mal Ehrenschulden, selbst wenn sie in diesem Fall nicht in Euro, sondern in Haftzeit beglichen werden. Bösewichte sind für ihn zum Beispiel Rowdys, die einer alten Dame eins über den Kopf ziehen, um ihr ein paar Euro zu stehlen. Oder Doofköppe mit Knarre, die »Her mit der Knete!« rufen. Wenn die also nur Sozialstunden aufgebrummt oder Bewährung bekommen, was muß er dann hier gleich erwarten? Kais Philosophie ist anders: Er hatte mit seinen Kumpanen doch ein grandioses, wenn auch illegales, »Kunstwerk« erschaffen, mit den ganz Großen gespielt und fast sogar gewonnen. Fast! Er hatte geschwitzt, konnte oftmals nicht schlafen, mußte auf jedes Wort achten, jede Körperbewegung unter Kontrolle halten. Das war monatelange Schwerstarbeit, trotz Yacht, *Veuve Clicquot* und Kaviar. Und der Ferrari! Ja, der Ferrari und der Maserati, der Aston Martin, das Röhren der Motoren, während er die Amalfiküste entlangflog.

Neben sich Anna im kurzen Weißen. Oh ja, Anna. Kai hatte in jeder Beziehung Gas gegeben.

»Sie haben Ihre bürgerliche Existenz mit Champagner weggespült!«

Mannsmüller reißt Kai aus seinen wunderbaren Erinnerungen. Was für ein literarisches Plädoyer! Und dabei hat der Staatsanwalt es auch noch genau richtig formuliert! Kai schmunzelt und erntet sofort den giftigen Blick seines Anwalts. Bitte jetzt kein Grinsen! Der Vorsitzende hat ihn im Auge. Es wird sowieso nicht leicht für Professor Blatzheim, gleich dem Staatsanwalt Paroli zu bieten und Kais Schuld elegant und in Portiönchen auf den Mittäter zu verlagern, ja, vielleicht sogar Kai als eine Art Opfer darzustellen. Da soll der Kerl nicht kurz vor dem Urteil ohne Not grinsen. Der hat verstanden! Wieder geknickt dreinschauen! Okay. Aber der Herr Mannsmüller hatte doch sogar recht. Natürlich wollte er immer der bürgerlichen Welt entkommen. Warum sie dann nicht gleich wegspülen? Aber doch nicht mit Champagner! Da badet man drin, zusammen mit Anna und mit dem tollen Blick über New York. Apropos bürgerliche Existenz. Kai schaut sich im Gerichtssaal um: Lauter solche bürgerlichen Existenzen. Hinten die »Richter von der letzten Bank«, Rentner, die jeden Morgen hier auflaufen und einem genau erklären können, welcher Vorsitzende ein scharfer Hund ist und welcher ein Weichei. Sie haben nach langen Jahren des Schuftens in ihren ungeliebten, langweiligen oder bedeutungslosen Jobs endlich die Chance, mal diejenigen leiden zu sehen, die das Leben in vollen Zügen genießen konnten. Das Nicken oder Kopfschütteln dieser Gerichtsrentner zeigt stets, auf wessen Seite sie stehen und wen sie ablehnen. So einen wie den von Bargen können die überhaupt nicht ab. Sie lieben Richter und Staatsanwälte, hassen Freisprüche und Revisionsgründe. Gerne würden auch sie Roben tragen. Aber Lodenjacke, Cordhose und schafswollene Socken verleihen ihnen genug innere Sicherheit, immer richtig zu liegen, auf der Seite des Rechts. Ja, und dann sind da noch die Gerichtsreporter und Fotografen. Hagere Gestalten, die vom Jagdfieber gepackt überlegen, wie sie einem von der amtlichen Gerechtigkeit waidwund geschossenen Zwölfender, einem Hochstapler wie Kai, in ihrem Blatt auf Seite 3 oder Seite 1 des Lokalteils noch den Gnadenschuß verpassen können. Hinten sitzt dann noch so einer – Typ Lehrer. Sachlich interessiert. Daneben ein paar Jurastudenten. Die erkennt Kai sofort. Mühsam sucht er nach menschlicher Wärme und findet sie dann doch: Frau Friedrich, seine Putzfrau aus besseren Tagen, eine ältere Dame, die eben seine Hände gepackt und ihm alles Gute gewünscht hatte. Das hatte ihm gutgetan. An der Saaltür der nette Justizbeamte. Bei der Sicherheitskontrolle hatte er den Pulk von drängelnden Fotografen und Kameraleuten gesehen.

»Die sind doch wegen Ihnen da, oder?«

Kai hatte genickt.

»Dann brauchen Sie nicht die Arme hochzustrecken, da warten die nur drauf und morgen ist das dann das Foto zum Bericht. Sie haben doch nichts versteckt, oder?«

Kai hatte noch verneint und »Danke!« geflüstert.

Nach Mannsmüller ist jetzt Blatzheim dran. Er versucht alles, schildert in bewegendem Ton die finanzielle Sackgasse, die zu Kais Verstrickung geführt hatte, die Skrupellosigkeit des Mittäters, besser: des Hauptübeltäters, und auch die Bereitschaft des Angeklagten, der Polizei bei der Aufklärung alles darzulegen, seinen Willen zur Wiedergutmachung. Fast wird Kai hier zum bedauernswerten Opfer, zum Verführten. Eine schwere Jugend läßt sich allerdings in seinem Fall nicht konstruieren.

Kurze Beratung. Vier Jahre!

Der Termin zum Haftantritt steht allerdings nicht fest. Keine Fluchtgefahr. Wohin sollte auch einer, dessen Vermögen sich jetzt auf Sprache und Schreibe reduziert? Und keine Verdunklungsgefahr. Er selbst hatte schließlich alles aufgehellt, der Polizei alle Karten auf den Tisch gelegt. Bei der Urteilsbegründung hört er nicht hin. Wie ist er nur hierher gekommen? Bilder aus seinem Leben laufen rasend schnell an ihm vorbei. Angeblich geschieht das auch bei Menschen, die unmittelbar dem Tod ins Auge blicken. Moment, Freunde! So weit ist ein »Kai von der Burg« noch lange nicht!

Kaichen und die Bäckersfrau

Onkel Steffen ist sicher nicht der, dem Mutter von Bargen mit gutem Gewissen die Aufsicht über Kai aufträgt. Der Grund wird mal wieder sofort geliefert: »Barre Bräu, dein Herz erfreu!« kräht der Kleine bei der Rückkehr vom Spielplatz.

»Steffen, der kann so gerade mal Mama und Papa sagen, da bringst du dem gleich so 'nen Mist bei. Ne, ne, ne.«

»Seid doch mal leise! Ich will die Nachrichten hören!«

Kurt von Bargen will mitbekommen, ob es was Neues gibt aus Bonn. Willy Brandt soll also Bundeskanzler werden. Die große Koalition steht vor dem Ende. Das interessiert auch die Leute im ostwestfälischen Provinzstädtchen Lübbecke. Aber was anderes wird im Ort viel mehr diskutiert, beschäftigt die aufrechten Bürger der Stadt ungemein. Ein Schmierfink hatte gestern Nacht den berühmten Bierbrunnen der Barre-Brauerei mit einem Friedenssymbol besprüht. In gottlosen Städten wie Berlin, Hannover oder Köln wäre das kaum ein Thema, aber hier? Dieses Lübbecke ist eine Kleinstadt mit geordneten Verhältnissen. 25.000 Einwohner, woran sich nichts ändern soll. Deshalb achtet die Bevölkerung darauf, daß genauso viele geboren werden wie sterben.

Die von Bargens sind eine angesehene Familie. Sie führen den traditionsreichen Büromaschinen- und Schreibwarenladen Georg Wind. Bürobedarf oder Nähmaschinen kauft man in Lübbecke seit jeher bei Wind. Auch kaputte Schreibmaschinen werden dort repariert. Wo sonst? Kurt von Bargen ist als Geschäftsmann natürlich in den Vereinen tätig, Mitglied des renommierten Kegelvereins *Acht um's Vorderholz*, im Beirat der Volksbank Lübbecke, Kassenprüfer beim ADAC. Und Kai soll das Geschäft mal übernehmen. Er, Kurt, hatte es ja auch aus der Verwandtschaft übernommen, von seinem Großonkel. So ein Laden bleibt in der Familie. Das ist in Ostwestfalen Gesetz. Die Töchter kommen dafür nicht in Frage, sind eben Frauen. Verhandlungstalent scheint der Kleine jetzt schon zu haben.

»Weißt du, was mir Trude, die Verkäuferin der Bäckerei Kleemeier, erzählt hat? Der Kai war gestern mit den Mädels dort. Als sie ihm eine Rosinenschnecke geben wollte, zeigte Kaichen auf die Herrentorte. Mein Gott, hat die Trude mir gesagt, hat der Kleine aber schon Geschmack. Und dann muß das Kerlchen sie so angeschaut haben, daß sie einfach nicht anders konnte, als ihm ein Stück davon abzuschneiden.«

Kurt zieht die Luft ein. Geschichten von Bäckersfrauen scheinen das Familienoberhaupt nur wenig zu interessieren. Außerdem muß er die Unterlagen für das Finanzamt fertigmachen. Und die müssen haargenau stimmen, bis hinter das Komma. Für Kurt von Bargen ist Korrektheit oberstes Gebot.

Mäxchen und der liebe Gott

Nicht so genau stimmen muß dagegen das Geld aus der Kollekte der katholischen Kirche in Remagen. Das weiß auch der Meßdiener Max Fuchs. Schließlich verlangen die Gläubigen keine Quittung. Und wenn man einen Zehner rausnimmt, bleibt das Gesamtgewicht des Körbchens in etwa gleich. Zudem wird er den Zehner ja klug investieren, und wenn er erwachsen ist, wird er den Schein in den Korb zurücklegen. Also ist das nicht geklaut, sondern mittelfristig geliehen, denkt Max. Kai riete ihm jetzt – würde er ihn bereits kennen –, sich durch die Beichte in einer anderen Kirche gegenüber dem lieben Gott abzusichern, der ja immer alles von oben beobachte. Wäre gut, wenn Max dabei dann das bloße Leihen besonders betonen und was von einem guten Zweck seines Handelns sagen würde. Als Investition in die Zukunft: Denn für einen kleinen Obulus läßt der kluge Nebenmann ihn Abschreiben, wodurch das Sitzenbleiben vermieden wird. Er gehe dabei kein Risiko ein, denn der andere Pfarrer dürfte das Gebeichtete keinem weitererzählen. Obwohl Kai Protestant ist, hat er schon was von diesem Beichtgeheimnis gehört. Prima Einrichtung der Katholiken. Max braucht solche Tips eigentlich nicht. Seine mit Ehemännern nicht ganz so glückliche Mutter hat ihn im Internat der Jesuiten untergebracht, eine optimale Institution, um sich in geschicktem Argumentieren und Dialektik weiterzubilden. Was letzteres ist, weiß er allerdings noch nicht.

»Max, worüber denkst du wieder nach? Bring das Körbchen mit der Kollekte bitte rüber zum Stahlschrank. Ich kann das Geld noch nicht einschließen. Da will einer 'ne Beichte!«

Und schon war Pater Josef aus der Sakristei verschwunden, Richtung Beichtstuhl. Max nutzt solche Momente, setzt sich hin und trinkt sofort einen guten Schluck aus der Flasche mit dem Meßwein. Süßer Weißer aus Süditalien.

»Weiß der Teufel, wo der Alte den her hat.«

Dann füllt er schnell aus der Flasche das Kännchen für die nächste Messe. Wie soll der Pater da merken, daß was fehlt. Vor der Messe hatte Genießer Max sich schon einen kleinen Schluck Wein daraus genehmigt. Der Gottesmann hatte auch davon nichts mitbekommen. Zumal der bei der Messe sowieso immer den Wein mit Wasser mischt. Wegen der Geschichte mit Jesus und Kanaan, hatte Max mal gehört. Er bringt den Korb zum Tisch am Stahlschrank. Pater Josef kommt.

»Gelobt sei Jesus Christus!«

Der Junge ist bereit, ihm da zuzustimmen, beläßt es aber bei »In Ewigkeit Amen.«

Max atmet dabei aber zur Vorsicht seitlich aus, steckt den »geliehenen« Zehner ein und macht sich auf zur Eisdiele. Einzelkind Max lebt im Internat und will natürlich Priester werden. Klar, bei solchen Möglichkeiten, leicht an Wein und Geld zu kommen. Ja, und vor allem diese Beichte! Für drei Vaterunser und drei »Gegrüßet seist du Maria«, das heißt, durch nicht mal fünf Minuten Text bekommt man für alle Übeltaten der letzten Wochen einen glatten Freispruch und kann dann wieder auf neuen Kredit sündigen. Trotzdem weint er, wenn er nach den Ferien wieder ins Internat muß und von der Mutti Abschied nimmt.

»Streng dich in Latein an, denn das muß man als Pastor gut können!« hatte sie ihm zuletzt mit auf den Weg gegeben.

Aber Max ist zum Glück vielseitig interessiert und kümmert sich neben dem Apostolat für Priester und Ordensberufe auch noch um die Hühner im Pfarrhaus und die Bibliothek. Man weiß ja nie, wen oder was man wann mal braucht. Immer einen guten Eindruck hinterlassen! Besonders die Wirtschafterin ist begeistert von dem charmanten Kerl.

»Der wird mal Bischof, mindestens.«

»Jetzt lassen Sie ihn doch erst mal Abitur machen, Frau Schmitz«, sagt der Pater.

In dem Moment sieht sich Max bereits im Konklave. Wenn da nur das blöde Zölibat nicht wäre. Max hat bereits bemerkt, daß er bei den Damen in Remagen besonders gut ankommt. Und er mag sie deshalb auch. Remagen ist übrigens so ein Städtchen wie Lübbecke, nur am Rhein gelegen.

»Dein Sohn!«

Der Zettel auf dem Küchentisch kann niemand übersehen. Ablenkende Gegenstände wie Löffel oder Salzstreuer sind nämlich zur Seite geschoben worden, ordentlich. Frau von Bargen liest, was ihr Mann notiert hatte: »Dein Sohn bekommt eine Schulkonferenz, weil er sich zweier Verfehlungen schuldig gemacht hat: Erstens warf er einen Stuhl aus dem Klassenfenster. Zweitens hat er die Bücher einiger Mitschüler des Bibelkreises weggenommen und versteckt!«

Ein Satz wie eine Anklageschrift, mit Datum und Uhrzeit. Der Zettel war zweifelsohne von ihrem Gatten Kurt. »Dein Sohn«, das ist Kai. In dem Fall natürlich nicht »Mein Sohn«. Das ist er nur, wenn er bei Langläufen beweist, daß Gene doch vererbt werden. Schließlich war Kurt von Bargen ein bundesweit erfolgreiches Leichtathletik-Aß. Kais Karriere als mittlerweile von Mitschülern anerkannter und vom Lehrkörper gefürchteter Klassenclown des hiesigen Gymnasiums, kann dem Ordnungs- und Disziplinfanatiker Kurt dagegen nur gegen den Strich gehen. Aber keine Sorge, Kai wird sich wieder geschickt und charmant vor der Lehrerschaft rausreden, weiß die Mutter.

»Kurt, der wirft doch nicht einfach einen Stuhl aus dem Klassenfenster. Da muß doch vorher auch etwas passiert sein. Vielleicht hat ihn einer provoziert. Und die Bücher hat er ja auch wieder rausgerückt. Sei nicht so streng. Kai ist doch kein Schwerverbrecher.«

Das sind genau die Sätze, die Kurt auf die Palme bringen.

»Ja, schütz den nur immer. Irgendwann landet der bei der Polizei oder vor Gericht. Aber dann will ich kein Geheule hören!«

In dem Moment kommt der Junge nach Hause. Fröhlich mit einem Heft winkend.

»Zwei!« Und schnell ist er im Zimmer verschwunden. Er ahnt, daß sie von der drohenden Schulkonferenz wissen. Was sie aber nicht wissen müssen: In dem Heft ist gar keine »Zwei«. Worin hätte er die derzeit auch bekommen sollen, außer in Sport. Und wenn die Eltern gefragt hätten, hätte er auf die Uhr gezeigt.

»Zwei! Also kurz nach zwei. Hab ich doch eben gesagt.«

Nun hat Vater Kurt aber noch eine andere Sache. Er folgt Kai in dessen Zimmer.

»Heute gehen wir mal Tennis spielen. Du brauchst einen Ausgleich für Dein Lauftraining. Denk aber bloß nicht, das ist eine Belohnung für dein inakzeptables Verhalten in der Schule!«

Kurt dreht Richtung Küche ab, mißachtet bewußt das neue Poster von dem Bikiniwunder, das Kai über dem Bett aufgehängt hat. Was er noch nicht ahnen kann und nie akzeptieren wird: Bald wird der durchtrainierte Junge den von Vater gewiesenen Weg Richtung Marathonläuferkarriere eigenmächtig verlassen und seine ganze Liebe dem Tennis schenken. Und warum? Beim Laufen ist man, husch, schnell an den Mädels vorbei. Beim Tennis schauen mehr Leute und damit auch mehr Mädels zu, und das auch noch längere Zeit. Da gibt es immer Pausen zum Flirten. Besonders die gutaussehenden

Mädels lieben den weißen Sport, weil Tennis »angesagt« ist. Ein Begriff, der später mal in die deutsche Sprache eingehen wird. Bis in die Tennis-Bundesliga wird es Kai bringen. Bei den Damen sogar bis in die Champions League.

Schöne Aussicht

Auch in Bonn bereitet sich einer auf den langen Marsch zu den Sonnenplätzen vor. Die Unterscheidung von roten, grünen und grauen Akten im Schreibzimmer des städtischen Amtsgerichts reicht Max Fuchs so wenig als Abwechslung wie vor Jahren der Meßwein. Weil das mit dem Abi nicht so hingehauen hatte, mußte er was anderes angehen. Ein Verwandter war Schöffe bei Gericht.

»Der Junge muß Struktur in sein Leben bringen. Der träumt nur von der großen, weiten Welt. Der spinnt rum!«

»Kannst du ihn denn da bei Gericht unterbringen?« fragte Mutter Fischer, früher war sie die Frau Fuchs. Er konnte.

Nicht jedoch konnte er Max vom Träumen abhalten. Schon am Morgen erwacht seine Lust an den schönen Dingen, als nämlich ein schnittiges Motorboot über den großen Fluß fährt, dem Sonnenaufgang entgegen. Und jetzt parkt ein Mercedes Cabrio mit bemerkenswerter Beifahrerin unten vor dem Café. Das Blond ihrer Haare und die Länge ihrer Beine zeigen, daß der häßliche Fahrer mit Glatze wohl Vorzüge haben muß, die sie sein Äußeres kompensieren.

»Ist das nicht eine Sauerei, Willi? Wir müssen hier in der muffigen Bude bei schönstem Sommerwetter blöden Schriftsätzen Eingangsstempel verpassen oder klebrige handschriftliche und falsch geschriebene Zeugenaussagen einheften. Total öde. Selbst die Prozeßakte über den alten Exhibitionisten vom Drachenfels kann da keinen aufmuntern. Der da unten schlürft Sekt und vögelt heute Abend Blondchen. Er zeigt ihr und allen anderen einfach, was er im Portemonnaie hat. Was er in der Hose hat ist dann doch zweitrangig, oder? Selbst wenn die Knete ergaunert sein sollte. Das Auto nur geliehen. Aber das wissen weder das blonde Busenwunder noch der Kellner oder sonst jemand. Wir hier kommen mit dem Aktensortieren keinen Schritt weiter. Jedenfalls nicht zu so einer Karre und so einer Alten.«

»Was willst du denn machen, Max? Etwa Leute bescheißen? Dann wirst du schnell auch zu so einer Akte.«

»Und wenn ich hier weiter Staub einziehe werde ich schnell alt. Das ist schlimmer.«

Max schaut wieder raus auf den Mercedes und die Langbeinige. Tausend Ideen schießen ihm durch den Kopf. Er sieht sich natürlich nicht im Mercedes, sondern in einem Ferrari. Wenn schon, denn schon. Wer kein Geld hat, muß eben Ideen haben. Phantasie hat man ihm nie abgesprochen. Die hat Max. Und tadellose Umgangsformen. Der Einfluß von Tante Thea. Die hatte ihm das beigebracht. Er hatte Spaß dran gefunden und schon gemerkt, wie nett die Damen auf der Promenade reagieren, wenn er sie höflich nach der Zeit fragt oder elegant die Tür zum *Schwarzen Ochsen* aufhält. Sein Lieblingsmärchen als Kind war schließlich »Des Kaisers neue Kleider«. Und solche Kaiser kann er täglich hier in Bonn beobachten. Max Fuchs aus Remagen, mit so einem Namen, das ist ihm klar, kommt man nicht ans große Geld. Auch nicht mit einer Ausbildung beim Amtsgericht. Wer weiß, wie sich der Mercedesfritze beim Autohändler und bei der Blonden vorgestellt hat. Sicher nicht mit »Max Fuchs«. Vielleicht als »Dr. Maximilian Fuchs« oder so? Apropos großes Geld: Rechnen konnte er immer gut, schon in der Schule, und die Hemmschwelle zum Schummeln hatte er ja auch schon sehr früh zu überwinden gelernt. Beim Zählen der Einnahmen aus der Kollekte. Immerhin hat er mittlerweile quasi nebenberuflich bereits Verträge für drei Versicherungsunternehmen und ein paar kleine Immobilien vermittelt. Aber so was bringt einen nicht der Yacht oder dem Ferrari näher. Nein, er muß weg hier aus dem Amtsgericht. Er wird dabei allerdings einige Stempel und amtliches Briefpapier mitgehen lassen. Als Souvenir und, na ja, man weiß ja nie, ob man sowas vielleicht mal brauchen kann. Die Justiz hat genug davon in den häßlichen Schreibtischschubladen.

Auslandserfahrungen

Wo Jim herkam, aus so einer weltbekannten Stadt, da wollte Kai schon lange mal hin. Jim war der amerikanische Austauschschüler seiner älteren Schwester, weshalb er kurze Zeit als Gast bei den von Bargens gewohnt hatte. Kai hatte ihn sofort unter seine Fittiche genommen und ihm die Schönheiten Ostwestfalens gezeigt: Edith, Gisela, Bruni und einige andere. Zu ihnen hatte das in den Cafés von Lübbecke gern gesehene Tenniswunder ein – sagen wir mal – recht nettes Verhältnis, wenn auch seine Matchbälle bislang von den in ländlicher Sittlichkeit aufgewachsenen jungen Damen abgewehrt worden waren. Ja, und diese Gastfreundschaft wurde nun belohnt, als sich Kais Schwester sträubte, zum Gegenbesuch nach Dallas in Texas zu fliegen. Selbstlos hatte der Kai angeboten, sie dort würdig zu vertreten. Jetzt sitzt er auf dem Gatter der Southfork-Ranch und läßt sich von Jims älterer Schwester Susan fotografieren. Die trockene, warme Luft hier in Texas, das grelle Sonnenlicht, die Wolkenkratzer und die Weite lassen in dem Jungen aus dem waldigen, gutbürgerlichen und zu oft nassen Ostwestfalen die Säfte steigen.

»Please, look here, darling. Show me your smile. Don't think about something special!«

Sie grinst. Er fühlt sich ganz wie J. R. Ewing aus der Serie *Dallas*. Sonne, dicke Karre, Villa mit Pool. Steaks bis zum Abwinken. Besonders wegen der vorigen Nacht ist Kai obenauf. Denn so wie er sich in Lübbecke um Jim bemüht hatte, so kümmert sich Susan jetzt hier um ihn. Gestern in seinem Bett war die Gastfreundschaft der gutproportionierten Texanerin besonders intensiv gewesen. Sein erstes Mal! Und das im berühmten Dallas. Ein Spiel, das hin und her ging, bis zum Tie-break. Daß man Frauen nicht mit schnellen Zweisatzsiegen überzeugt, hatte er bereits von einem liebeskundigen Kumpel erfahren. Nun weiß er, wie es geht und, auch daß das, was immer über die Prüderie der Amerikanerinnen gesagt wird, zumindest nicht für alle Frauen dieses Landes gilt. Nein, Bielefeld ist jetzt keine wirkliche Herausforderung mehr. Kai hat soeben die Welt entdeckt. Er ist dort, wo das Geld einfach nur vergraben ist. Wie heißt es doch so schön: Das Geld liegt auf der Straße, man muß es einfach nur aufheben. Es wird in seinem zukünftigen Leben jemanden geben, der diesen Glaubenssatz immer von sich geben und zu seiner Richtlinie erklären wird. Die dicken Schlitten, die sie hier fahren, zeigen, daß er offenbar tatsächlich im Land der unbegrenzten Möglichkeiten ist. Aber er weiß nun auch, daß man nicht lange fackeln darf, daß man was wagen muß, daß die meisten Gesetze nur daran hindern, reich zu werden. Sonst steht man auch hier am Ende der Nahrungskette. So wie der junge Schwarze im Supermarkt, der für ein paar Dollar Tüten packt. Nein, das soll ihm nicht passieren. Er würde die große Chance nutzen. Und sie wird kommen, da ist er sich sicher.

»Hey, you must be dreaming. Look at me!«

Das tut er dann auch und starrt sofort auf die langen Beine unter Susans für Südstaatenverhältnisse sehr kurzen Rock. Er hatte mal gehört, daß es auch im Auto Spaß machen würde, was sie ihm bestätigt hatte. Doch noch ist er nicht so weit, also will er am Abend im Zimmer auf sie warten. Braucht er aber nicht, denn das zweite Mal wird in einer Pferdebox stattfinden. Beim Rückflug wird er sich dann schon ganz als Routinier fühlen.

Ein eleganter Herr

Ein elegant gekleideter Herr mit sicherem Auftreten und einer angemessenen Portion Freundlichkeit betritt die Schalterhalle der großen Bank an der berühmten Königsallee in Düsseldorf. Er geht zum Infoschalter.

»Mein Name ist Dr. Alt. Dr. Maximilian Alt. Ich vertrete eine Hamburger Sozietät und möchte in Düsseldorf eine Zweigniederlassung einrichten. Dazu haben wir bereits gegenüber auf der Kö Büros angemietet. Ich bin hier, um eine entsprechende Finanzierung zu vereinbaren. Wer kann mir da helfen?«

Bei sowas könnten hier natürlich viele helfen. Der Dame am Schalter ist bei so einem Auftritt allerdings klar, daß dieser Herr nicht mit irgendeinem Bankberater verbunden werden kann. In solchen Fällen sofort die Topleute anrufen, hatte man ihr aufgetragen. Frau Grießbach zum Beispiel.

»Sehr gerne. Bitte nehmen Sie doch ganz kurz dort Platz! Ich werde mich umgehend um eine adäquate Beratung kümmern.«

»Herzlichen Dank. Wenn alle Mitarbeiter Ihrer Bank so nett sind, bin ich ja für mein Vorhaben hier genau richtig.«

Was für ein gesitteter Mensch. Dieser Dr. Alt hat die Dame am Infoschalter schon auf seiner Seite. Von der Wartecouch aus sieht er, daß diese ihn ihrer Kollegin als seriös und nett beschreibt. Er beobachtet das Treiben in der Kundenhalle und bestaunt den Mordskronleuchter, dessen Glastropfen ihm sofort wie Mordsdiamanten und bald erreichbar vorkommen. Hier ist er genau richtig. Nicht nur, um sich sein Büro, dessen Einrichtung, die ersten Gehälter, einen angemessenen Dienstwagen und auch eine Barliquidität großzügig finanzieren zu lassen. Es liefen ihm sicher auch noch genau die reichen oder einflußreichen Düsseldorfer über den Weg, die er in Zukunft brauchte, um am ganz großen Rad zu drehen. Er hatte schon viel von dieser Stadt und ihrer High Society gehört. So eine Erscheinung wie ihn braucht man nicht allzu gründlich auf Solvenz zu überprüfen. Wenn er so teure Räume anmietet, dann fragt keiner mehr nach der Schufa-Auskunft. Wobei das auch erfolglos wäre, unter dem Namen Dr. Alt was Auffälliges aufzuspüren. Als sehr hilfreich beim kreativen Tun erweisen sich jetzt und später auch amtliche Stempel oder Briefbögen, die vor Längerem in einem Gericht in Bonn verschwunden sind. Seine »kleinen Souvenirs«, wie er sie gern bezeichnet. Und so sitzt er mit einem beeindruckenden Mietvertrag über eine Kö-Etage, eine »Adresse allererster Güte«, in der Hand auf dem Sofa, wartet anscheinend gelassen und beobachtet einen älteren Herrn, der am Devisenschalter einem anderen älteren Herren eine langbeinige, etwa dreißigjährige Blondine vorstellt. Eine, wie er sie seinerzeit aus dem Fenster des Amtsgerichts Bonn beobachten konnte. Bonn, das scheint schon lange her. Aus Max Fuchs ist Dr. Maximilian Alt geworden, promovierter Jurist. Auf dem Weg zum ganz großen Geld von Remagen über Bonn nach Düsseldorf hatte er zunächst in Köln Station gemacht. Unter anderem im Lokal *Alte Schmiede*, in dem die Kölner Fußballszene verkehrt. Als scheinbar weltgewandter Anwalt mit bestem Netzwerk, insbesondere in der Industrie, war er plötzlich gefragter Akteur einer vereinsinternen Oppositionsgruppe und auf der Hauptversammlung fast in die Führungsriege des dortigen Bundesligavereins aufgestiegen, zumindest in den Wirtschaftsrat des Clubs. Er sah offenbar ganz so aus wie einer, der das kann. Jedenfalls kann er so reden! Gerade Fußballfunktionären fehlt in der Regel das Wissen über betriebswirtschaftliche Vorgänge, wenn sie auch bestens dieses Wissen vortäuschen. Schade, hatte dann letztlich doch nicht ganz hingehauen. Aber das Netzwerk von Max wurde immer breiter. Er lernte dabei den Anwalt aus Münster kennen, der ihm helfen wollte, sich in der Stadt des schönen Scheins, in Düsseldorf, als Anwalt niederzulassen. Die entsprechenden, leicht abänderbaren Briefbögen, Formulare und Stempel hatte er ja. Allerdings reichte der Personalausweis von Max Fuchs jetzt nicht mehr aus. Da half ihm dann der Willi aus der Südstadt weiter, ebenfalls Stammgast der Alten Schmiede.

»Pass op, Jong. du moss zom Eijelsteijn, en et Kaschöttsche, un do noem decke Robert froje.«

Der dicke Robert, unschwer als Mitglied eines Motorradclubs zu identifizieren, erfuhr, daß sein Gegenüber vom Willi kam, bat wortkarg um ein Paßfoto und einige größere Scheine und gab Fuchs alias Dr. Alt noch einen wertvollen Tip: »Also, isch will nit wesse wofür de der Pass bruchs, on du wells net wesse, woher isch em han. Klapp haale över unser Jeschäff. Sonst beste fällisch.«

Es fiel Fuchs leicht, dem Folge zu leisten und die Geschäftsbeziehung mit Robert als einmalig und vertraulich zu behandeln. Eine Woche darauf erhielt er einen wunderschönen Paß auf den Namen Dr. Maximilian Alt. Und nun sitzt er hier, in dem pompösen Kreditinstitut auf der anderen Köseite, mit sehr glaubhaften Papieren, sogar einem echten Mietvertrag. Bei dessen Abschluß hatten teurer Anzug, Lackschuhe, Brille und der Hinweis ausgereicht, er habe gleich zwecks Kontoeröffnung und Finanzierung einen Termin mit Frau Grießbach in der gegenüberliegenden Bank. Nach dem schönen neuen Paß wurde erst gar nicht gefragt. Jetzt sitzt er da, immer noch ganz locker und lässig. Nein, er hat kein Lampenfieber mehr. Dr. Alt hat mittlerweile fast ganz von Herrn Fuchs Besitz ergriffen. Eine nette Dame kommt auf ihn zu.

»Herr Dr. Alt?«

Er schwingt sich sportlich hoch, schließt den Knopf des Jacketts, reicht ihr die gepflegte Hand.

»So ist es!«

»Grießbach. Ich betreue hier vermögende Privatkunden. Ich schlage vor, wir gehen in einen separaten Besprechungsraum.«

Schon eine Stunde später verläßt Fuchs strahlend die Bank Richtung Kö-Brücke, glücklich über einen Kredit über 200.000 Mark bar in einer Einkauftüte und über die private Telefonnummer von Frau Grießbach.

Geschickt, auch mit dem Hobel

»Hey, das machst du ja schon sehr sorgfältig. Sieht wirklich gut aus!«

Joachim Hengstental bewundert die flinken Hände seines Lehrlings Kai bei der Arbeit an der Drehbank.

»Macht ja auch Spaß.«

Kai dreht den Kopf zu seinem Meister. Sein gewinnendes, strahlendes Lächeln wirkt auch hier in der Tischlerwerkstatt. Dann schaut er wieder nach vorn auf das langsam Gestalt annehmende Stuhlbein. Er wirkt konzentriert wie ein Chirurg, der Lehrling Kai von Bargen. Fehlen nur Schwester und Tupfer. Den Wunsch, Innenarchitektur und Möbeldesign zu studieren, hat er noch nicht ad acta gelegt. Aber erst mal will er was Handfestes lernen. Niemand in Lübbecke würde ihn als »Auszubildenden« oder »Azubi« bezeichnen. Nicht hier am Teutoburger Wald, wo die Welt noch in Ordnung ist. Die nennt man hier »Lehrling«. Mit Abi hätte er nur zwei Lehrjahre gebraucht, hatte aber auf volle drei Jahre bestanden.

»Meinen Sie, mit Abitur könnte man so was besser als andere? Was ich mache, mach' ich gründlich.« Das war sein bestechendes Argument gewesen. Und genau so einen wollte Hengstental. Er sah ihn schon als idealen Nachfolger im Betrieb. Schließlich war Kai seit Längerem mit Renate, des Meisters Tochter, liiert.

»Kaum zu glauben, daß du vor einem Jahr noch bei den Pionieren warst, so genau wie du hier arbeitest.«

Nicht nur in der Vorstellung des Meisters reimt sich Pionier auf Tier. Aber Kai weiß, daß der Alte ihn so dazu bringen will, endlich was von seiner Zeit bei der Bundeswehr zu erzählen. Er legt das Stuhlbein zur Seite.

»Also, Sie wissen doch, daß ich da in der schönen, warmen Schreibstube gearbeitet habe und nicht draußen im Dreck mit dem Klappspaten.«

»Wie hast du Lümmel das denn schon wieder hingekriegt?«

»Wollen Sie die lange Version hören?«

»Die mittlere reicht!« meint Hengstental, weil er weiß, daß Kai spannend und ohne Ende erzählen kann. So bekommt man keine Stühle fertig.

»Also, da waren zunächst meine Rot-Grün-Sehschwäche und Vaters guter Kegelfreund beim Kreiswehrersatzamt in Herford. Mit deren Hilfe bin ich zur Grundausbildung nach

Rotenburg an der Wümme. Das ist ein Ort, der genauso aussieht, wie man es sich bei dem Namen vorstellt. Drei Monate im Grundkurs: Tarnen, Täuschen und Verpissen.«

Der Meister lacht. Den Spruch kennt er.

»Die meinten da, ich könne mich klar ausdrücken und schickten mich zu den Fernmeldern. Das hieß, ich mußte nicht mehr arbeiten!«

»Dann hattest du es ja geschafft.«

»Nicht ganz, schließlich wollte ich nach der Grundausbildung ja zur heimatnahen Pionierkaserne in Minden. Als feiner Funker, versteht sich. Schließlich wollte ich wieder nah zu den Kumpels und meinem Tennisclub.«

»Aber du als Leistungssportler hattest doch da kein Problem, oder?«

»Ne, wenn du in der zweiten Tennis-Bundesliga spielst, den Bataillonsrekord über 1.000 Meter hältst und beim Marsch über 20 Kilometer noch das Gepäck eines Dicken mitträgst, dann hast du kein Problem, eigentlich.«

»Und was heißt eigentlich?«

»Du darfst eben nicht mit dem gebrauchten schwarzen Porsche, den Mutti dir zum Abi geschenkt hat, auf dem Kasernengelände geblitzt werden. Das kommt dann gar nicht gut. Auch das Argument, die Zündkerzen würden verrußen, wenn man einen Porsche zu langsam fährt, bewahren einen da nicht vor dem Entzug der Parkerlaubnis und dreimaliger Wochenendsperre.«

»Wie ging's weiter?«

»Mit dem Porsche ging's weiter! Ich meldete mich dann bei der ersten Ankunft in Minden bei einem kleinen, dicken Kompaniechef namens Xaver Doll zackig als Funker. Das erste, was ich von ihm deutlich wahrnahm, waren seine Mandelzäpfchen. Hier seien alle Pioniere, auch die sogenannten Funker, schrie er mich an. Damit war es aber noch nicht getan. Paar Tage später dann die Sache mit dem Porsche. Den stellte ich in eine eingangsnahe Parkbucht, in der nie ein Auto stand. Pech! Es war die von Doll, der immer mit dem Rad zum

Dienst kam. Aber es war nun mal sein Parkplatz. Und schon wieder erlebte ich die Mandelzäpfchen, obwohl mir die Aktion anhaltende Anerkennung und enormen Respekt der anderen Pioniere einbrachte.«

»Da hattest du aber einen Freund fürs Leben, oder?«

»Ne, nicht so, wie Sie das vermuten. Als ich mich bei Doll entschuldigen wollte, meinte der, hier werde sich nicht entschuldigt. Und, so einen wie mich könne man hier ja gut brauchen. Wahrscheinlich hatte er meine Akte von der Grundausbildung gelesen. Er mache mich zum Gruppenführer. Mist, dachte ich da, Kälte, Dreck und Spaten. Dabei wollte ich doch in die warme Schreibstube. Und schon bekam ich von dem schrecklichen Gedanken arge Rückenschmerzen.«

Hengstental lacht laut auf. Nicht nur, was der Lehrling erzählt, ist unterhaltsam, auch wie er es erzählt.

»Ich ließ mich krankschreiben, sollte Bäder nehmen. Militärärzte fürchten nichts mehr als wegen Langzeitfolgen eines Soldaten zur Verantwortung gezogen zu werden. Das hatte ich frühzeitig recherchiert. Aus dem warmen Badezimmer konnte ich dann wunderbar die anderen beobachten, wie sie Metallsteckminen in den Winterboden stemmten. Ich ahnte allerdings nicht, daß der Bataillonschef, Hauptmann Stier, begeisterter Tennisspieler war und die Sportseiten der Zeitung studierte. Da war montags zu lesen, ein gewisser Kai von Bargen sei in der Bundesligapartie mal wieder über sich hinausgewachsen. Die Folge: Termin bei Stier. Wie das denn sein könne, am Wochenende Björn Borg und in der Woche Intensivstation. Das sei so, sagte ich ihm: Ich hätte nach Spielende immer diese Rückenschmerzen, die dann aber während der Woche durch die Bäder weggingen. Stier lachte sich tot. Was ich denn wolle, ich solle klar reden, hier seien Tennisfreunde unter sich. Was soll ich noch sagen. Endlich kam ich in die Schreibstube. Neun Uhr Frühstück und immer nett die anderen fragen, ob man aus der Kantine was mitbringen soll. Denn Neu geht, so das Gesetz der Kaserne. Zehn Uhr Billard oder Flipper.«

»Aber das ist doch auf Dauer langweilig«, meint der Meister.

»Natürlich, da hat man ansonsten nur die Fahrbefehle und die Waffenkammer zu verwalten und die Reinigung der Gewehre. Aber wenn du nicht nur das Schießwerkzeug der Vorgesetzten, sondern auch die Waffe des Gefreiten Welfe von der Wäscheausgabe blitzblank putzt, dann baut der dir in seiner Wäschekammer aus zwei Matratzen ein herrliches Bett für Mittagsschläfchen.«

Kai zwinkert Hengstental zu. Der zwinkert zurück.

»Ich meine, klar gibt es bei Manövern oder Übungen immer eine Dorfkneipe in der Nähe, um sich die Kante zu geben. Wenn es dann einer nachts nicht an den Wachen vorbeischafft, morgens gesucht und sturzbesoffen außerhalb in den Brennesseln gefunden wird, dann heißt das vierzehn Tage Ausgangssperre für alle. Aber meist habe ich das Beste draus gemacht.«

Das kann der Meister sich gut vorstellen. Dieser Kai ist auch im Betrieb ein Schnellchecker. Reicht einem den Hobel, bevor man danach fragt, arbeitet stets geschickt, ob beim Zuschneiden oder Lackieren, und er ist charmant zu den Kunden, noch charmanter zu den Kundinnen. Und unter ihnen sind stinkreiche, die für eine Bücherwand aus Edelholz einen stolzen Preis zahlen. So einer wird mal ein toller Schwiegersohn und Chef.

Ein überzeugender Mann

Es ist rund 45 Meter hoch und macht nachts Geräusche. Insbesondere, wenn der Westwind von der Nordsee über Wiesen und einsame Bauernhöfe bläst. Dann rascheln die losen Kabel so sehr, daß die Ratten das Weite suchen. Hier, in dem Betonskelett von Stotel. Wohnungen waren für einen fünfzehnstöckigen Bau geplant. Allerdings wurden nur zwölf Etagen genehmigt. Die Gemeindepolitiker hatten Tränen in den Augen, als der Baulöwe aus dem nahen Bremerhaven ihnen Anfang der siebziger Jahre in allen Farben schilderte, das Projekt werde das »Tor zur Welt« für die verlassene Region im »nassen Dreieck«. Vorausgesetzt, öffentliche Gelder des Landes Niedersachsen in sechsstelliger Höhe kämen hinzu. Die kamen dann aber nicht. Dafür aber Insolvenzen und Zwangsversteigerungen. Erst ersteigerten Ortsansässige den Bau für rund 38.000 Mark, ein Fliesenleger und ein Bäcker. Dann ein Baulöwe aus Berlin für immerhin 920.000. Alles scheiterte, als die Behörden deren Finanzierungspläne, insbesondere die Anträge auf öffentliche Mittel, überprüften. Zwei Jahrzehnte rostete und bröckelte der offene Rohbau vor sich hin. Das trieb den Gemeindevätern erneut Tränen in die Augen. Oft, und immer öfter aus Wut. Aber nun soll das Werk endlich vollendet werden. Bürgermeister Heidekamp und Gemeindedirektor Steinmüller begleiten einen eleganten Düsseldorfer Investor, einen Dr. Maximilian Alt, die Treppen hinauf, um den häßlichen Rohbau zu begutachten. Ein überzeugender Mann.

»Mit einem Kredit der Kölner Immoversicherung über rund 11,5 Millionen Mark und meinen guten Kontakten zum Bremer beziehungsweise Bremerhavener Senat, insbesondere der SPD-Fraktion, sind da auch öffentliche Gelder lockerzumachen. Nach dem Ausbau rechne ich mit einem Verkehrswert von rund 60 Millionen. Mir als Düsseldorfer Anwalt und Immobilienfinanzier ist es völlig unbegreiflich, wie dieses tolle Gebäude so lange leerstehen konnte.«

Mit diesen Worten beschwichtigt er dann unten auch noch die Sprecher der ersten und einzigen Bürgerinitiative, die seit Jahren ebenso vergeblich für den Abriß kämpft wie andere für den Ausbau kämpfen. Schnell sind dann im Rathaus die Urkunden, Belege, Pläne und weitere Unterlagen ausgetauscht und ein paar Unterschriften geleistet. Bei so viel Begeisterung aller Beteiligten wird oft die Echtheit solcher Papiere nicht hinreichend geprüft. Das weiß Dr. Alt. Jetzt verfügt er über Papiere, die ihm in den kommenden Tagen eine Finanzierungsvereinbarung mit der Kölner Immoversicherung ermöglichen werden. Er hat es eilig, muß noch zum nächsten Termin.

»Ich würde sagen, das war rechtzeitig vor der Wahl. Die Sozis können da nicht kneifen. Jetzt haben wir es endlich geschafft. Toller Typ, der Alt. Na ja, Düsseldorf! Da ist Geld. Die am Rhein machen sowas mit links. Laß uns reingehen und einen heben.«

Es ist noch eine Flasche Wachholder im Wandschrank. Bürgermeister und Gemeindedirektor winken noch dem davonbrausenden schwarzen Mercedes nach.

»Ich hab das immer gesagt. Wir müssen hier mit den Richtigen zusammenarbeiten. Mit solchen Profis wie Alt.«

»Und der hat nicht nur die Kontakte zu Baufirmen, sondern auch zu Immobilienfritzen, die die Wohnungen profitabel vermieten oder verkaufen. Düsseldorf, Köln, da geht doch alles.«

»Hast du den Anzug gesehen? Um den zu kriegen, müssen wir schon die hundert Kilometer bis Hamburg. Nur kannst du den hier in Stotel als Bürgermeister nicht tragen. Dann hast du die nächste Wahl bei unseren Leuten verloren.«

Sie lachen laut und ab geht's zum Wacholder. Das Lachen wird ihnen spätestens dann vergehen, wenn das Betonskelett von Stotel später doch der Abrißbirne zum Opfer fällt. Von Dr. Alt werden sie nichts mehr hören. Er wird einfach nicht zu erreichen sein, der Vielbeschäftigte.

Der so überzeugende Rheinländer öffnet eine halbe Stunde später auf einem Rastplatz bei Bremen ein kleines Fläschchen Moët. War doch prima gelaufen bei den Fischköppen. Wie sagen die Immobilienspezis so gerne, beim Häuserverkauf sind drei Dinge wichtig: Erstens die Lage, zweitens die Lage und drittens die Lage! Für ihn bietet Stotel sogar die allerbeste Lage. Also, schön weit entfernt von Düsseldorf und der Kölner Immoversicherung. Außerdem ist es auch zu weit für die Küstenhonoratioren, ihn dauernd zu nerven. So, schnell das leere Fläschchen in den Glascontainer und ab nach Hause. Heute Abend findet auf der Kö wieder einer dieser Events statt, bei denen alle Welt darauf Wert legt, mit ihm gesehen zu werden.

Der warme Wind vom nahen Pazifik und der Blick auf den weiten Ozean lassen Kai an die Marlborowerbung denken, die er als Kind immer gern gesehen hatte. Jetzt arbeitet er in Australien, in der Schreinerei von neuen Freunden, die er über alte Freunde in Deutschland kennengelernt hat. Er darf bei ihnen in ihrem wunderbaren Haus an der Küste nahe Sydney wohnen. Der Sohn des Hauses, Patrick, war Gast bei Lo und Nikolaus in Minden gewesen, die mit Stühlen und Büromöbeln handeln. Zwischen ihm und Kai hatte sich sehr schnell eine Seelenverwandtschaft offenbart, die dann insbesondere auch den ostwestfälischen Mädels zugute kam. Die Sache mit Renate Hengstental war da bereits an nachlassender, erotischer Anziehung und wachsendem Interesse Kais gescheitert, sich den Reiz immer häufiger anderswo zu holen. Die Dunkelhaarige war ihm zu griechisch geworden. Er hatte gemerkt, daß auch Blondinen Begeisterung auslösen können. Damit erlosch natürlich auch der Ansporn vom Meister und Vater, Kai zum Betriebsnachfolger zu machen. Das Ganze endete allerdings nicht mit einem Crash, sondern als langsames Auslaufmodell. Kai liebt Harmonie und Diplomatie. Dadurch legte er sich eine Routine zu, die es ihm ermöglicht, andere nicht zu verletzen.

»Also, du weißt, wie wichtig du für mein Leben bist. Aber ich werde das Gefühl nicht los, daß ich raus muß, weg aus Lübbecke. So schwer mir das jetzt auch fällt. Ich habe Angst, mich hier durch Unzufriedenheit zu einem verbiesterten Typen zu entwickeln. Darunter würdest du am meisten leiden, und das will ich nicht. Laß uns mal testen, ob wir uns nach einer Pause immer noch so wichtig sind wie jetzt.«

»Und was ist, wenn ich in dieser Zeit einen anderen kennenlerne, Kai?«

»Das Risiko muß ich eingehen, obwohl ich mir das nicht wünsche.«

»Und wohin willst du jetzt? Schon einen Plan?«

»Erst mal mit Patrick nach Australien. Vielleicht ist danach alles wieder gut mit uns. Wir müssen das probieren.«

Also, besser kann man das doch wohl nicht machen, oder? Und dann hieß es: Schnell weg! Die Monate in oder bei Sydney sind für Kai ein zweites Dallas. Tagsüber plant er mit Patrick in der Werkstatt die Abende und Wochenenden in Bars oder auf Booten. Australier, und noch mehr die Australierinnen, sind erheblich direkter als die Leute in Deutschland und den USA. Kai, der selbst den »direkten Weg zum Tor« liebt, kommt das sehr entgegen.

»What about tonight, Kai?« hatte Patrick ihn gestern Abend gefragt.

»I think to Harbour Bridge. Let's call Anne and Suzanne. But I think that we shoudn't drink as much as yesterday.«

Sie hatten gebrüllt vor Lachen. Denn einen Tag zuvor war eine von den zwanzig Fosterdosen wohl zu viel gewesen. Jedenfalls zu viel für die beiden Mädels, die nach dem Diskobesuch dann doch noch andere Pläne hatten.

Doch heute ist plötzlich alles anders. Kai ist seit dem Mittag so traurig wie nie zuvor. Ganz allein sitzt er an den Klippen. Die Tränen kullern nur so. Er hat den Brief seiner über alles geliebten Mutter in der Tasche. Die Frau, die ihn so oft in den Arm genommen hatte, die ihn verteidigte, wenn er wieder was ausgefressen hatte. Die stets Vater Kurts Strenge abfederte. Der sein Abi ein Porsche wert war. Er hat den Brief immer wieder gelesen. Nein, er brauche doch wegen ihrer schweren Erkrankung nicht von Australien nach Hause, wenn es ihm da so gefalle. Ob er denn auch vernünftig esse, nicht nur solche fetten Burger, und ob ihm nichts fehle. Er hatte geahnt, daß es ihr Abschiedsbrief war. Und vor einer Stunde hat er erfahren, daß sie gestorben ist. Kai will nach Hause.

Düsseldorf bewundert Dr. Alt

»Hast du den Dr. Alt schon gesehen?« fragt der stolze Eigentümer des »größten Autohauses der Republik« den alten Modezar. Wir sind in der Kö-Galerie inmitten von Lachsschnittchen, jeder nur denkbaren Antipasti, Eiskübeln mit weißem Bordeaux und Champagner. Der Duft feinster Genußmittel hat sich vermischt mit dem edler Parfums. Man trägt *Eickhoff* oder etwas, das zumindest wie *Eickhoff* aussieht. Bei den edlen Stoffen der Herren hat zweifelsohne der bekannte libanesische Promischneider von der Kaiserstraße die Mängel der zu gutgenährten Figuren erfolgreich kaschiert. Heute findet hier ein großer Empfang statt. Alles bezahlt von diesem eindrucksvollen Kö-Anwalt.

»Meinst du, der kann uns gute Konditionen für unser Ding in Marbella besorgen? Er soll ja beste Verbindungen zu Banken in Köln, Düsseldorf und Münster haben. Hab ich von Otto gehört. Vielleicht auch nach Liechtenstein oder Luxemburg. Du weißt, was ich meine. Er soll da auch sehr unkompliziert und diskret sein.«

Die Herren lachen herzhaft. Hier im Rheinland gilt zudem: Mr kenne uns, mr helpe uns.

»Frag ihn doch mal!«

»Ne, heute nicht. Der hat genug um die Ohren.«

Die Finanzierung für Stotel hatte wohl geklappt. Frisches Geld liegt bereit. Der Anlaß des Empfangs: Eine von Dr. Alt gegründete Stiftung gegen Kindesmißbrauch. »Kinder sind Tabu!« Sowas garantiert, daß Prominente und welche aus der Oberschicht, die sich dafür halten, dabei mitmachen. Natürlich ohne Honorar zu fordern.

»Hallo, Willi, wie isset?«

»Jot! On du?«

»Biste auch nächste Woche auf der Party vom Dr. Wickens in Meerbusch? Kennste doch vom Prinzenclub.«

»Ne, ich fahr mit dem Gerda ein paar Tage in die Schweiz, nach St. Moritz!«

Doch an diesem Abend sind sie alle hier: die wichtigen Leute vom Karneval, von den Jonges, von den Heinefreunden, aus der Geschäftswelt, aus der Werbebranche und natürlich die von der bunten Presse. Wenn man in Düsseldorf mildtätig ist, dann gehört es sich quasi, das auch öffentlich zur Schau zu stellen! Außerdem hat der Dr. Alt es geschafft, richtige Promis anzulocken. Kämen die, wenn er keine »Koneckt-schens« und Geld hätte? Roland Kaiser und Rudi Carrell hat er – wie auch immer – auf Sylt akquiriert. Uwe Seeler, Dagmar Berghoff und die Christiansen wohl auch. Mit Alt gegen Kindesmißbrauch! Wer kann da schon Nein sagen.

»Flugs war ich im Vorstand der Stiftung«, hört man Max Plautzer über seine Anwerbung berichten. Er wird den Abend moderieren. Die Sensation allerdings: Der Bundesaußenminister Kinkel wird da sein. Dr. Alt kennt aus dem Fußballertreff *Alte Schmiede* in Köln einen ehemaligen Bundesligaschiedsrichter, der in diesem Ministerium beschäftigt ist.

»Sprich doch den Kinkel mal für mich an. Ist doch ne' tolle Sache, das mit den Kindern. Und ich sag nur: Die nächste Wahl kommt bestimmt!«

Beide müssen dabei schmunzeln. Bald wird man in der Zeitung lesen: »Der Düsseldorfer Anwalt Dr. Maximilian Alt und die von ihm gegründete Stiftung ›Kinder sind Tabu!‹ stellten sich gestern auf der Bundespressekonferenz den Medien vor. Zu einem Empfang auf dem Petersberg fanden sich 150 einflußreiche Prominente ein, darunter viele bekannte Persönlichkeiten aus Politik, Funk und Fernsehen. Die Stiftung steht schließlich unter der Schirmherrschaft von Bundesaußenminister Kinkel, den Dr. Alt sehr herzlich willkommen hieß.«

Nicht erwähnt wird in dem Zeitungsbericht, daß Max Plautzer sich am Abend fragte, wer das eigentlich alles finanziere, Hotel, Sekt und Schnittchen. Auch liest man nirgends, daß Dr. Alt in der Pause allein vor dem Hotel rauchte, nervös zum Himmel blickte und flüsterte: »Gott, laß es gut gehen!«

Weshalb die Schweißperlen auf der Stirn auch nicht von erhöhter Raumtemperatur rührten. Aber mit dem heutigen Abend an der Kö ist der Einstieg endgültig geschafft. Die Düsseldorfer Schickimickiszene applaudiert beim Empfang und der anschließenden Talkrunde. In dieser Stadt findet man sehr leicht und schnell Verbündete, wenn man das Gefühl vermittelt, ihnen beim Reichwerden helfen zu können.

»Wie schafft der Dr. Alt das nur?« fragt der stadtweit bekannte Parfümeriebesitzer den bundesweit bekannten Immobilienmakler.

»Promovierter Jurist, erfolgreicher Geschäftsmann, bestens gekleidet, hervorragende Aussprache, gutes Benehmen, Charme, Beziehungen ohne Ende, wie du hier siehst. Außerdem passionierter Hobbygolfer und leidenschaftlicher Tennisspieler, wie ich gehört habe. So einfach kann es sein, Erfolg zu haben.«

Wie recht er damit hat, wird später klar werden. Auch, daß dieser Alt keinen Doktortitel besitzt, nicht ganz so erfolgreich ist wie gedacht, und nie Tennis gespielt hatte. Ach ja, sein späterer Strafverteidiger Dornenkranz wird ihn mal so beschreiben: »Alt alias Fuchs ist ein Kommunikationstalent. Er geht auf Leute zu und hat dabei ein beachtliches Erinnerungsvermögen. Seinem höflichen Benehmen und Charme erliegt man einfach. Ein Nein akzeptiert er nicht.«

Am Abend wird der Macher von der Kö übrigens noch live im Studio des WDR-Fernsehen interviewt. Auch da wird er sehr überzeugend wirken und wie immer kurz darauf hinweisen, er sei nur ein einfacher Jurist einer bedeutenden Kanzlei, nicht Rechtsanwalt. Denn Fuchs kennt das Standesrecht und die üblen Folgen sehr gut, wenn man sich als Anwalt ausgibt und es nicht ist. Für die Techniker in der Studioregie und die Moderatorin ist Alts korrigierende Bemerkung zu unbedeutend als sich weiter darüber den Kopf zu zerbrechen. Außer daß sie zeigt, wie bescheiden und damit wahrscheinlich auch ehrlich dieser gutgekleidete, charmante Kinderfreund wohl ist.

»Mensch, Junge, du kannst ja quasseln wie ein Wasserfall!«

Redakteurin Sabine Osterhagel von Radiosender fnf hat nun wirklich schon viele angebliche Naturtalente erlebt. Aber so einen »Dampfplauderer« wie Kai noch nie. Gelernter Tischler sei er, mit Australienerfahrung, und dann das: Ohne Punkt und Komma redet der 22jährige, smarte Typ auf sie ein. Dabei bewirbt er sich nur um ein einmonatiges, unbezahltes Praktikum im Studio Osnabrück. Nicht gerade die von ihm geschätzte weite Welt. Und nun redet er hier wie ein Alter, ein erfahrener Mikrofondompteur, ohne Unterlaß, als ginge es um sein Leben. Es geht Kai in der Tat um sein Leben. Um ein Leben, in dem ordentlich was los ist. Freunde und Bekannte wissen, daß er in der Lage ist, in der Wüste den Sand wegzuquatschen. Sie rieten ihm: Geh zum Radio! Das ist dein Ding, das Sprungbrett nach dem du gesucht, ja, gegiert hast, und nun scheint es zum Greifen nah. Diese Redakteurin muß davon überzeugt sein, daß er genau der Richtige für den Job ist. 30 Minuten lang Vollgas. Dann sagt Frau Osterhagel, die für ihn innerlich schon längst zu Sabine geworden ist: »Okay, du hast den Job!«

Ist das jetzt nur Notwehr gegen sein verbales Trommelfeuer? Ein kurzer Moment des Zweifelns. Er schaut ihr in die Augen. Von wegen, die hat das ernst gemeint! Das Herzklopfen weicht der Glückseligkeit. Jetzt wird er ein Radiostar, und niemand kann ihn mehr davon abhalten. Er sieht seine Lebensmottos mal wieder bestätigt: Nicht reden, machen! Augen zu und durch! No risk, no fun! Der stramme Westfale muß wohl auch reichlich rheinische Gene in sich tragen. Doch dann die Ernüchterung: In den nächsten Tagen und Wochen darf Kai nur anderen über die Schulter schauen, Bänder auf Anweisung zusammenschneiden, Kaffee kochen und das Redaktionsauto waschen. Aber auch das scheint er gut hinzubekommen. Sein Ehrgeiz ist mal wieder stärker als die Enttäuschung. Das Praktikum wird um vier Wochen verlängert. Kai hat weiterhin nur Augen für das Mikrofon. Er braucht einen Masterplan für den kürzesten Weg zur eigenen Sendung, zumindest zum ersten eigenen Beitrag.

»Kai, ich hab von deinem Vater gehört, du bist jetzt beim Fernsehen?«

Ach du lieber Gott, Kurt von Bargen hatte sich wohl irgendwo verplappert. Was tun?

»Also, Frau Pleger, Radio, nicht Fernsehen!«

»Ja und was machst du da?«

Eigentlich keine unangenehme Frage der bodenständigen Nachbarin, denn wie sie hat in Lübbecke eh keiner Ahnung von so was. Ne, Kaffee zubereiten wird er ihr nicht sagen. Also erzählt er: »Ich interviewe wichtige Leute und mache daraus Radiobeiträge. Und das läuft bisher prima. Ich bekomme schon die kniffligsten Fälle. Der Chefredakteur meinte gestern noch, der Job sei wie geschaffen für mich. Er traut mir jetzt schon Fernsehen zu.«

»Dann werden wir von dir wohl noch was hören, Kai, oder?«

»Und sehen, Frau Pleger, und sehen!«

Schnell macht die Story über seine Karriere in der Kleinstadt die Runde. Das Problem allerdings: Noch ging nichts von den »sensationellen Reportagen« über den Sender. Wenn das nicht bald passiert, denkt er, dann steh ich vor Kumpels und Bekannten ziemlich blöd da. Das darf nicht passieren. Doch die Rettung naht erneut in weiblicher Gestalt. Die Redakteurin hat ihn offenbar ins Herz geschlossen und ihm erzählt, daß sie Tennis spiele, oder besser gesagt, dabei sei, es richtig zu lernen. Für Kai ist das wie ein hoher Ball des Gegenspielers am Netz. Er braucht ihn nur noch volley zu nehmen.

»Sabine, was hältst du von folgendem Deal? Ich bringe dir das Tennisspielen bei, und du zeigst mir nach Feierabend wie man Beiträge und Reportagen macht.«

Es lebe das Win-win-Geschäft, denkt sich wohl auch »Sabine«. Die hat schon lange »Frau Osterhagel« abgelöst. Von nun an wechseln sich die Lehrstunden ab. An einem Abend setzt sie sich mit ihm ins Studio und zeigt ihm alles, was man braucht und beachten muß, um einen guten Radiobeitrag zu »bauen«. Am anderen Abend gehen die beiden auf den Tennisplatz und er zeigt ihr seine Vor- und Rückhand. Sabine lernt passabel Tennisspielen, und der junge Wilde vom Wiehengebirge saugt förmlich alles auf, was man so als Moderator und Reporter können muß. Schnell kommt sein großer Tag. Er informiert Verwandte, Freunde und Bekannte.

»Du wolltest doch mal wissen, wann ein Beitrag von mir kommt. Morgen Nachmittag bin ich on air!«

Wie das klingt, »on air«. Kai spürt die Ehrfurcht von Kumpel Wilfried am anderen Ende der Leitung.

»Es geht um einen Prozeß vor dem Osnabrücker Landgericht!«

Klingt auch sehr bedeutend. Der Beitrag ist 40 Sekunden lang, ein sogenannter Aufsager. Am Ende hört man Kais Stimme im Radio: »Kai von Bargen für Radio ffn, Osnabrück.« Auch wenn's nur 40 Sekunden sind, ist Kai sich sicher, daß das der Anfang von etwas ganz Großem sein würde.

Spürhund jagt Dr. A.

Willi Fahsen vom *Express* ist so etwas wie ein Spürhund, den man nicht loswird. Es hatte ihn einer angerufen, der meinte, mit diesem Dr. Alt stimme was nicht. Fahsen checkte den Namen dann mal auf die übliche Weise. Ohne Erfolg. Kein Hinweis auf diesen Alt oder seine Doktorarbeit. Nichts. Nirgends. Er machte weiter, schnappte hier und da etwas auf, erfuhr von der *Alten Schmiede* in Köln. Irgendwer sagte ihm dann: »Der Dr. Alt soll ja aus Remagen stammen, hat er dem Dr. Scheibner von der IHK mal gesagt.«

Und nun zieht Fahsen mit einem Foto des Lieblings der feinen Düsseldorfer Gesellschaft seit Tagen durch Remagen und Umgebung.

»Entschuldigung, kennen Sie zufälligerweise den Mann hier?«

Immer wieder hört er: »Nein, sagt mir nichts.«

Das kann einen wie ihn allerdings nicht zum Aufgeben bringen. Er versucht es bei der alten Frau, und dann ist es plötzlich so weit.

»Dä do, isch jlöev dä kenn isch.«

»Das ist der Dr. Alt aus Düsseldorf ...« testet er sie.

»Nä, nä, der sit us wie dä kleijne Fuchs. Och wenn isch em Johre nit jesinn han. Isch ben secher, dat es der Max Fuchs. Watt es met demm?«

Der Rest ist für den Spürhund reine Routine. Ab zum Friedhof. Er findet schnell das Grab der Familie Fuchs und findet dann heraus, daß Fuchs und seine ehemalige Lebensgefährtin mit einem Sohn in Ahrweiler-Kripp gemeldet sind. Daten vom Einwohnermeldeamt? Für einen wie Fahsen eine der leichteren Übungen. Bald wird seine Schlagzeile auf der Titelseite des *Express* die Düsseldorfer Oberschicht erschüttern: »Größter Gauner des Rheinlandes enttarnt!«

Kurze Zeit später sitzt Max Fuchs alias Dr. Alt unerkannt in einem Berliner Hotel. Hier kennt man ihn noch von früher, von seinen »geschäftlichen Aufenthalten«. Er weiß, daß er immer wieder von »meinen Anwälten« und »meinen Sekretärinnen« sprechen muß. Die Kölner Immoversicherung hatte ihn mittlerweile wegen Betruges angezeigt, hatte offenbar endlich jemanden nach Stotel geschickt, zu dem »Traumschloß«, das sich dann doch als Ruine oder zumindest als das zusammenbrechende Kartenhaus des Dr. Alt entpuppte. Der Polizeirazzia in seinen Kö-Räumen war er knapp entgangen. Sein Sohn ist jetzt nach Berlin gekommen, um ihm frische Kleidung zu bringen. Fuchs sucht nach Worten ihm zu erklären, was passiert ist. Wie er sich für sein Doppelleben schäme, daß ihm alles über den Kopf gewachsen sei, daß er es doch auch für Frau und Kind getan habe, daß es ihm leid tue. Übrigens habe er keine Spende für die Kinderstiftung veruntreut, darauf lege er Wert. Er fühlt sich wie früher im Beichtstuhl, hofft zumindest auf die Absolution seines Sprößlings. Und er weiß um seine Wirkung. Er sieht sich schon fast in der Rolle eines Fernsehhelden wie Dr. Richard Kimble:

Auf der Flucht. Er übersieht dabei aber gerne, daß der im Film ein richtiger Arzt, er aber ein falscher Doktor ist. Ja, viele werden später sagen und aussagen, Fuchs habe oft Dichtung und Wahrheit so vermengt, daß er selbst nicht mehr gewußt habe, was was ist. Und so wechselt er in diesen Tagen die Städte und Hotels fast so häufig wie seine immer noch schicke Kleidung und seine Frisur, ja, sogar den schnittigen Namen. Es sind immer noch schicke Hotels, ob in Hamburg, München, Dresden, Karlsruhe – oder Mainz, wo er gerade gastiert. Denn die mehr als elf Millionen Euro sind noch lange nicht verbraucht. Apropos Mainz: Max Fuchs alias Dr. Alt alias Dr. Schiffer – seine ehemalige Lebensgefährtin heißt Schiffer – sitzt nun bei einem Espresso in der Vorhalle. Auf der Großbildleinwand läuft plötzlich in den Nachrichten ein Bericht über diesen Dr. Alt aus Düsseldorf, der wegen Betrugs im großen Stil gesucht werde. Fuchs prüft, ob die falsche Brille gut sitzt, streicht sich über die neue Frisur.

»Der hat es richtig gemacht. Hoffentlich kriegen die den nicht!«

Die Worte des smarten Geschäftsmanns hinter ihm tun jetzt sehr gut. Er spürt Respekt und Anerkennung für eine große, beinahe schon künstlerische Leistung. Betrug als Performance. Das, was für ihn immer das Wichtigste ist und war. Fuchs spürt sich in historischer Nachfolge der englischen Posträuber, denen damals auch die Herzen vieler Briten zugeflogen waren, weil sie ohne Gewalt und mit einer strategischen Glanzleistung Millionen erbeutet hatten. Morgen wird er nach Saarbrücken reisen. Da werden sie ihn endlich kriegen. Die Düsseldorfer Promis werden abtauchen oder behaupten, sie hätten immer schon »so ein komisches Gefühl bei dem« gehabt. Ja, und der Bundesaußenminister wird seiner Erschütterung Ausdruck verleihen, so reingelegt worden zu sein. Die Zeitungen, noch vor kurzem begeistert von seinem Gemeinsinn, werden während des Prozesses vor dem Düsseldorfer Landgericht vom Fuchs im Schafspelz schreiben, der nun seinen Hermelinmantel abgelegt habe. Die meisten Journalisten und ihr lesendes Fußvolk sind offensichtlich Pharisäer. »Hosianna!« und »Kreuziget ihn!« liegen nah beieinander. Fuchs selbst wird dem Gericht erläutern, er scheine nur auf den ersten Blick ein simpler Hochstapler zu sein, aber er ziehe sich diesen Schuh nicht an. Er habe viel gearbeitet und Ideen am Fließband produziert. Leider sei das tolle Projekt von Stotel durch Fehler und Ungeduld anderer nicht umsetzbar gewesen.

»Und wo sind die fast zwölf Millionen?« fragt der Richter, ein leichtes Grinsen kann er nicht unterdrücken.

»Leider habe ich für meinen für die Stiftung erforderlichen Lebenswandel und für die Aufrechterhaltung meiner Legende diese Anschubfinanzierung fast verbraucht. Natürlich hätte Stotel bei Fertigstellung das Geld locker eingespielt, aber da wurde ich ja ausgebremst. Selbstverständlich wird die Immoversicherung von mir ein notariell beglaubigtes Schuldanerkenntnis erhalten und zwar mit der Zusicherung jährlicher Ratenzahlung von einer Million Euro.«

Fuchs dreht sich dabei zu Staatsanwalt und Publikum im Gerichtssaal. Es scheint, als warte er auf tosenden Applaus. Geholfen hat es nichts: fünfeinhalb Jahre, keine Bewährung.

»Überlegen Sie mal«, meint nachher sein Rechtsanwalt Dornenkranz zu einem der Reporter, »wie soll er denn mit der bescheidenen, ehrlichen Arbeit, die ihm der Richter im Urteil für die Zukunft ans Herz gelegt hat, jährlich die Million zusammenkriegen?«

Fuchs hängt schon ganz anderen Gedanken nach, als sich später die Tore der Haftanstalt Köln-Ossendorf hinter ihm schließen. »Wie komme ich hier bloß ohne Schrammen durch?« flüstert er zu sich selbst.

Die Beamten, die ihn zur Zelle bringen, haben einen guten Blick für Neulinge.

»Ein höflicher, gepflegter Zeitgenosse. Glaub nicht, daß der Ärger macht.«

»Seh' ich auch so!«

Er wird übrigens bald zum offenen Vollzug in die JVA Euskirchen wechseln, eine Haftanstalt mit besonders vielen kreativen Gefangenen.

Hans-Dietrich geht, Kai kommt

Ein großer, historischer Tag für Bundesaußenminister Hans-Dietrich Genscher, für die Republik und auch für einen ehrgeizigen jungen Tischler. Der Held der Wiedervereinigung will seinen Rücktritt verkünden. Die gesamte Redaktion der *drufa* macht sich auf zur FDP-Parteizentrale. Schließlich hatten viele Kunden – Radiosender aus der gesamten Republik – schon Genschers O-Töne bestellt, also die entscheidenden Sätze des Politikers auf Band. Die *drufa*-Leute kommen ziemlich spät an. Zu spät. Vor der Eingangstür des Bonner Thomas-Dehler-Hauses stehen schon dicht gedrängt unzählige Journalisten, Kamerateams und Fotografen. Hier ist es für einen Privatradiosender so gut wie unmöglich, Genschers Stimme aufs Band oder gar ein richtiges Interview zu bekommen. Kais erfahrene Reporterkollegen stellen sich also brav und resigniert in die Reihe der Wartenden. Für Kai aber ist eine Situation niemals aussichtslos. Er versucht es von der Seite und bekommt prompt eine Kamera gegen den Kopf. Leicht benommen bückt er sich ein wenig. Wenn es schon nicht obenrum geht, dann vielleicht von unten. Er kniet sich hin und krabbelt zwischen den Beinen der drängelnden Horde immer weiter vor. Hatte er ja beim Bund gelernt: Abtauchen, Dünnemachen, Robben. Weiter nach vorne Richtung Eingangstür.

»Was soll denn das, Kollege. Komm bitte frühzeitig, mein Freund!«

»Sorry, ich bin sofort wieder weg!«

Einer von diesen arroganten Bonner Pressevögeln hatte ihn »Freund« und »Kollege« genannt. Kollege ließ Kai sich ja gerne gefallen, aber ein Freund von denen wollte er nie werden. Hin und wieder tritt ihm jemand auf die Hand oder stößt ihn mit dem Fuß. Egal, solange dem Mikrofon nichts geschieht. Jetzt bloß nicht aufgeben! An den Stufen zur Eingangstür steht ein kleiner Tisch. Und mit Tischen kennt Kai sich schließlich bestens aus. Der bietet ideale Deckung, denkt er sich, auch wenn er sofort die mangelhafte Stabilität der Stützleisten erkennt. Hätte er bei Meister Hengstental seinerzeit besser gemacht. Dann ist es soweit. Der Außenminister mit den großen Ohren tritt heraus und gibt eine Erklärung ab. Kai kann den Kopf nicht heben, ist eingeklemmt. Aber er schafft es, seinen Arm mit dem Mikrofon hochzuhalten und die Taste für Aufnahme zu drücken. Nach ungefähr zehn Minuten ist Genschers Rücktrittserklärung vorbei und Kais Arm taub. Für den Politprofi bedeutet so ein Auftrieb nichts Besonderes mehr.

Doch da war was: »Gut, daß ich die ab heute los bin. Haben wir mal wieder die Verrücktesten erlebt. Sogar unter dem Tisch hat sich einer versteckt!«

Der Minister und seine Begleiter müssen lachen. Alle anderen eilen in ihre Redaktionen. Kai steht auf und sieht sich um. Seine Kollegen sind nicht in Sicht. Mist, jetzt muß er zu Fuß in die Redaktion zurück. Dort hört er schon im Flur das Mordsorgan des Chefs: »Wie, wir haben keinen O-Ton von Genscher? Das ist das Topthema heute, die Redaktionen wollen das haben, und wir können nicht liefern?«

Kai schleicht behutsam in das Chefbüro. Alle sitzen da und blicken betreten zu Boden. Niemand sagt was. Das »Team« hatte schließlich versagt. Kai setzt sich unbeachtet von den anderen auf eines der Sofas. Der Chef holt erneut aus.

»Was ist das für ein Luschenhaufen hier! Glaubt bloß nicht, daß ihr 'nen sicheren Job habt. Wenn wir keinen Genscher liefern können, können wir auch keine Mitarbeiter bezahlen. Jedenfalls nicht, wenn das hier weiter so läuft!«

Er schäumt vor Wut, hat ein rotes Gesicht. Das hat Kai auch, aber nicht vor Wut. Denn jetzt ist der Moment gekommen, in dem ihn entweder der Blitz treffen wird oder der Segen des Allmächtigen: »Vielleicht habe ich da ja etwas!«

Erstaunt blicken ihn alle an. Der Chef zeigt wortlos und mit großer Geste auf das Abspielgerät. Kai legt seine Kassette ein. Was bitte sollte der Grünschnabel von Praktikant schon Verwertbares haben? Schließlich hatten sie, all die erfahrenen

Reporter, auch nichts bekommen. Er drückt die Playtaste. Zuerst endloses Geraschel. Er sieht sich fast schon als mitleidvoll belächelten Versager. Dann hören alle die Stimme von Hans-Dietrich Genscher, erst etwas leise, dann klar und deutlich. Erstaunen in den Gesichtern der Kollegen, Erleichterung bei Kai und so etwas wie ein Hauch von Freude beim Chef. Der Tag ist gerettet, die Redaktion kann den Sendern liefern, das Topthema der Woche ist im Kasten. Am Abend laden ihn die Kollegen auf ein Bier ein, jeder natürlich nur auf eins, und am nächsten Tag fragt ihn der Chef, ob er nicht hier als Redakteur fest anfangen wolle. Und wie Kai das will! Monate hatte er in Osnabrück geschuftet wie ein Besessener. Sprecherziehung gebucht. Jedes Thema, jeden abseitigen Termin wahrgenommen. Er war zum Ortsverein der Kriegsversehrten, zum Stiftungsfest des Kirchenchors, zum Bezirksligaknaller Borussia Binsen gegen Beşiktaş Ballhausen getigert, hatte über diese weltbewegenden Ereignisse drei Zeilen notiert, manchmal auch was auf Band festgehalten. Ansonsten hatte er weiter für die Redaktionsleitung Kaffee gekocht und Zigaretten besorgt, er hatte geradezu alles an sich gerissen, was er kriegen konnte. War immer höflich bis witzig, am besten beides gleichzeitig. Er fiel mehr und mehr auf! So was spricht sich in der Branche schnell rum. Beim Lokalradio Minden hatte man ihm daher ein Volontariat gegeben. Da machte er genauso weiter, schließlich sollten sie ihn möglichst schnell auch bundesweit kennenlernen. Er knüpfte Verbindungen. Irgendwann kam dann das Angebot für das Praktikum bei der *drufa* in Bonn. Nur eine Woche Zeit bekam er, um eine deutliche Duftmarke zu setzen. Nur wie? Kai hatte keine Ahnung von Politik und die Agentur lag direkt am Sitz der Bundesregierung. Fast alle Themen ranken sich da zwangsläufig um Politik. Kai beobachtete und wartete auf seine Chance. Die kam dann am dritten Tag, weil Genscher ging! Fleiß scheint Glück förmlich anzuziehen, davon ist er jetzt überzeugt. Kai, bald darauf Redakteur, ist nun Chef vom Dienst, darf Kohl interviewen und Kofi Annan, darf zu den Olympischen Spielen in Atlanta, schließlich nach

Wimbledon. Im australischen Melbourne macht er Jugendfreund Steve kurz zum »Tennisexperten« für sein erstes Live-Telefonat. Wer sollte schon in der Eile des täglichen Geschäfts überprüfen, wer genau dieser Steve ist. Hauptsache O-Ton haben und senden. Nun ist es ja so, daß es bei Sportarten wie Tennis schneller als in der politischen Berichterstattung auffällt, wenn einer am Mikrofon keine Ahnung hat. Beim weißen Sport differenziert man allein schon zwischen Sandplatz, Rasenplatz und Kunststoffboden, in der Politik sind nur Allgemeinplätze gebräuchlich. Beim Tennis entlarvt schon eine falsche Formulierung, ein falscher Fachbegriff. Aber er hatte Steve die Antworten schon vorformuliert.

»Endlich einer, der keinen Müll quatscht! Und der die richtigen Interviewpartner findet.«

Der Geschäftsführer in Paderborn spielt selbst Tennis. Daß Kais erste Schalte ungeschickt und anfängerhaft war, ist nun zweitrangig.

»Ich hab von dem von Bargen auch schon einen guten Eindruck bekommen, als er die Berichte aus Atlanta lieferte.«

Der zweite Mann der Redaktion bestätigte wie immer gerne das Urteil seines Chefs.

»Man sagte mir, der stamme aus Lübbecke. Sollten wir im Auge behalten, den Jungen!«

Kai, jetzt 27, fehlt nur noch richtige Fronterfahrung. Gerade suchen sie für das Büro in Zagreb einen, der vom Bosnienkrieg berichten soll. Wer will da schon hin, in dieses Elend? Natürlich Kai! Und schon wieder fällt er bei Betreibern eines Senders in Ostwestfalen auf!

»Wie sieht es aus, Herr von Bargen. Können Sie sich vorstellen, bei uns in Paderborn Chefredakteur zu werden?«

Aber selbstverständlich kann er sich das gut vorstellen. Der »jüngste Chefredakteur Deutschlands«, so liest er in der Zeitung, kann jetzt seinen Arbeits- und Ausdrucksstil zum Stil der Redaktion erklären. Die Einschaltquoten steigen ebenso schnell wie seine Chancen, stellvertretender Programmdirektor bei *radio nrw* zu werden. Nach vier Jahren ist er es. Kai pendelt zwischen Bett, Bürosessel und Mikrofon. Ein Chef muß ein lautes Organ haben, zumindest an Rhein und Ruhr. Über eine Million Hörer, da häufen sich die Einladungen zu sogenannten »Events«.

»Also, ich hab da vor kurzem Ihr Interview mit dem Clement gehört. Ist der eigentlich so ein Kotzbrocken, wie viele sagen?«

Eine gefährliche Frage, die der Modefritze auf der Party in Düsseldorf stellt.

»Also, mir gegenüber war der korrekt. Ich war ja auch korrekt zu ihm!«

Dabei ein Augenzwinkern. Nein, Kai hatte Clement nicht als »nett« bezeichnet. Das hätte auch kaum einer geglaubt. Soll sich der Modetyp doch selbst was unter »korrekt« vorstellen. Schließlich könnte ein weiteres Interview mit Clement nötig sein. Außerdem hat er sich bei dem Gespräch nicht auf den Klamottenvertreter, sondern die Kleine neben ihm konzentriert. Sicher wird da was laufen, denn das erwiderte Lächeln kennt er. Aber wann? Seine Augenringe wachsen so schnell an wie die Arbeitsstunden. Kai ist die belastbare »Allzweckwaffe«. Die deutsche Hörfunkakademie engagiert den drahtigen Mann mit Kojak-Frisur, abgeschlossener Tischlerausbildung und nicht abgeschlossenem Mundwerk für Seminare und Workshops. Ob er denn Zeit dafür habe?

»Klar, es gibt ja noch die Urlaubstage und die Wochenenden. Urlaub ist etwas für Weicheier und wird allgemein überbewertet!«

Solche Sprüche hat er immer parat, und meist gibt's dafür Applaus. Seine Freundin und seine Familie kennen diese Sätze schon längst. Kai vergißt bei allem Streß aber auch nicht, sich zu belohnen: Seine Wohnungen werden immer größer und schöner, die Partys bei ihm immer schriller. Geld ist da und Kai ist dabei – was will man mehr. Er stellt sich schon zu seinem 30. Geburtstag einen Mercedes Oldtimer vor die Tür. Die Urlaube sind zwar kurz, aber luxuriös. Wenn schon, denn schon. Kurz geht's als Chefredakteur nach Bielefeld, dann – endlich –

wird er Chef von Antenne Düsseldorf. Hier sind alle schönen Dinge des Lebens kompakt beieinander. Luxusgeschäfte, Events, Lifestyle, Clubs, Mode, tolle Restaurants, hübsche Frauen, und, und, und. Von hier gehen Direktflüge nach New York und Moskau. Und vor allem sind die Herrschaften in der Landeshauptstadt anders gepolt als in Lübbecke, Bielefeld oder Osnabrück. Hier am Rhein hat Hochstapelei noch Charme.

Der Fuchs im Bau

»Also, wie soll sich hier einer zurechtfinden? Die Bücher nach Verfasser zu sortieren ist doch völliger Blödsinn. Wir legen ein neues System an. Hier links alles, was mit Recht und Gerichten zu tun hat. Daneben die Gesundheitsratgeber und so weiter. Und gegenüber dann die Romane. Unsere Jungs wissen doch nicht, wer was geschrieben hat. Die wollen sofort wissen, wo was für ihr Problem steht!«

Max Fuchs hat neben der Essensausgabe auch die Neuordnung der Anstaltsbibliothek übernommen. Die Beamten der JVA Euskirchen hatten es ja gleich gemerkt, mit dem gibt es keinen Ärger, nein, im Gegenteil. Der scheint die personifizierte Resozialisierung zu sein.

»Du, ich hab gestern mit dem Möbelladen in Köln gesprochen, in dem unser Vorzeigefreigänger tagsüber arbeitet. Die sind auch ganz begeistert von dem! Der kann angeblich Hosenträger als Sicherheitsgurte verscheuern.«

Die beiden Vollzugsbeamten werten das als positive Eigenschaft. Sieht ganz so aus, als ob Fuchs wieder eine Vergünstigung in Aussicht hat. Daß er von Euskirchen mit einem dicken Mercedes zu seinem Arbeitsplatz fährt, was soll's? Angeblich soll er auch irgendwo ein Handy gebunkert haben. Solange er ihnen damit nicht direkt vor der Nase rumfummelt. Nein, solange Fuchs keinen Streß macht und der Anstalt nützlich ist, macht die Wärter nicht heiß, was sie nicht wissen.

»Erzähl doch mal, wie du die Provinzheinis da oben bei Bremen aufs Kreuz gelegt hast, Max.«

Auch die Mithäftlinge schätzen ein Gespräch mit ihm.

»Moment mal! Die Investition in Stotel war eine absolut sinnvolle und renditeträchtige Sache. Hier bin ich von unfähigen Behörden und Parteibonzen ausgebremst worden. Wenn die nicht dazwischengefunkt und mal ein Äuglein zugedrückt hätten, wäre das prima gelaufen. Bei einem Investitionsvolumen von 11,5 Millionen wäre eine Endrendite von mindestens acht bis zehn Millionen noch vorsichtig kalkuliert gewesen. Für mich und die Kölner Kreditgeber ein tolles Geschäft. Luxuswohnungen nahe am Meer. Da hätten sich reiche Hamburger und Bremer die Finger nach geleckt. Außerdem wäre das auch gut für dieses Nest Stotel, seine Händler und Dienstleister gewesen. Aber es scheint, als legten da einige den anderen, die das Geschäft selber machen wollten, Steine in den Weg.«

Die leichten und schweren Jungs in der Anstaltskantine hängen an seinen Lippen. In dem Moment würden auch sie Fuchs ihr Geld für große Investitionen anvertrauen, wenn sie welches hätten oder irgendwie drankämen. Was für ein cleverer Typ! Sabotiert von Neidhammeln in den Behörden und verurteilt von blinden Richtern. Bald gilt er hier als besondere Form von Justizopfer, so überzeugend kommt er rüber. Ja, so einer muß manchmal seine eigene Sicht der Dinge für die Realität halten. Daß die Ruine von Stotel mittlerweile abgerissen wurde, weil sie keiner mehr haben wollte, vergißt er den Jungs zu erzählen. Würde schlecht zum Rest der schönen Geschichte passen. Fuchs denkt eben immer in harmonischen Zusammenhängen. Der Anstaltsleiter benutzt übrigens, wenn es um diesen Tausendsassa geht, recht gerne die Attribute angepaßt, flexibel, zugänglich für Beamte und Mithäftlinge.

Das Anwesen

Die großen Werbeagenturen und die riesigen internationalen Konzerne in und um Düsseldorf elektrisieren Kai immer mehr. Hier ist er richtig und es würde sich ganz sicher bald eine gute Chance ergeben, den nächsten Schritt zu tun. Er muß nur weiter wachsam bleiben.

»Guck mal, da ist es!«

Sandra zeigt freudig auf das Anwesen in Friemersheim. Dazu »Haus« zu sagen, wäre eine Untertreibung gewesen. Kai parkt das Auto direkt davor. Das ist also das Objekt der Begierde, das Sandra die vergangenen Tage so beschäftigt hatte. Sie wohnen zurzeit sehr schön. In Kaiserswerth, direkt am Rhein, erste Reihe. Beste Lage also. Ein kleines Häuschen, aber mit allem Komfort, einer maßgeschneiderten Küche, kupferbeschlagenem Kamin, kleinem Patio nach hinten raus, zwei Bädern – zwei! Doch jetzt soll etwas Eigenes, Standesgemäßes her. Sandra hat einen guten Geschmack und einen guten Riecher, Kai hinreichend Geld, Mut zum Kredit und Phantasie. Nun stehen beide also vor einem riesigen grünen Holztor, zweiflügelig und imposant. Dahinter kann man ein großes, rotes Backsteinhaus, Baujahr 1890, erkennen. In dem Exposé ist von ca. 300 Quadratmetern Wohnfläche und einer Grundstückgröße von 2.000 Quadratmetern die Rede. Genau so eine »Perle« hatten sie gesucht. Kai drückt das Tor auf.

»Komm, wir gehen mal gucken«, sagt er.

»Sollen wir nicht erst mal klingeln, ob jemand da ist?«

Sandra zögert.

»Ach was. Wenn jemand da ist, dann werden die schon rauskommen«, entgegnet Kai und betritt das Grundstück. Ein beeindruckender Anblick: Kiesauffahrt, mit historischen Pflastersteinen ausgelegte Stellplätze für die Autos, eine riesige Wiese, alte Bäume und ganz weit hinten eine große Scheune. Kai steuert auf die Eingangstür zu und blickt durch das darin eingelassene Fenster. Er sieht so in den Flur mit seinen alten, wertvoll aussehenden Steinkacheln auf der Erde, den Holzbalken an der Decke.

»Das müssen wir haben. Das ist genau das, was wir brauchen. Bei meinem Job ist jetzt auch private Vorzeige nötig. Du kennst doch ein paar von denen aus der Düsseldorfer Schickeria.«

Er muß Sandra nicht überzeugen. Die hat sich schon in das Haus verliebt, es steht ihr ins Gesicht geschrieben. Makler angerufen, Gespräch mit den Eigentümern, Termin bei der Bank, genauer: bei einer ihm von der Leitung der Institution empfohlenen Frau Grießbach. Natürlich gibt es für einen guten und bekannten Journalisten hier auch gute, nicht jedem bekannte Zinskonditionen. Ein paar Wochen später gehört das Traumhaus ihnen.

Die Einladung

Frau Grießbach probiert den kleinkarierten Blazer an. Der knielange Rock gehört sowieso zu ihrer Grundhaltung.

»Und, paßt das für heute, Max?«

»Wie soll ich das wissen, ich kenne diesen von Bargen und seine Freundin nicht. Wichtig ist nur, daß wir beide seriös rüberkommen.«

»Na ja, der Kai ist da sehr unkompliziert, aber er sagte mir, daß da 'ne Menge wichtiger Leute hinkommen. Der Düsseldorfer Oberbürgermeister Ernst, der Chef vom *Kommödchen*, diesem bekannten Kabinett ...«

»Kabarett!«

»Kabarett, meinte ich auch. Der Präsident von der Düsseldorfer Pferderennbahn, die Bosse von den Zeitungen, jede Menge Geschäftspartner, Freunde, Familie und so weiter.«

Fuchs ist sofort hellhörig geworden. Schon die Ankündigung, man habe für heute eine Einladung des bekannten Hörfunkmoderators Kai von Bargen, hatte sein Interesse geweckt. Und nun die Aussicht, mit einem Mal ein ganzes Netzwerk zu betreten!

»Dann bin ich ja schon mal richtig gekleidet.«

Er ist immer gut gekleidet. Selbst in der Zeit, als er morgens aus dem Knast in Euskirchen zu seinem Kölner Möbelladen fuhr, wirkte er wie aus dem Ei gepellt. Dieses gepflegte Auftreten hatte offenbar auch die Bankberaterin Manuela Grießbach davon überzeugt, diesem reuigen, charmanten Sünder eine zweite Chance zu geben. Die Einladung ist das »Dankeschön« von Kai – so nennt sie ihn mittlerweile – für die Hausfinanzierung, die so günstig ist, daß darüber nie verhandelt werden mußte.

Galanter Gastgeber trifft eleganten Gast

Kai ist voll in seinem Element. Ein großer Gastgeber, als solcher fühlt er sich, im Sternzeichen Löwe geboren, also mit elegantem, dominantem, federndem Gang. Wie ein Herrscher des Mediendschungels zeigt auch er seine schönen Zähne, wenn er lächelt.

»Hallo, Frau Grießbach, sorry, Manuela. Schön, dich zu sehen!«

Kai geht mit einer Geste auf die Frau mit dem streng zurückgekämmten Haar zu, die dem Gast vermitteln soll, daß er der Wichtigste und Liebste ist.

»Darf ich dir meinen Lebensgefährten, Max Fuchs, vorstellen?«

Direkt hinter der Bankerin steht ihr Partner: Teures Sakko, kombinierte Hose, dazu rahmengenähte braune Schuhe und ein freundliches Lächeln im Gesicht.

»Guten Tag, Herr von Bargen, es freut mich, Sie kennenzulernen. Glückwunsch zu diesem wunderschönen Haus und vielen Dank für die Einladung.«

Ein Satz, der zeigt: Das ist einer, dieser Herr Fuchs. Wahrscheinlich so ein Direktor oder Abteilungsleiter. Zumindest aber ein Geschäftsmann. So einer trifft sofort den richtigen Ton. Ein angenehmer Typ, denkt Kai bei sich, und offeriert den beiden je ein Glas Weißwein. Sie schlendern über das Gelände und Kai berichtet einige bemerkenswerte Details zu Haus und Grundstück. Als sie bei der Scheune am hinteren Ende des Areals ankommen, halten sie kurz an, denn etwas hat die Aufmerksamkeit von Herrn Fuchs geweckt.

»Da haben Sie aber ein ganz besonderes Schmuckstück, Nitribitt-Ausführung, Baujahr 65, oder?«

Kai freut sich über die Aufmerksamkeit dieses offenbar autobegeisterten Gastes. Sogar die Spaßbezeichnung des Fahrzeugs kennt er, die an die berühmte, später ermordete Frankfurter Edel- und Promiprostituierte Nitribitt erinnert, die so einen Schlitten fuhr.

»Ja, fast. Baujahr 60 und komplett restauriert«, sagt er mit dem Stolz eines Vaters, dessen Sohn soeben gelobt wurde.

Sie stehen vor seinem »Liebling«, einem Mercedes 190 SL in schwarz, mit rotem Leder – ein Oldtimer der Extraklasse. Von Kai natürlich bewußt in der Einfahrt der Scheune ausgestellt. Alle sollen den sehen, und wenn dann noch so ein Autonarr kommt, dann um so besser. Er läßt seinen Blick kurz über das Gelände schweifen. So ungefähr 80 hochkarätige Gäste stehen auf seinem Grundstück, unterhalten sich gut, das Wetter ist perfekt, die Frauen, viele Frauen jedenfalls, sind attraktiv. Sandra ist die ideale Ergänzung zu ihm. Sie tänzelt von einem zum anderen und füllt die Gläser nach. Kai führt die Bankerin und ihren interessanten Begleiter zu einer Gruppe von Gästen, stellt sie kurz vor und begibt sich wieder zum Eingangsbereich. Neue Gäste. Es ist für jeden genug da. Was für ein Tag!

Falsch verbunden

»Sag mal, Kai, du kennst doch den von der Firma White, den Hrdlicka ganz gut«, meint die attraktive dunkelhaarige rechte Hand des Oberbürgermeisters.

»Kannst du mir den nicht vorstellen? Es geht darum, daß die sich mal etwas mehr für die Stadt einsetzen und Geld locker machen sollen.«

Und ob der kontaktreiche Mann vom Lokalsender das kann! Gerade hier, beim sogenannten Standpunkttreff des ehemaligen Boulevardreporters und derzeitigen Finanzagenten Platzberg ist sein Netzwerk enger als sonstwo. An solchen Abenden im Landesmuseum für rheinische Kultur und Lebensart treffen sich die regionalen Strippenzieher aus Politik, Wirtschaft, Sport, Kultur und Medien regelmäßig, um ehrfürchtig den Worten eines »Stargastes«, eines überregionalen Promis, zu lauschen. Danach pflegt man bei Speis und vor allem Trank mit diesem und jenem das Kärtchen zu tauschen. Ein Termin mit mehr Regional- als Bundesliga, mit mehr Sternchen als Stars. Aber dennoch ein Muß, wenn einen die Gnade der Einladung ereilt. Für den Absacker danach trifft man sich gerne in der Museumsbar. Genau dort findet Kai zu vorgerückter Stunde den Pressesprecher von White. Hrdlicka ist mittlerweile ein guter Bekannter des smarten Radiomanns geworden. Er stellt sie einander vor.

»Hallo, ich hatte Ihnen doch kürzlich von Frau Bissich erzählt, die für unseren Herrn Oberbürgermeister das Rathaus organisiert. Die wichtigste Frau der Stadt!«

Kais Augenzwinkern soll von beiden wahrgenommen werden. In solchen Situationen wechselt er gerne vom Du mal kurz auf das Sie.

»Ja, liebe Frau Bissich, und der Herr Hrdlicka ist der Ideenproduzent bei White, das Markenhirn, direkt dem Vorstandsboß zur Seite gestellt. Aber was sag ich, den Namen haben Sie sicher schon oft gehört und gelesen. Finde, Sie beide sollten sich kennenlernen. Aber bitte entschuldigen Sie mich kurz, ich hätte da hinten noch etwas zu erledigen!«

Hatte er natürlich nicht. Aber er wollte das junge Pflänzchen vertrauensvoller Kooperation der Stadt mit deren wichtigstem Unternehmen in Zweisamkeit gedeihen lassen. Kai verzieht sich zur Bar und quatscht mit Kollegen. Nicht lange. Denn er sieht Hrdlicka und Bissich, die mit den Armen fuchteln und sich lauter unterhalten, als es bei solch einem ersten Herantasten üblich ist. Der Mann vom Konzern rauscht Sekunden später offenbar sauer an ihm vorbei nach draußen, wo der gute »Vater Rhein »von seinem Sockel am Schwanenteich über die Raucher wacht. Kai folgt ihm sofort.

»Was ist los, Franz?«

»Also die spinnt doch! Quatscht die mich sofort wie eine Grundschullehrerin beim Elternsprechtag doof, White täte derzeit eigentlich zu wenig für die Stadt. Da wäre doch noch 'ne Menge Spielraum bei unseren Rekordumsätzen. Die Multifunktionsarena, Fortuna, DEG, Schulen und was sonst noch auf unser Geld warte. Ich habe ihr dann klargemacht, daß Sie mal halblang machen solle, und sie daran erinnert, mit wem Sie, die Zugehfrau des Bürgermeisters einer kleinen deutschen Provinzstadt, hier rede.«

Kai kann sich gut vorstellen mit wem: Natürlich dem Pressesprecher eines Weltkonzerns, eines Daxwertes, der die Hälfte des Jahres mit dem Boß von New York über Shanghai nach Moskau reist. »Jetzt rauch erst mal 'ne Zigarette und dann trinken wir beide drinnen noch einen Kaffee.«

Kaffee wäre auch besser, denn Hrdlicka hatte den Wein offenbar schon hinreichend probiert. Jetzt schnell rein und die Bissich abfangen.

»Was war denn da eben los, ich hatte euch doch allenfalls fünf Minütchen alleine gelassen.«

»Also, mit dem rede ich nicht mehr, diesem arroganten Sack. Was glaubt er denn, wer er ist. Ich bin schließlich hier stellvertretend für den Oberbürgermeister der Landeshauptstadt und von dem will auch White immer wieder was. Nicht nur die Genehmigungen der Ämter.«

»Ja, dann sag mal, was euch so aneinandergebracht hat.«

»Vielleicht hatte der schon zu viel intus. Aber das ist kein Grund, mich gleich anzublaffen. Ich habe ihm nur gesagt, es wäre nett, wenn White der Stadt seines Hauptsitzes noch mehr Interesse entgegenbringen würde. Darauf er sofort, was ich denn glaube, wie wichtig dieses Nest Düsseldorf für einen weltweit produzierenden Markenhersteller sei. Im Übrigen habe er keine Lust, sich so spät am Abend mit solchen Nebensächlichkeiten zu befassen. Also, so geht es nicht!«

Kai hat das Problem schnell analysiert: Die Bissich war wohl zu forsch rangegangen, hatte den Mann von White so behandelt, wie sie es bei manchen Mitarbeitern, Besuchern oder Bittstellern im Rathaus wohl auch zu tun pflegt, wie er gehört hatte, in dem Bewußtsein, Oberbürgermeister Ernst stets an ihrer Seite zu wissen. Am nächsten Morgen wird aus Kai, dem großen Netzwerker, wieder Kai, der Moderator. Das, was da beim Standpunkttreff passierte, muß doch journalistische Konsequenzen haben, oder nicht? Und so läßt der Chefredakteur sich selbst als Zeuge des Abends vom Sender interviewen, um in seiner leicht süffisanten Art zu berichten. Woran es gelegen habe, fragt der Kollege? Es sei nicht das erste Mal, so Kai, daß sich die Referentin des Oberbürgermeisters im Ton vergriffen und überschätzt habe. Jetzt, in einer Zeit, in der Düsseldorf dringend Geld und positive Meldungen brauche, sei mehr Fingerspitzengefühl nötig. Warum diese Bissich denn beim Oberbürgermeister diesen Stellenwert besitze und so schnell über ihn Karriere gemacht habe? Vorsicht, Kai! Jetzt diplomatisch umschreiben: Ja, da werde immer spekuliert und es gebe wildeste Auswüchse an Vermutungen. Das reicht doch zunächst. Später gibt er auch noch den Kommentar eines Kollegen zur Sendung frei, in dem es heißt, da fühle sich eine Dame ohne jedwede relevante Vorbildung und Berufserfahrung ziemlich wohl in den höchsten Etagen des Rathauses. Sie versuche immer, wenn der Oberbürgermeister nicht da sei, große Politik zu machen. Nötig sei derzeit Vertrauen, bei Bevölkerung und Wirtschaft. Und das fordere viel Gefühl. Am Schluß der Satz: »Ernst, fang die Bissich ein!«.

Beste Stimmung in der Redaktion nach Sendeschluß. Kai gibt einen aus. Das Bierchen schmeckt heute besonders gut. Man schlägt sich auf die Schulter, stolz auf den Mut, aber auch in der Gewißheit, daß die Antwort aus dem Rathaus nicht lange auf sich warten läßt. Immerhin gehört der Sender einem

Verlag, der der Partei des Stadtoberhauptes nahesteht. Am nächsten Morgen, Kais Telefon klingelt. Es ist Ernst ... im wahrsten Sinne des Wortes! Und dann etwas, das bei einem Wortakrobaten wie von Bargen unmöglich scheint: Er kommt eine Viertelstunde lang nicht zu Wort! Der Oberbürgermeister verpaßt ihm eine Breitseite, die sich gewaschen hat. Na ja, da muß er durch. Aber so ein kerniger Ostwestfale hat genug Nehmerqualitäten.

Frühling an der Kö

Fuchs genießt den Mai in frisch gewonnener Freiheit und im Café an der Königsallee. Hin und wieder wird er nett per Kopfnicken gegrüßt. Wahrscheinlich wissen manche Leute nicht mehr so genau, wo sie diesen gepflegten Herrn in feinem Zwirn und mit teurer Brille schon mal gesehen haben. Sicher wird ihn der eine oder andere aus der Düsseldorfer High Society schon erkannt haben oder jetzt erkennen. Aber diese Herrschaften werden schnell vorbeihuschen. Zu peinlich wäre das Eingeständnis, damals auch auf einem Event dieses Dr. Alt gewesen, von ihm geblendet worden, einer seiner Jünger gewesen zu sein. Ja, und die Schmerzfreien, von denen es in dieser Stadt des schönen Scheins auch jede Menge gibt, haben kein Problem damit, sich erneut mit ihm, quasi einem Paradiesvogel, zu zeigen. Im Rheinland werden Skepsis und Scham meist von Neugierde verdrängt. Schließlich »hat dieser Mann ja seine Strafe abgebüßt und ist resozialisiert«, hat also eine neue Chance verdient. Hochstapelei und eleganter Betrug werden hier unter den Reichen am Rhein nicht so schnell negativ bewertet wie anderswo, eher als Gaunerei mit Geschick und Cleverneß. Aber nun weiter, vor ihm liegt eine Mappe mit großen Plänen. Da geht es natürlich wieder um Millionenprojekte, nicht mehr ums Möbelverkaufen in Köln. Er weiß, hier werden sie ihm hinterherlaufen, wenn er ihnen gekonnt und überzeugend Ruhm und Profit in Aussicht stellt.

Er fühlt sich sehr wohl hier in der Sonne auf der Kö, dem Laufsteg der Eitelkeiten. Zumal es auch privat gut läuft. Frau Grießbach hat ihn wieder gnädig aufgenommen, im Zooviertel, in der Rembrandtstraße. Gute Adresse. Es lief ihm sogar sehr schnell auch wieder ein Jaguar S-Typ zu. Seine Argumente, eigentlich ein Justizopfer zu sein, den böse, neidische Mächte vor Jahren zum Straftäter haben werden lassen, kommen meist an.

»Hallo, Herr Dr. Alt!«

Ein alter Bekannter tritt auf ihn zu. Wohl kein eifriger Zeitungsleser mit gutem Gedächtnis. Fuchs toleriert gern die falsche Anrede. Wer war der Mann noch gleich?

»Lange nicht mehr gesehen. Wie geht es?«

»Na ja, jetzt wieder ganz gut!«

Mal sehen, wie der andere dabei reagiert. Weiß der, wo er die vergangenen Jahre war. Na?

»Herrlicher Tag heute!«

Also nicht weiter dran rühren.

»Nehmen Sie doch Platz. Was kann ich Ihnen denn bestellen?«

»Sehr lieb von Ihnen, aber verzeihen Sie mir, daß ich jetzt etwas in Eile bin. Vielleicht können wir ja ein anderes Mal miteinander sprechen!«

Fuchs schaltet sofort.

»Leider habe ich Ihre Kontaktdaten nicht mehr gegenwärtig. Hätten Sie ein Kärtchen?«

Seines hat er dabei schon hervorgezaubert. Golden mit schwarzer Schrift.

»Max Fuchs, International Investments«. Nun bekommt er auch das Kärtchen des Herrn. »Willi Büllenberger, Architekt, Neuss.«

»Dann noch einen schönen Tag. Ich melde mich.«

»War nett, Sie wiedergesehen zu haben.«

Architekt! Neuss! Kommt wie gerufen. Denn gerade in Neuss hat Fuchs Großes vor. Während er in Gedanken bereits die Hände von Investoren und Kommunalgrößen schüttelt, parkt hinter ihm ein Fahrzeug ein. Aus dem Autoradio hört er eine bekannte und sehr überzeugende Stimme, die davon spricht, daß man aus dem Rathaus endlich weitere Informationen erwarte, was denn da passieren soll an diesem Kö-Bogen, und daß die Fortführung des Projekts jetzt keinen Aufschub mehr erlaube, schließlich sei Düsseldorf eine Stadt mit großem Zukunftspotential.

»Stimmt«, murmelt Fuchs und lächelt.

Und gut, daß die Stimme ihn daran erinnert, diesen Moderator von Antenne anzurufen, auf dessen Einweihungsparty er war. Genau den braucht er bald, um für das Riesenprojekt in Neuss positive Stimmung zu verbreiten.

Auch Kreative brauchen Entspannung

»Du, das war vielleicht ein Tag! Nur Streß, keine Pause, nichts zwischen die Zähne.«

Der Mann mit dem hohen Firmenkreditkartenlimit und besten Drähten, nimmt sich noch ein Stück Pizza aus dem Karton. Kai im Sessel gegenüber reicht ihm noch eine Dose Bier. Klar, daß er sofort rüberkam, als er den Anruf erhielt, ob er nicht kurz Zeit für ein Bier habe. Freunde läßt Kai nie im Stich und selten warten.

»Ich bin so kaputt, daß nichts mehr geht«, stöhnt der Mann vom Sofa.

»Nicht mal 'ne geile Alte könnte mich jetzt hier hochkriegen.«

»Du, da gibt es Spezialistinnen, die Tote zum Leben erwecken.«

»Mensch, Kai, sag bloß, du meinst den Puff?«

»Sag jetzt nicht, du warst noch nie in 'nem Puff?«

»Ne, würde ich mir allerdings gerne mal ansehen. Geb' da auch einen aus, all-inclusive!«

»Dann nichts wie hin.«

»Aber nur, wenn das ein diskreter Laden ist, nicht der da am Bahnhof. Es darf mich keiner sehen, bei meiner Position.«

»Ja, was denkst du denn. Wir gehen in eine Art Privatklinik mit lauter Vertrauensärztinnen!«

Kurze Zeit später sind sie in der Rethelstraße, bei *Bertis* Entspannungseinrichtungen. Kai geht taktisch vor. Haus eins bietet Preiswertes, das man beim zweiten Hinsehen auch als billig bezeichnen könnte. Vom Sofa über das Bier bis zu den vollschlanken reifen Damen eher das McBums unter den Angeboten. Schnell weiter. Im zweiten Haus sieht das schon besser aus. Aber Kai hatte ihm schon vom dritten Haus erzählt. Höchstes Niveau, hatte er gesagt. Also, keine Zeit im Mittelmaß verlieren! Sie setzen sich dort an die schwarz lackierte Bar. Eine schlanke, große, junge Frau im langen leicht transparenten Abendkleid, das die Konturen des perfekten Darunter preisgibt, stolziert zu ihnen rüber und fragt sehr höflich nach den Getränkewünschen. Nein, hier kommt man nicht direkt zur Sache. Hier fragt man auch nicht sofort, was die Stunde kostet. Zumal die zwei schon ahnen, daß hier nichts billig ist. Sie genießen das Ambiente, aber bald schweben Elfen unterschiedlichster Haar- und Hautfarbe herein, die nicht gleich zum Piccolöchen eingeladen werden wollen, aber sehr bald klarmachen, daß man sich in Räumen mit oder ohne Pool viel besser »gepflegt unterhalten« könne. Schnell fallen die Entscheidungen. Kai hatte dann offenbar sein »Gespräch« mit einer schwarzhaarigen Dame aus Italien schneller beendet als sein noch puffunerfahrener Kumpel. Es dauert und dauert. Der Debütant bleibt verschollen. Kai will mit seiner anschmiegsamen Begleiterin mal nach dem Rechten sehen. Sie öffnen die Tür nach nebenan und sehen eine Wanne, einen Mann mit heruntergelassener Hose und zwei blonde Frauen, die nun brav und gekonnt ihren Job machen. Nein, dieser Neuling braucht keine Hilfe mehr.

»Mann, verzieht euch!«

Publikum will er nicht. Diese Scham sollte sich aber in der kommenden Stunde legen. Und während der Magnetstreifen auf der Firmenkreditkarte fast zu glühen beginnt, steigt die Stimmung bis zum Siedepunkt.

»Puh, ich bin langsam erledigt. Aber herrlich! Was geht denn noch hier?«

Die mit dem transparenten Abendkleid hat natürlich sofort die zündende Idee.

»Ich könnte euch noch Bertis Stretchlimousine bestellen!«

Und so rollt kurz darauf ein langes, weißes Automobil mit getönten Scheiben über die Königsallee, eine rollende Bar, in der zwei Zigarre rauchende Lebemänner im Bademantel noch letzte Streicheleinheiten von drei wundervollen Frauen entgegennehmen. Der Ausflug ins Himmelreich endet mit dem Erreichen des Kreditkartenlimits. Das liegt bei rund 32.000 Euro! Nein, das geht nicht, das kann man nicht mehr als Bewirtung ansehen. Nachdem sich beide von dem Abend und noch mehr dem Preisschock erholt haben, deklariert der »Gastgeber« die Ausgaben nun korrekt als Privatnutzung der Firmenkarte. Sie beide werden in den folgenden Tagen schon eine Lösung finden, um dieses Kontodebit freundschaftlich mit eigenen Mitteln auszugleichen. Es gibt doch unerwartete Erbschaften, bislang unentdeckte Sparstrümpfe, eiserne Reserven in Alpenbanken oder sowas in der Art.

Frau Doktors Bremsversuche

»Herr von Bargen, kommen Sie herein. Schön, daß Sie da sind. Setzen Sie sich bitte.«

Die Dame der Personalabteilung von White, Frau Dr. Zilkekens, deutet mit der Hand auf den Stuhl vor ihrem Schreibtisch. Kai nimmt Platz und muß innerlich grinsen. Was für ein schmuckloses Büro für einen Weltkonzern, was für eine unauffällige Frau, was für langweilige Klamotten. Zum Büro paßt sie jedenfalls bestens. Seine Maßstäbe liegen mittlerweile bei einem anderen Niveau. Na ja, was soll's. Nur kurz noch den Arbeitsvertrag unterzeichnen und dann ab ins neue Büro, mit der Arbeit loslegen. Kai hat die nächste Stufe erklommen: Der Kommunikationschef von White wollte ihn in seinem Team haben. Als PR-Chef für Deutschland. Klar! Riesengehalt, Riesenkonzern, Riesenkarriere, Riesenkai! So muß das sein. Hat er schließlich drauf hingearbeitet. Die langweilige Personalerin vor ihm nimmt Kai kaum wahr, sie war nun auch so gar nicht sein Fall. Plötzlich reißt ihn eine Stimme aus den Träumen, die der ähnelt, die er kürzlich im Finanzamt wahrnahm: »Herr von Bargen, bei der Durchsicht Ihrer Unterlagen haben wir festgestellt, daß Sie ja gar kein abgeschlossenes Hochschulstudium haben. Wir können Sie ohne Studium nicht in die dafür vorgesehenen Gehaltsklasse einstufen. Der Vertrag kann so nicht unterschrieben werden.«

Kai ist einen Augenblick irritiert, läßt sich aber nichts anmerken. Blitzschnell versucht sein Kopf Lösungsvorschläge für das unvorhergesehene Problem abzurufen. Schneller jedenfalls als diese Frau Doktor vor ihm jemals dazu in der Lage wäre, da ist sich sein Selbstbewußtsein sicher. Bingo!

»Kein Problem, dann bespreche ich das mit meinem zukünftigen Chef, Herrn Hrdlicka. Vielen Dank für Ihre Zeit«, sagt Kai freundlich und läßt eine irritiert dreinblickende Frau Dr. Zillekens zurück.

Auf dem Flur atmet er tief durch. Diese arrogante Kuh, was glaubt die, wer sie ist? schießt es ihm durch den Kopf. So kann man vielleicht noch mit einem Tischlerlehrling aus Lübbecke umgehen, nicht aber mit dem Liebling der Düsseldorfer Gesellschaft, der beliebtesten Stimme aus dem Äther! Kein Studium! Hat er nicht, braucht er auch nicht. Nicht für den Job! Soviel ist mal klar. Im Büro seines Chefs schildert er die Begegnung mit einer anderen Sphäre. Kurze Unterhaltung und beiden ist klar: Hier kann nur der Vorstandsvorsitzende des Konzerns helfen. Den kennt Kai bereits bestens von mehreren Veranstaltungen in der Stadt. Ja, und der kann was mit Kais Namen anfangen, hat den stadtbekannten Chefredakteur des lokalen Senders von seinen besten Seiten kennengelernt. Zwei Tage später – und schon sind Studienabschlüsse Makulatur – bekommt Kai den Vertrag zu den ausgehandelten Konditionen.

»Damit müßte man doch gut leben können«, wird der Staatsanwalt ihm später vorhalten. »Aber doch nicht bei meinem Lebensstandard!« wird Kai ihm dann entgegnen.

Die Tür zur Welt jedenfalls steht nun sperrangelweit auf. Er wird Firmenevents für handverlesene Gäste in Luxushotels mitorganisieren, dabei zusammen mit Hrdlicka Edinburgh und den Promi-Skiort Aspen in Colorado kennenlernen, Journalisten zu Go-Kart-Rennen am Wörthersee und Beachvolleyballturnieren in Paris einladen. Kai ist ziemlich weit oben.

Der Tiefschlag

Kai setzt sich kurz an den Küchentisch und muß durchatmen. Er ist allein, allein mit einem Bescheid, der ihm plötzlich den Boden unter den Füßen wegzieht. »Eine steuerliche Nachprüfung hat ergeben, daß Sie 75.000 Euro Steuern für die vergangenen zwei Jahre nachzahlen müssen.«

Rums! Kai lebt mittlerweile getrennt von Sandra. Das Übliche: Es hat nicht mehr funktioniert, man hat sich entliebt und nur noch wie Bruder und Schwester miteinander in dem großen Haus gewohnt. Kai schläft immer häufiger auf der Couch seiner zu dem Zeitpunkt guten Freundin Hildi in Düsseldorf. Immerzu Veranstaltungen, auf denen er sich sehen lassen muß. Kai ist mit dem großen Haus nahe Krefeld allein, allein auch mit den hohen Kosten. Zum ersten Mal in seinem Berufsleben hatte er etwas nicht bedacht: Als er vom Radio zu White wechselte, wechselte er auch die sogenannten ethisch-moralischen Seiten. Vom Journalismus in den Public-Relations-Bereich. Also, vom unbestechlichen Redakteur – gibt es den überhaupt? Egal! – zum Verkäufer schöner guter oder schönlackierter schlechter Informationen. Kai war das lange Zeit egal. Die Folgen allerdings hatte er nicht bedacht und das wurmt ihn. Er verlor auf einen Schlag all seine Nebenjobs als Dozent der Hörfunkakademie, als Moderator, als Trainer für Medienauftritte von Managern und so weiter. Das bedeutet für Kai, daß seit Längerem jede Menge Geld pro Monat fehlt, mit dem er beim Hauskauf fest kalkuliert hatte. Zudem hatte Sandra auch einen Teil der Kosten getragen. Die ist nun weg.

Auch wenn er bei White sehr gut verdient, es reicht nicht für den gewohnten Lebensstil. Wer einmal Champagner gewöhnt ist, steigt ungern auf Oettinger um. Und jetzt dieser Schlag in die Magengrube. 75.000 Euro! Woher sollte er die denn nehmen? Kai gießt sich ein Glas Weißwein ein – einen hervorragenden, natürlich nicht billigen Tropfen aus der Region um Chalon – lehnt sich an die Theke seiner sündhaft teuren Bulthaup-Küche und denkt nach. Jetzt bloß nicht die Nerven verlieren, es gibt für alles immer eine gute Lösung. Ihm war noch immer etwas eingefallen, denkt er und leert ein Glas nach dem anderen.

»Na ja, morgen ist auch noch ein Tag«, so unterstützt er die beruhigende Wirkung des edlen Tropfens durch Kaische philosophische Gedanken. Er geht müde zu Bett, schläft aber schlecht. Zum ersten Mal seit vielen Jahren schläft er schlecht. Wird er nun alles verlieren? Nein, das darf nicht passieren. Morgen wird er diesen Herrn Fuchs anrufen. Der hatte ihm das auf der Party angeboten.

»Sollten Sie mal Anlagetips brauchen oder eine elegante Lösung für finanzielle Dinge, dann rufen Sie mich einfach an. Ich habe da sehr viel Erfahrung. Und bin vertraulich. Nur einmal habe ich mich durch das Fehlverhalten und die Schuld anderer etwas verkalkuliert, aber das ist schnell ausgebügelt gewesen, und es hat mich noch erfahrener werden lassen.«

Der macht doch so einen smarten Eindruck, dem würde sicher etwas einfallen. Damit liegt Kai goldrichtig.

Samtkragen mit Hoffnung

»Hey, Kaya, noch zwei Alt und ein Tablett *Samtkragen*, bitte!«

Max Fuchs wird prompt bedient. Man kennt ihn hier im Füchschen und jeder Kellner weiß: guter Gast, viel Umsatz, gutes Trinkgeld, tadellose Manieren. Wen interessiert da, woher das Trinkgeld stammt. Das Tablett mit der Düsseldorfer Likörspezialität läßt Max drei Tische weiter servieren. Die Herren dort nicken ihm zufrieden zu und heben ihre Gläser. Großzügigkeit vermittelt in Düsseldorf stets Finanzkraft. Wir sind schließlich am Rhein und nicht am Neckar. Der Herr von Bargen und der Herr Fuchs prosten zurück. Kai sitzt auf heißen Kohlen, doch noch ist der passende Zeitpunkt für sein Thema nicht gekommen. Fuchs spürt bereits förmlich die Hitze der heißen Kohlen, bleibt aber locker und redet ohne Punkt und Komma, berichtet von seinem neuen Projekt. Das werde der Renner.

»Ich möchte Sie da gegebenenfalls, wenn es Ihre Stellung im Konzern nicht belastet, mit einbinden. Nicht nur wegen eines möglichen Sponsorings. Eher wegen Ihrer erstklassigen Kontakte und der Erfahrung im Medienbereich, aber bitte Diskretion, bis alles in trockenen Tüchern ist.«

Das Ja und Aber eines Konzeptes vermittelt stets Seriosität und Vernunft des planenden Visionärs. So auch hier: Er wolle die kurz vor der Pleite stehende Galopprennbahn im benachbarten Neuss zu einer Rennstrecke für Autos umfunktionieren. Zwar keine Formel 1, aber Formel 300 oder so etwas ähnliches. Kai hat keine Ahnung von der Materie, aber die Visionen von Fuchs klingen gut. Und er hat offenbar an alles gedacht. Der Landrat des Rheinkreises habe ihn schon zu einem Gespräch eingeladen, der Chef der Wirtschaftsförderung sei Feuer und Flamme, der Bürgermeister nicht abgeneigt und mit der Konzernzentrale des Chemieriesen in Leverkusen habe er auch schon Kontakt aufgenommen. Schließlich müsse so ein Projekt ja finanziert werden und das ginge eben über Sponsoring, gibt Fuchs fortwährend den großen Macher und redet und redet und redet.

»Ich bin übrigens der Max, wir sollten mal langsam zum Du kommen, finde ich.«

Er hebt sein Altbierglas und streckt es Kai entgegen.

»Prost, freut mich«, sagt der und nimmt einen kräftigen Schluck.

»So, und wenn das mit der Rennbahnidee anläuft, dann brauche ich ja auch einen guten Kommunikator.«

Neufreund Max spielt den überraschenden Steilpaß. Kai braucht nur noch zu verwandeln.

»Hast du Lust? Es soll dein Schaden nicht sein.«

Kai nickt natürlich. Nur nicht anmerken lassen, daß er derzeit jeden Job nötig hat, jeden diskreten Job. Nun wartet er auf seine Chance, dieses für ihn existentielle Thema zu plazieren. Dieser Max scheint ja nun wirklich über tolle Fähigkeiten und offenbar auch Geldquellen zu verfügen. Kai nimmt allen Mut zusammen. Nach zwei Stunden Altbier und *Samtkragen* in hoher Frequenz schwankt er bereits ein wenig, aber jetzt muß es raus.

»Du, Max, ich hab ein Problem und wollte dich mal um Rat fragen«, fängt er vorsichtig an.

Immer erst schön nach Rat fragen, wenn man eigentlich Geld will. Das hatte er schon vor langer Zeit gelernt. Sofort schaltet sein Gegenüber elegant um, von großspurig erzählend zu aufmerksam zuhörend. In seinem vor Optimismus strahlenden Gesicht erscheint urplötzlich ein Schimmer von Güte und Verständnis. Kai registriert das fasziniert und berichtet von dem Brief mit der 75.000 Euro Steuernachzahlung und von seiner finanziellen Gesamtsituation. Es fällt ihm erstaunlich leicht, sich diesem Max anzuvertrauen, schließlich kennt er ihn noch nicht so gut. Also, was hat er schon zu verlieren? Seinen Freunden oder seiner Familie gegenüber würde er diese Schlappe niemals zugeben wollen. Denn jeder soll weiter glauben, daß er es geschafft hat, ohne fremde Hilfe.

»Ein von Bargen bittet nicht um Hilfe!« Das ist eine seiner Maxime, und nach der hat er die letzten Jahre gelebt und gearbeitet. Fuchs ist überhaupt nicht irritiert. Er wirkt sogar noch interessierter als bei der Autosache eben. Warum, wird Kai später begreifen. Sein Gegenüber lehnt sich zurück und denkt nach. Kai ordert zwei weitere Biere, und nachdem der Köbes die Gläser gebracht hat, sagt das Finanzgenie mit ernster Mine: »Mach dir keine Sorgen, mir fällt schon etwas ein. Ich melde mich morgen bei dir, und dann finden wir eine Lösung für dein Problem.«

Sie prosten sich zu und Max zahlt die Rechnung, natürlich samt großzügigem Trinkgeld. Kai ist irgendwie erleichtert. Ja, er hat sogar das Gefühl, daß sein Problem schon so gut wie gelöst ist. Ein toller Kerl, dieser Fuchs, ein Retter in der Not.

»Dieser Mann mag dich«, sagt ihm sein Gefühl. »Ja, dieser Mann mag dich!«

Neusser Phantasien

»Das Lärmschutzgutachten ist doch eindeutig! Was wollen die Grünen denn noch?«

Fuchs schüttelt den Kopf.

»Ein Emissionsschutzgutachten!« stöhnt es aus der Ecke.

Auch der Hinweis des Mannes vom rheinaufwärts beheimateten Chemiekonzern, man habe einen Alternativstandort nahe der werkseigenen Deponie am Silbersee, hatte die Ökojünger nicht von ihrem Widerstand abgebracht.

»Endlich einer mit Visionen in dieser Provinzstadt!« hatte er mit Blick auf Fuchs schon früh bemerkt.

»Und manche schnallen offenbar nicht, was das für eine Chance ist.«

Nun sitzen sie wie jede Woche wieder beieinander in der Projektgruppe, die Herren der Neusser Pferderennbahn. Alle hat der ehemalige Dr. Alt begeistern können. Den Chef der Wirtschaftsförderung Neuss, den Bürgermeister, den Landrat mit gutem Draht zum AvD, den mit Oberbürgermeister Ernst aus der Nachbarstadt familiär eng verbundenen Bauunternehmer Kessler, den bekannten Architekten Slawy, den Geschäftsführer der Rennbahn, den Mann vom Konzern, ja, und … Kai.

»Für deine journalistische Hilfe und Mitarbeit sind 6.000 im Monat drin«, hatte Max locker versichert. Was er dafür medial verkaufen soll? Eine Autorennstrecke dort, wo vorher Pferde liefen. In Neuss, direkt vor der Südbrücke nach Düsseldorf. Das läßt Träume wachsen. Der Landrat sieht im

Geiste schon seine gute Bekannte Shakira mit Band auftreten. Der Zigarrenqualm des Bürgermeisters suggeriert schon den Geruch starker Motoren. Für ihn wäre der *Novesia-Ring* auf Augenhöhe mit dem Formel-1-Kurs von Monaco, meint einer der Herren. Außerdem stehen Schweizer Investoren bereit: Gudinelli und Ocelli. Ein Schuft, der bei solchen Namen Böses denkt. Die seien absolut seriös. Wie sehr die Begeisterung alles übertüncht, läßt sich schon daran erkennen, daß Bürgermeister und Landrat ausnahmsweise mal auf einer Linie stehen, frisch motiviert und solidarisiert durch die Drohung mit einem Alternativgrundstück.

»Nun laßt uns nicht zu früh jammern. Das Ding kriegen wir hin!«

Max Fuchs ist eben ein Meister der Motivation, der Überzeugungskraft und der starken Sprüche.

»Um einen strategischen Schlag zu führen, muß man rechtzeitig seine Soldaten in Stellung bringen!«

Das hatte er Kai schon vor dem ersten Treffen versichert. Das klappte dann auch deshalb, weil seine einflußreichen Bundesgenossen – soweit der Computerbedienung mächtig – im Internet unter Max Wilhelm Fuchs nichts finden konnten. Nach einem Dr. Alt suchte wohl keiner erst. Irgendwann würde die Identität der beiden Namen in einer Person bekannt sein. Aber das wird die Begeisterung über das Geplante nicht verdrängen. Der Eindruck von einer erfolgreichen Resozialisierung des einmal unglücklich Gestrauchelten wird helfen, über das damals Geschehene hinwegzusehen. Schon jetzt scheint das Urteil klar: »Der Fuchs ist doch ein Macher, ein toller, sympathischer Mensch«, »… wie gesagt, einer mit Visionen!« … der eine zweite Chance doch verdient habe, oder? Zumal man ja auch nicht weiß, ob ihn Neider und Intriganten seinerzeit hinter schwedische Gardinen gebracht haben, das hört man ja auch schon mal. Die Argumente für diese Einschätzung hat Fuchs bereits abschußbereit vorrätig. Bis dahin steht die Rennbahn im Vordergrund. Aber die Runde der Macher ermüdet zunehmend. Immer nur Widerstand grüner Banausen! Da drohen dann jahrelange Diskussionen, Genehmigungsverfahren und Prozesse. Und dann schnüffelt der Spürhund vom Düsseldorfer *Express* bereits an der Sache, wärmt vergessene Alt-Geschichten wieder auf. Bald werden alle die Lust und Geduld verlieren. Shakira und Bernie Ecclestone werden letztlich nicht nach Neuss kommen. Und der Bürgermeister mit der Zigarre wird sich dann lieber um das geplante Rauchverbot der Landes regierung kümmern. Und Kai um sein Mordsproblem.

»Ich hab da 'ne Idee, mein Lieber«

»Max, zum letzten Mal, das geht nicht!«

Kai ist schon fast außer sich. Er sitzt mit Fuchs im *Bastian's* am Düsseldorfer Carlsplatz. Der frühstückt ausgiebig, wie immer. In den vergangenen Tagen hatten die beiden viel und oft telefoniert, Max hatte Kai immer wieder verschiedene Vorschläge zur Lösung seines Problems aufgezeigt. Sein Ideenreichtum kannte keine Grenzen, auch die zum Strafrecht nicht. Man könne Leute engagieren, die das Haus anzünden, dann sei es ein Versicherungsfall und Kai sei die unliebsame Immobilie los, sogar mit Gewinn. Er habe einen Draht zu solchen »osteuropäischen Dienstleistern«. Oder Kai solle das Haus an einen Strohmann von ihm verkaufen, der solle das dann über eine andere Bank zu einem überhöhten Preis finanzieren, dann pleitegehen und so weiter. In Kais Augen alles keine praktikablen und akzeptablen Lösungen, und schon gar nicht in der Kürze der Zeit. Das Finanzamt hatte jetzt einen weiteren Bescheid geschickt. Die Zahlungsaufforderung. Die gesamten 75.000 Euro seien innerhalb von fünf Tagen zu tilgen. Ansonsten drohten Maßnahmen wie Gehaltspfändung. Das durfte nun aber auf gar keinen Fall passieren. Sein Freund Hrdlicka, sein Chef, mittlerweile sein »Exfreund«, hat ihn sowieso schon auf dem Kieker. Bei so einem konservativen Unternehmen wie White würde eine Gehaltspfändung ganz sicher nicht gut ankommen. Da schlägt Max noch vor, daß Kai seiner Agentur – natürlich hat Fuchs mittlerweile auch sowas – einen Auftrag für die Durchführung eines erfundenen Events geben solle. Unmöglich.

»Das geht nicht, denn sobald das Thema bei White in der Rechnungsprüfung landet, fliegt das Ganze auf«, versucht Kai das Risiko zu erklären.

Max lehnt sich selbstgefällig bis provozierend arrogant zurück und läßt ihn ausreden. Nein, das gefalle ihm nicht, da könne er sich gleich den Strick nehmen. Was mache Fuchs denn so sicher, daß dieser Vorschlag funktionieren werde?

»Du hast mich falsch verstanden«, erwidert Max, nachdem der das Finanzamt Fürchtende hektisch ausgeredet hat.

»Dieser Auftrag soll doch gar nicht bis zur Rechnungsprüfung gehen, alles läuft nur über dich. Du unterzeichnest den Auftrag, stempelst ihn mit einem White-Stempel auf White-Briefpapier ab, machst noch ein weiteres hübsches Häkchen für die zweite benötigte Unterschrift und das war's schon. Wenn dann die Rechnung zu deinen Händen kommt, läuft das genauso. Weder die Rechnungsprüfung noch sonst irgend jemand von White wird davon was mitbekommen.«

Max hat sich mittlerweile nach vorne gebeugt, und es hat den Anschein, als ob er in Kai hineinkriechen will. Seine Stimme ist klar, konzentriert und eindringlich. Nichts deutet auf Nervosität, Unsicherheit oder gar Skrupel hin. Er vermittelt den Eindruck, daß er genau weiß, wovon er spricht.

»Aber das alles nützt doch nichts«, meint Kai. »Spätestens wenn Geld fließen soll muß die Sache doch auffliegen. Hast du denn daran nicht gedacht?«

Und ob er daran schon gedacht hat. Deshalb bestellt er gerade erst mal locker den nächsten Cappuccino und einen Cognac, sichtlich stolz auf seinen großen Wurf. Nach einer kurzen Pause will unser gestreßter Bedenkenträger gerade fortfahren, da fällt Max ihm schon ins Wort und erklärt fast beiläufig: »Ach ja, das hatte ich fast vergessen: White wird selbstverständlich keinerlei Zahlungen abwickeln. Das machen wir selber. Ich habe noch einige Rücklagen in der Schweiz, da komme ich nur nicht so schnell dran. Und ein paar Immobilien in Oberhausen habe ich auch noch. Nur haben wir ja keine Zeit, also müssen wir erst mein Modell umsetzen, denn das Finanzamt wird sicher nicht so lange warten, bis ich die Immobilien verkauft oder meine Schweizer Fonds aufgelöst habe. Das geht nicht so schnell.«

Solche Auftrags- und Rechnungsformulare von White mit Stempel seien lediglich, vorübergehende Sicherheiten für neue Kredite von Banken. Gewissermaßen Bescheinigungen für Überbrückungskredite.

»Wir kaufen uns damit kostenlos Zeit, zumindest, bis genug von meinen Fonds oder Immobilien ›vertickt‹ sind. Die Papiere können und werden wir später zerreißen, dann hat es sie nie gegeben!«

Genial! Jetzt hat er Kai in der Tasche! Sein Blick suggeriert ihm ziemlich deutlich: Wenn dein Lohn gepfändet wird, mein Lieber, bist du den Job los. Und wenn mein Modell platzt, ist der Job auch weg. Wenn das aber klappt, dann ... Wo also liegt das größere Risiko? Was für eine Frage. Kai ist verblüfft und nimmt einen kräftigen Schluck von seinem O-Saft. Max hatte doch an alles gedacht. Jetzt klingt das alles so, als ob es funktionieren könnte. Und wenn es funktioniert, dann sind der schöne Job und das feine Leben gerettet. Kai nickt ihm zustimmend und anerkennend zu.

»Toll, Max, du hast wohl recht. Wenn du das für mich tun würdest, dann vergesse ich dir das nie! Und ich werde dir das Geld sobald wie möglich zurückgeben. Versprochen!«

Sein selbstsicheres Gegenüber lächelt.

»Mach dir mal darüber keine Gedanken, wozu sind denn Freunde sonst da? Außerdem kannst du ja auch in Sachen Public Relations für meine Projekte arbeiten, und damit hilfst du mir ja auch an entscheidender Stelle.«

Fuchs ist ein Meister darin, Schuldgefühle und schlechte Gewissen zu eliminieren, bei anderen Win-win-Gefühle auszulösen. Da hat er recht, denkt Kai, und spürt auf einmal eine enge Verbundenheit zu diesem unglaublich, netten, freundlichen und herzensguten Menschen aus Ahrweiler. Was für ein Glück, daß er den kennengelernt hat.

Wiedukind nervt

»Hallo, Herr von Bargen, hier ist wieder dieser Herr Wiedukind am Telefon, er ruft nun schon das dritte Mal an.«

Kais Sekretärin bei White klingt ein wenig genervt. Das ist ungewöhnlich, denn Frau Pauls ist eigentlich nie genervt. Sie ist schon mehr als 25 Jahre im Unternehmen, hat hier bereits ihre Ausbildung gemacht und sich dann klassisch hochgearbeitet. Nun ist sie die treue und überaus loyale rechte Hand des »Leiters International Corporate Sponsoring & Events« von Bargen. Darauf ist sie stolz und das merkt man ihr auch an. Sie hält ihm den Rücken frei, wo sie nur kann. Lästige Anrufer abzuwimmeln gehört zu ihrem Geschäft, auch wenn sie das nicht so gern macht. Beim dritten Anruf des anscheinend sehr nervösen Menschen wieder mit der Herr-von-Bargen-ist-geradein-einer-Besprechung-Lüge zu kommen, wäre nicht sinnvoll.

»Ja, dann stellen Sie ihn durch, dann haben Sie den vom Hals«, sagt Kai, ganz Chef.

»Kai von Bargen, Firma White, Guten Tag, Herr Wiedukind!«

Kai klingt ganz businesstypisch.

»Guten Tag, Herr von Bargen, schön, daß ich Sie endlich erreiche. Ist ja nicht ganz so einfach, Sie an die Strippe zu bekommen«.

Der am anderen Ende der Leitung hat eine ruhige, tiefe und besonnene Stimme.

»Ich melde mich, weil ich Sie daran erinnern möchte, daß in fünf Tagen der Betrag von 80.000 Euro fällig wird, den die European Racing Events von Herrn Fuchs an mich abgetreten hat.«

Kai zieht es fast den Boden unter den Füßen weg, aber er bleibt ruhig. Jetzt ganz cool reagieren!

»Ja, das stimmt, so steht es auch hier in unseren Unterlagen. Gibt es einen besonderen Grund, warum Sie daran erinnern?«

»Nein, alles in Ordnung, ich mache das nur immer so, damit auch alles pünktlich und zuverlässig abläuft.«

Kai atmet durch.

»Sehr vernünftig, danke, auch von meiner Seite. Nein, es ist alles klar, Sie können sich darauf verlassen, daß alles pünktlich abläuft.«

Die beiden verabschieden sich und legen auf. Kai starrt ins Leere, in ihm ist auch nur noch Leere. Damit hatte er nicht gerechnet. Warum ruft der Typ hier an? Hatte Max nicht gesagt, daß er sich um alles kümmern werde? Er muß ihn jetzt sofort anrufen und ihm Beine machen. So einen Anruf auf dem White-Dienstanschluß wollte er keinesfalls noch mal haben. Kai wählt die Mobilnummer von Max. Mailbox. Er versucht es noch mal, wieder die Mailbox. Er spricht ihm drauf, daß Max ihn dringend zurückrufen soll, weil Herr Wiedukind angerufen habe, der Mensch, der alle Sorgen beseitigen würde. Es ist ein Privatier und verleiht Geld an Firmen zur sogenannten Zwischenfinanzierung, neudeutsch Factoring. Dafür bekommt er bei Rückzahlung Provision. Fuchs hatte von Herrn von Bargen einen »Auftrag« über die Durchführung einer Veranstaltung für White bekommen und dafür eine Rechnung ausgestellt bzw. gleich von Kai mitanfertigen lassen. Diese »Belege« hatte Max dann an den wohl ziemlich vermögenden Wiedukind abgetreten, der ihm wiederum dafür 70.000 Euro überwies. Genug, um Kais Steuerschulden beim Finanzamt zu begleichen. Von einer Differenz zwischen 70 und 80 Riesen scheint so ein reicher Privatier offenbar zu leben, eher: noch reicher zu werden. Kai wird die Nummer nie vergessen: Max hatte angerufen, ihm gesagt, er habe das Geld. Sie sollten sich bei Karstadt im Café auf der dritten Etage treffen. Kai war dort vorher noch nie gewesen. Fuchs hatte diesen Ort sicher gewählt, damit man sie nicht so leicht beobachten konnte. Paranoid? Vielleicht, aber im späteren Rückblick noch harmlos. Na ja, auf jeden Fall hatte Max sich und ihm einen Kaffee bestellt und Kai unter dem Tisch mit einem breiten, gönnerhaften Grinsen eine Plastiktüte rübergeschoben. Es war drei Tage vor Weihnachten. Ein unvergeßliches Erlebnis, sowas kannte von Bargen bisher nur aus dem Kino. So weit, so gut. Doch Max hatte zugesagt, daß er sich um die pünktliche Rückzahlung kümmern werde. Mist, nun ist er nicht erreichbar, und dieser Herr Wiedukind nervt auf einmal in der Firma. So war das nicht geplant – oder zumindest hatte Kai sich das so nicht vorgestellt. Was hatte er sich eigentlich überhaupt vorgestellt? Ihm wird bewußt, daß er bis vorhin, bis zu diesem Anruf, darüber eigentlich gar nicht richtig nachgedacht hatte. Er vertraut Max. Aber wo ist der, wenn man ihn ganz schnell braucht? Kai wählt die Nummer erneut. Wieder nur die Mailbox. Vielleicht ist er ja wieder einmal bei einer Bank oder in einem Autohaus. Fuchs ist fast immer bei einer Bank oder in einem Autohaus, wenn man ihn sucht. Entweder auf der Jagd nach neuen Kontakten oder, um sich mal wieder mit einem neuen Luxusschlitten selbst zu belohnen. Obwohl er das Geld nicht hat. Bei den Autohändlern braucht er allerdings nur die Gier auszulösen. Denn Max interessiert sich angeblich niemals nur für ein Auto, er spricht meist über eine ganze Flotte, die er wohl bald brauche. Und damit kriegt Max sie immer. Die hätten dann sofort diesen Glanz in den Augen und witterten das große Geschäft mit diesem überaus interessanten und redegewandten Herrn. Sie riechen die Provision schon meilenweit im Voraus. Denn so einen potentiellen Kunden hat man schließlich nicht alle Tage. Ja, und wer viele Fahrzeuge kaufen will, der weckt in den Händlern Hoffnungen auf das große Geschäft und bekommt leicht ein Auto ohne Anzahlung und sonstiges lästiges Gedöns als Vorschuß.

Endlich!

Die Tage vergehen und Kai versucht sich so gut wie möglich abzulenken. Viel Arbeit tagsüber und viel Alkohol abends, bei Events oder allein daheim. Nachts liegt er fast immer lange wach und entwickelt Horrorszenarien. Warum geht Max nicht ans Telefon. Krank? Tot? Verhaftet? Abgehauen? Was ist, wenn nicht bald was passiert und dieser verdammte Typ wieder anruft? Tag sechs, immer noch kein Max. Das Telefon klingelt.

Wer wohl? Klar, Wiedukind! Zum Glück hatte er sich gut auf den Fall vorbereitet. Kai entschuldigt sich bei dem Herrn für die Verzögerung und behauptet, daß er sich das auch nicht erklären könne. Die Rechnungsabteilung von White sei als sehr zuverlässig bekannt und er werde sofort dort nachhaken, woran es liege. Das scheint den am anderen Ende der Leitung zu beruhigen. Er solle sich aber am Montag wieder melden, wenn das Geld dann noch nicht da sei. Eigentlich hatte Kai vor, sich ein schönes Wochenende zu machen. Das scheint nun in weiter Ferne. Wenn er bloß mit jemandem darüber sprechen könnte. Aber es gibt nur Max. Außer ihm weiß ja niemand von der Aktion. Das hatten beide auch so vereinbart. Abends hat Kai noch eine Einladung zu einer Veranstaltung mit viel Düsseldorfer High Society und erst recht denen, die sich dazu zählen. Eine gute Gelegenheit für Zerstreuung. Aber wann meldet sich dieser verfluchte Max endlich? Irgendwann später reißt ihn das Handy aus dem Schlaf. Er spürt einen stechenden Kopfschmerz. Wer neben Müdigkeit auch noch Probleme hat, bekommt sowas eben. Wie spät ist es? Samstagmittag, halb zwei? Oh Mann, was für eine Nacht. Totalabsturz und dann muß er irgendwie nach Hause gekommen sein.

»Ja, hallo?«

Das kann er sich gerade so abringen, die Stimme ist belegt. Zu viel Alkohol, zu viel geredet, zu viel geraucht.

»Hallo, mein Lieber KvB, hier ist Max. Du klingst aber gar nicht gut, harte Nacht gehabt?«

Kai könnte ihm jetzt so richtig fest in die Fresse hauen, denn Max' Tonfall verrät gute Stimmung. Aber Kai ist zu erledigt, um angemessen zu kontern.

»Wo warst du denn die ganze Zeit? Ich habe tausendmal versucht, dich zu erreichen«, zischt er.

»Ich war unterwegs und habe ganz wunderbare Neuigkeiten, die werden dir gefallen. Wann wollen wir uns sehen, heute Abend zum Dinner im *La Terraza*?«

Fuchs scheint von Kais Panik völlig unbeeindruckt und nimmt ihm mit seiner Aussage auch sofort den Wind aus den

Segeln. Zu groggy, um sich weiter aufzuregen und eine Diskussion anzufangen. Die beiden verabreden sich für den Abend, und Kai fällt wieder zurück in die Kissen. Jetzt noch ein Stündchen den Rausch auspennen und dann wieder auf die Beine. Max wird schon eine Lösung haben. Vermutlich irgendwas mit Schweizer Depots oder Oberhausener Häusern. Was sonst?

Die neue Quelle

»Herr Klünter ist aus Zülpich, in der Eifel. Supernett, hat beste Kontakte, viel Geld und ist uns sehr, sehr zugetan. Ich habe ihm von dir, von White und unserer wunderbaren Zusammenarbeit in den vergangenen Jahren erzählt. Er ist ganz heiß darauf, dich persönlich kennenzulernen. Ich habe ihm auch bereits gesagt, daß wir den ersten Deal schnell abwickeln müssen, weil wir schon mitten in einem laufenden Projekt stecken.«

Max' Worte prasseln auf Kai ein wie ein Trommelfeuer. Er schießt die Sätze schnell und mit einem bestimmenden Unterton ab, der Kai gar nicht dazwischenkommen läßt. Komisch ist, daß alles, was Fuchs sagt, hochgradig sinnvoll erscheint. Kai hatte am Nachmittag mehrere Aspirin zusichgenommen, war joggen, hatte viel Wasser getrunken und sitzt nun vor seinem zweiten Glas Weißwein. Schön kalt, es schmeckt ihm schon wieder. Die Lust, Max kräftig den Marsch zu blasen, ist verflogen. Jetzt grinst er sogar.

»Warum grinst du?« fragt Fuchs irritiert.

»Stell dir mal vor, da ruft mich der Herr Wiedukind an und erwischt mich auf dem völlig falschen Fuß. Ich habe sechs Horrornächte hinter mir, hab kaum geschlafen, mich gestern mit Wein und langweiligen Menschen betäubt. Heute sitzen wir hier. Du erzählst mir von einem neuen Projekt, über das wir noch gar nicht gesprochen haben, und weißt du, was das Schlimmste ist?«

»Nein, was denn?«

Max zuckt mit den Schultern und blickt ihn aufmerksam und erwartungsvoll an. Kai holt kurz Luft.

»Ich weiß nicht, warum. Aber ich kann dir gar nicht böse sein.«

Dieser Satz scheint seinen Partner nicht im Geringsten zu erstaunen. Er hat Ähnliches wohl schon mehrfach gehört. Der wiederaufgetauchte Freund lächelt nur, nimmt das Glas mit dem feinen Grünen Veltliner, prostet Kai höflich zu, nickt kurz und setzt das Glas an. Beide trinken jetzt eine Flasche für 65 Euro. Max hatte gesagt, daß die anderen Weine hier sowieso nichts taugten. So war das mit ihm. Lebensart, Business, Leichtigkeit, Phantasie und ganz sicher auch Sinn für Luxus. Gewürzt mit einer Prise südländischer Übertreibung und Unzuverlässigkeit. Jede weitere Frage nach irgendwelchen Wiedukinds hätte ihm jetzt nur die Stimmung vermiest. Nach einem genußvollen Abendessen verabschieden sich die beiden und verabreden ein Treffen mit diesem neuen, wunderbaren Investor aus der Eifel, dem Herrn Klünter. Kai hatte ganz vergessen zu fragen, warum sie den denn überhaupt brauchen. Den Termin kann Kai ja erst einmal wahrnehmen, da wird er schon alles erfahren. Außerdem ist Max ja jetzt wieder erreichbar. Vor dem Lokal verspricht dieser, am Montagmorgen direkt Herrn Wiedukind anzurufen und ihn um etwas mehr Zeit zu bitten. In dieser Nacht schläft Kai wie ein Baby. Er ist beruhigt, weil sein Freund sich ja jetzt um alles kümmert. Der hatte den Ort für das »strategisch so wichtige »Mittagessen mit Herrn Klünter mit Bedacht gewählt, ohne daß Kai gleich den Grund erkennt.

»Weiter, immer weiter!«

Das *Il Portone* im Düsseldorfer Stadttor. In diesem »Glasmonster« ist die große Landespolitik zu Hause, der Ministerpräsident hat hier seinen Amtssitz und geht mit seinem Gefolge ein und aus, manchmal auch unten ins *Il Portone*. Namhafte Unternehmensberatungen haben hier ihre repräsentativen Dependancen. Und, jetzt kommt's: Max hat in der sechsten

Etage, direkt unter dem Büro des Landesvaters, doch tatsächlich ein riesiges Eckbüro mit herrlichem Blick auf den Yachthafen der Metropole am Rhein angemietet.

»Nicht kleckern, sondern klotzen!« So die Devise von Fuchs. Wie er da rangekommen ist?

»Du kennst mich und meine Drähte!«

So, wie er eben an alles rankommt. Jedenfalls macht das Treffen hier einen großen Eindruck auf Herrn Klünter aus dem beschaulichen Zülpich in der Eifel. Und dann noch die Aussicht, den »wichtigen White-Manager« Kai von Bargen kennenzulernen, von dem Max bereits mehr als das Notwendige erzählt hatte. Na ja, auch nicht alles, aber alles für große Deals Notwendige! Max hatte eine wahre Legende um diesen Top-Manager aufgebaut. Den müsse er einfach kennenlernen. White im Portfolio seiner Factoring-Gesellschaft zu haben, das mußte dem Klünter doch gefallen. Die drei begrüßen sich, und Max übernimmt sofort die Gesprächsführung, wie eigentlich immer. Er berichtet von bisherigen Projekten, die seine Agentur »European Racing Events« schon für den Konzern abgewickelt habe. Kai staunt darüber, was er nicht schon alles getan haben soll, weil bei den Projekten auch ein paar dabei waren, die nie stattgefunden haben können. Jedenfalls ist er wieder einmal beeindruckt von dem großen Fuchs. Insbesondere über Max' erstaunliches Gedächtnis. Der ruft im entscheidenden Moment alle Informationen ab, die er in den Gesprächen mit Kai mal hier und mal dort aufgeschnappt hatte. Alles schön schillernd zusammengebaut, anscheinend logisch aneinandergereiht, und natürlich mit der nötigen Eloquenz vorgetragen. Zwischen den beiden ist hier allerdings Siezen angesagt.

»Herr von Bargen, ich gehe davon aus, daß Ihr Vorstand diesen Finanzierungsweg wie üblich so absegnet, und Sie die Vorlage bereits sicherheitshalber der Rechnungsprüfung vorab zugeleitet haben?«

»Lieber Herr Fuchs, würden wir uns hier sonst treffen und Herrn Klünters Zeit vergeuden? Die Wege sind natürlich geebnet!«

Was für eine Souveränität in den Worten! Sie könnten im alten Weimar nicht besser formuliert worden sein. Der Mann aus der Voreifel ist sichtlich beeindruckt. Ab und zu bestätigt Kai Fuchs' Aussagen mit einem Kopfnicken oder einer kurzen Zustimmung.

»Ja, das ist der Grund!« oder »Verstehen Sie?« oder »Besser hätte ich es auch nicht zusammenfassen können!«

Was ja in der Tat der Fall ist. Und schon ist das anderthalbstündige Mittagessen vorbei. Alle sind zufrieden, auch mit Essen und Wein. Herr Klünter hat genug gehört. Er ist bereit, ohne weitere Nachprüfungen den Deal klarzumachen. Nur wünsche er sich ein paar Legitimationen des Steuerberaters der European Racing Events über deren Geschäftsentwicklung, und natürlich ein kurzes Konzept vom geplanten Projekt, dem Deal. Das ist für Max Musik in den Ohren. Das macht er mit Kai und mit links. Noch in dieser Woche kommt also frisches Geld. Die drei verabschieden sich stilvoll voneinander. Max fährt mit dem Aufzug zu seinem Büro in der sechsten Etage, Herr Klünter wieder ins gemütliche kleine Zülpich, mit einem Schreiben über einen dicken White-Auftrag in der Tasche, den er sich vielleicht mal nach Abschluß des Geschäfts für das Arbeitszimmer einrahmen lassen will, ist ja ein White-Briefkopf drauf. Und mit dem Gefühl, nun mit zwei Herren aus der Champions League des Big Business auf Augenhöhe zu verkehren. Kai eilt zurück an seinen Schreibtisch bei White, auch voller Hoffnung, der Hoffnung, daß seine Abwesenheit keine Nachforschungen ausgelöst hat.

Immer freundlich

»Na, wie geht's denn, Herr Schmidt, Tochter wieder gesund?«

Der Pförtner von White ist beeindruckt. Dieser von Bargen erinnert sich tatsächlich an die Windpocken seines Kindes.

»Ja, ein bißchen Geduld, dann kann sie wieder raus und zur Schule.

»Dann geben Sie ihr doch das hier!«

Kai reicht einige Werbeartikel für die Kleine rüber.

»Danke!«

Als sich der Pressemann Richtung Hauptgebäude bewegt, meint der Sicherheitsmann zu seinem Kollegen: »Wenigstens einer von der Führungsetage, der einen beim Namen kennt, anspricht und höflich ist.«

»Ja, der ist nett, der von Bargen. Hab ich auch schon aus seiner eigenen Abteilung gehört. Den mögen, glaube ich, da auch alle. Jedenfalls hört man das in der Kantine und anderswo.«

»Also, ich fand den schon beim Radio klasse. Da war der ja vorher. Witzig und locker.«

Kai ist so, weiß aber auch, daß man die im Büro oder an der Pforte irgendwann auch mal braucht. Zum Beispiel, wenn Besuch kommt, von dem nicht jeder im Werk was erfahren muß.

Etwas Luft

Max ist ganz aus dem Häuschen.

»Das ist ja mega gelaufen! Er hat uns regelrecht aus der Hand gefressen! Super haben wir das gemacht!«

Max überschlägt sich schon fast am Telefon. Er hatte es mal wieder geschafft, auch wenn er von »wir« spricht. Kai ist das egal.

»Was heißt das jetzt? Was müssen wir liefern, was kriegen wir? Herr Wiedukind sitzt uns ja im Nacken!«

Kai spürt, wie Max sich wohl in seinem Ledersessel zurücklehnt.

»Also, Herr Wiedukind hat uns noch eine Woche Zeit gegeben. Ich habe ihm erklärt, daß es bei neuen Klienten von White immer mal zu Verzögerungen kommen kann, weil die erst einmal in die Kreditorenliste aufgenommen werden müssen.«

Kai hätte es ihm so, wie er es sagte, auch geglaubt.

»Du mußt jetzt einfach nur ein bißchen was zusammenschreiben«, setzt der große Meister fort, »über das Projekt

›Großer Preis von White‹ auf der Düsseldorfer Galopprennbahn. Bis wann kann ich das haben?«

»Ich kann das heute Abend zu Hause fertigmachen.«

Max ist begeistert.

»Wunderbar, so machen wir es. Dann lese ich das durch, gebe dir Feedback, und wenn alles okay ist, dann schicke ich das mit den Ausarbeitungen von Herrn Rütli an unseren neuen Freund Klünter. Ende der Woche ist dann das Geld da und wir sind aus dem Schneider.«

Bei dem Namen Rütli zuckt Kai kurz zusammen. Das ist so einer der Namen, die ihm irgendwie von Anfang an nicht behagten. Max hatte oft von seinem »genialen« Steuerberater Rütli erzählt, der ihm noch mehrere Gefallen schulde, und auf den er sich immer verlassen könne. Außerdem sei der sehr kreativ. Kai ahnt, was das heißt. Welche Gefahren da lauern, wenn einer nicht nur genial, sondern auch noch kreativ ist. Und wenn das dann auch wirklich alles so klappe wie vereinbart, dann müßte Herr Klünter das Geld spätestens am Freitag überwiesen haben, ergänzt Fuchs.

»180.000 Euro! Das schafft uns etwas Luft«, meint er fast beiläufig, als ob er gerade eine Kirchenkollekte eingesackt hätte.

»180.000, Max? Wiedukind bekommt doch ›nur‹ 80.000 Euro.«

Kais kurze Begeisterung über dieses »etwas Luft« weicht schnell einem anderen Gedanken. Irgendwie und besonders irgendwann müssen sie auch die 180.000 zurückzahlen. Bevor er nach den möglichen Verkaufserlösen auf dem Immobilienmarkt in Oberhausen fragen kann, hat Max schon aufgelegt. So, jeder hat seine Aufgabe. Alles schön der Reihe nach. Die Woche verläuft ruhig. Herr Wiedukind ruft nicht mehr an, Klünter scheint alle Infos zu haben, Fuchs meldet sich nicht und Kai geht seiner Arbeit nach. Schließlich hat er im Gegensatz zum Kumpel einen Fulltime-Job und einen immer kritischer werdenden Chef im Nacken. Freitag meldet sich Max dann auf dem Handy.

»Hi, KvB, alles gut bei dir? Ich bin auf dem Weg in die Schweiz, ein paar Tage ausspannen. Ich fahre in die *Villa d'Este*, da war ich früher auch immer. Traumhaft! Direkt am Luganer See. Solltest mal mit hin«.

Kai weiß im Moment nicht, wie er darauf reagieren soll. Er entscheidet sich für Coolness.

»Wie schön für dich. Hat alles geklappt mit Klünter und Wiedukind?«

Max ist natürlich auf diese Frage bestens vorbereitet.

»Na klar! Sonst würde ich doch nicht in die Schweiz fahren! Du kannst dich auf mich verlassen. Ein Mann, ein Wort! Du kennst mich doch?«

Oh ja, mittlerweile kennt er ihn, und das beruhigt ihn nicht. Kai spart sich aber einen Kommentar zu der Frage. Er hat die Tage der Nicht-Erreichbarkeit seines Kumpels noch nicht verdaut.

»Ach übrigens, wenn ich am Dienstag wieder da bin, dann treffen wir uns, und ich gebe dir mal etwas von dem Geld, wir haben ja jetzt was über«.

Was über! Kai kann sich ein leichtes Grinsen nicht verkneifen. So schön und lässig Max' Worte jetzt auch klingen, sein Kumpel kann die Zweifel nicht verdrängen. Wie können sie jetzt Geld ausgeben, wenn sie es doch bald zurückzahlen müssen? Sollte dem flotten Max doch auch dämmern. Kai will sich aber nicht als Angsthase zeigen.

»Ja, wir können uns am Dienstag treffen und dann schauen wir mal. Ich wünsche dir jetzt erst einmal ein schönes Wochenende, erhol dich gut.«

»Schönes Wochenende. Ciao!«

Kai sitzt in seinem Büro. Halb vier am Freitag. Kein Meeting mehr auf dem Plan. Keinen erholsamen Urlaub mit Fuchs in der Schweiz vor sich. Die Nerven hätte er jetzt auch nicht.

»Frau Pauls, ich habe eben noch einen Termin bei der Kunstsammlung ausgemacht, Sie wissen ja, wegen der Veranstaltung für den Chef. Ich fahre jetzt dahin und bin danach auch im Wochenende.«

Frau Pauls verabschiedet sich ebenfalls bis Montag. Kai verläßt das Büro, steigt in sein Auto und fährt vom Gelände, natürlich mit einem netten Winken für Herrn Schmidt und dessen Kollegen von der Werkswache. Jetzt zündet er sich eine Zigarette an. Was für eine Woche!

»Meine Fresse, war das mal wieder alles knapp!«

Max kann alles erklären

Die Wochen vergehen und das »System Fuchs« funktioniert wie am Schnürchen. Herr Klünter entpuppt sich als überaus ertragreich und frißt Max offenbar aus der Hand. Jede weitere Offerte, also jeder weitere Auftrag von White, wird von ihm prompt »bedient«, die Summen steigen und bestätigen die Thesen des großen Wirtschaftsphilosophen Maximilian Fuchs.

»Weißt du, Kai, Wachstum ist die Mutter des steigenden Gewinns. Je mehr Zahlungseingänge und je höher deren Beträge, desto näher der Zeitpunkt an dem wir genug Gewinn abschöpfen können, um nicht nur unsere Schulden mit einem Schlag zurückzahlen zu können, sondern auch selbst reiche Leute sind. So funktionieren ja auch Wirtschaft und Börse. Stillstand ist Rückschritt! Wir müssen nur Geduld haben, wie Angler, und auf den ganz dicken Fisch warten.«

Jetzt fehlt nur noch, daß er begründet, warum wir mit unserem Treiben auch noch Arbeitsplätze schaffen, denkt sich Kai. Als ob es keine Firmeninsolvenzen gäbe. Wachstum als Allheilmittel! Als ob nicht auch Krebsgeschwüre und der Hunger in der Welt wüchsen. Aber er läßt Max weiter rumphilosophieren. Der schmiert das Getriebe, überhäuft Herrn Klünter mit allerlei Einladungen zu Veranstaltungen, von denen der bodenständige Eifeler vorher nur gehört hatte. Eingeladen war er zu solchen Societyveranstaltungen bisher noch nie. Dazu fehlten ihm die Kontakte. So was bekommt er nun über seinen wunderbaren Geschäftspartner Fuchs, der beste Verbindungen in Düsseldorf hat. Immer in ihrem Windschatten dabei: dieser wichtige Mann von White, Kai von Bargen. Mit den beiden hat er jede Menge Spaß, so wie die mit seinem Geld. Und die ausgehandelten Konditionen für die Factoring-Geschäfte sind nicht von schlechten Eltern. Max dosiert die Verabredungen mit Herrn Klünter geschickt. Immer ein paar Tage vor dem nächsten geplanten Deal kontaktiert er ihn und entführt ihn in diese faszinierende und verführerische Welt. Einladungen wie zum Düsseldorfer *In-Treff* mit vielen gut gekleideten Menschen wechseln mit privaten Abendessen in angesagten Restaurants oder bei Max zu Hause. Teuer und gut scheint die Devise von diesem erfolgreichen Geschäftsmann Fuchs zu sein, der oft im Ausland weilt, geschäftlich natürlich, was sonst. Und wenn er dann mal in der Nähe ist, dann hat er immer Zeit für seinen Herrn Klünter. Ja, wenn das kein persönliches Vertrauensverhältnis, mittlerweile sogar Freundschaft ist! Wo soll denn hier, in diesem regelmäßig gut gedüngten und gepflegten Beet, das Pflänzlein Mißtrauen sprießen? Kai schaut lieber weit nach vorn. Er zweifelt zwischendurch immer wieder an dem aufgebauten System, einem Schneeballsystem, soviel hat er schon längst erkannt. Jedes Mal, wenn er Max darauf anspricht und seine Bedenken äußert, hat dieser gut formulierte Argumente parat.

»Diesen einen Deal brauchen wir in jedem Fall noch, dann sind wir durch. Wäre dumm, hier aus dem gut rollenden Zug zu springen. Das machen wir erst am Hauptbahnhof!«

Oder: »Wir können jetzt nicht aufhören, ich brauche noch etwas Zeit, um meine Immobilien in Oberhausen zu verkaufen.«

Argumente, deren Kai sich nicht entziehen kann oder will. Denn wer in diesem rollenden Zug jetzt voreilig die Notbremse zieht, der hat riesigen Ärger mit der Bahn und sämtlichen Mitreisenden. Außerdem steht er hilflos auf freiem Gelände. Dann würde ja alles auffliegen. Das würde Knast bedeuten. Der Zug hat keinen Rückwärtsgang, um beim Bild zu bleiben. Also, wie hatte der eigentlich optimistisch denkende

Ostwestfale doch von Kölner Freunden mal gehört: »Et kütt wie et kütt!« Und: »Et hätt noch emmer joot jejange.« Also wartet auch Kai auf den großen, befreienden Schlussakkord. Und spielt weiter seine Rolle als großer und einflußreicher »White-Manager der Top-Ebene«, so hat Max ihn positioniert. Natürlich schmeichelt ihm das auch ein wenig. Die Mischung aus den »Argumenten Marke Fuchs« und verträglich dosierten Schmeicheleinheiten ist es dann wohl auch, die Kai immer wieder die Augen vor der Realität verschließen läßt. Außerdem hat Fuchs bislang immer die Kurve bekommen und ihm außerdem ein Happy End versprochen, und auf Max ist in der Beziehung Verlaß. Na ja, meistens.

Aktion »Saubere Weste«

»Also, Herr Klünter, sorry, lieber Günther, in Ottawa, das ist in Kanada, findet eine von Verbraucherorganisationen mitgetragene kommerzielle Werbewoche für freiwillige Vereinbarungen großer Unternehmen über saubere Geschäftsmethoden statt. White will da gerne am Rand intelligent seine Produkte präsentieren, natürlich ohne selbst offiziell in Erscheinung zu treten. Sie haben es sicher schon geschnallt: Waschmittel und Markenredlichkeit gegen White-Collar-Gauner. Also, im Prinzip eine Aktion »Saubere Weste«. Und wie bekommt man Westen weiß? Natürlich mit Qualitätsprodukten von White.« Er grinst und lächelt sich einen, ja, Max kann das bestens kombinieren, ohne daß man erkennt, was von beidem dominiert. Am anderen Ende der Leitung ist ein Kichern zu vernehmen. Fuchs setzt fort: »Es geht darum, für Topmarken und deren Hersteller zu werben, was sonst! Aber dennoch diskret! Aufwendig, aber sehr effektiv. Na ja, Sie wissen ja mittlerweile, wie der von Bargen sowas macht. Ihnen muß man nicht mehr viel erzählen. Also, sind Sie wieder mit im Boot? Wir reden nun allerdings von vorzufinanzierenden 360.000 Euro.«

Und ob Klünter wieder dabei ist, die Summe schreckt ihn nicht ab!

So und ähnlich klingen die realistisch wirkenden, ganz oder teilweise erfundenen Geschichten aus der Welt eines Konzerns. Am einfachsten läuft es natürlich mit tatsächlich stattfindenden Events, über die irgendwo berichtet wird. So läuft es dann ab: Anruf nach Zülpich und das grundsätzliche Okay, von Klünter. Kai muß dann Details zu dem Projekt ausarbeiten. Für den bedeutet das einen Sonntagnachmittag am Computer. Anfangs reichen zwei bis drei Stunden, später wird's von Mal zu Mal komplexer. Er braucht oft länger als sein Job ihm erlaubt oder ihm lieb ist, aber was soll er machen? Die Präsentation geht an Max, von dem an Klünter. Der gibt die definitive Zusage. Fuchs schickt ihm als Nächstes eine Rechnungskopie über die von Kai festgelegte Summe. Klünter sendet dann ein Abtretungsformular an White, natürlich direkt an diesen wichtigen Entscheidungsträger, Herrn von Bargen persönlich! Der zeichnet das Papier ab, versieht es mit dem offiziellen Firmenstempel von White und sendet es per Fax zurück an Klünter. Drei Tage später überweist dieser dann 80% des in der Rechnung festgelegten Betrages auf ein Konto der Fuchs-Agentur. Ein einfaches System. Zu einfach? Die Beträge erhöhen sich magisch, wie das Tempo einer startenden Rakete. 180.000 Euro, dann 360.000, 540.000, 790.000 und schließlich knacken sie die erste Million. Nur hat das wenig mit Magie als vielmehr mit simpler Subtraktion zu tun, denn Klünter erwartet stets seine 100 % des Rechnungsbetrages zurück. Und wovon sollen denn Max und Kai luxuriös leben können, wenn nicht vom steten Wachstum? Für die Neuausrichtung von White im Raum Asien/Pazifik wurden schon 1,3 Millionen Euro kalkuliert. Das Geschäft der beiden wird immer internationaler … So scheint es. Die startende Rakete erreicht eine Weltumlaufbahn. Max zeigt Kai irgendwann stolz den Kontoauszug seiner Agentur mit Sitz im nahegelegenen Holland, der European Racing Events. Siebenstellige Summen sind nun mal die beste Medizin gegen Gewissensbisse. Im Übrigen lassen die ja im Laufe der Zeit meistens nach, wenn man dran gewöhnt ist. So ist das auch bei Kai. Angst und Schmerzen in Hirn- und Herzbereich weichen immer mehr dem Rauschzustand eines Genießers.

Rekord! »Prösterchen!«

Am Tag mit der ersten Million ruft Max Kai in dessen Büro an. Zuerst schäkert er ein wenig mit Frau Pauls. Kais Sekretärin mag das.

»Dieser Herr Fuchs ist aber auch so was von freundlich und charmant.«

Max hat eben den »Generalschlüssel für Damen«.

»Hallo, KvB, alles klar bei dir?« fragt er mit aufgeregter Stimme.

Kai kommt gerade aus einem dieser seiner Meinung nach zeitraubenden und uneffektiven Strategiemeetings mit seinem Chef und den anderen Teamleitern. Seine Laune ist bei Weitem nicht so gut wie die von Max. Er schläft schlecht seit ein paar Wochen, hat Streß mit seiner Lebensgefährtin, sein Chef nervt ständig mit neuen Ideen, die nur Arbeit machen und wohl zu nichts führen. Und jedes Mal, wenn Max und er aufeinandertreffen, ist da diese unausgesprochene, aber gut spürbare Skepsis. Denn beide wissen sehr viel voneinander. Insbesondere Privates. Seitdem Kai für Hrdlicka arbeitet, hat sich ihr Verhältnis stark verändert. Der behandelt ihn jetzt so wie jemanden, der an seinem Stuhl sägt. Dabei hat Kai ganz andere Sorgen, weder Zeit noch Lust, an irgend jemandes Sitzmöbel zu werkeln, aber darüber kann er mit niemandem sprechen. Mit absolut niemandem. Fast.

»Geht so, viel zu tun«, antwortet er einsilbig auf die Frage.

»Komm, mach Feierabend! Wir treffen uns bei mir im Büro. Ich habe sehr gute Neuigkeiten, die muß ich dir erzählen und dir auch was zeigen. Danach gehen wir fein Essen, wo du willst.«

Das hat Kai jetzt gebraucht. Es ist schon halb sechs, und viel passiert eh nicht mehr heute. Er fährt zu Fuchs.

»Komm her, jetzt gibt es zuerst mal ein bißchen Puffbrause! Du scheinst die dringend nötig zu haben.«

Die Tür öffnet sich wie auf Kommando und eine junge, langbeinige, schlanke Dame tritt ein. Sie hat ein Tablett in der Hand, darauf zwei Gläser edelsten Champagners. Sie setzen sich. Es ist ganz leise. Sie hören Schritte im Stockwerk darüber. Der Gedanke, daß dort der Ministerpräsident über Gesetzesvorschlägen grübelnd auf und ab geht, sie aber gemütlich ohne Streß die Bläschen im Glas beobachten, läßt das Selbstwertgefühl steigen.

»Prösterchen!«

Vor sich die bodentiefe Ganzfensterfront mit Aussicht auf die Düsseldorfer Marina. Max blickt auf die weißen, prachtvollen Motorboote. Links daneben stehen die drei berühmten Gehry-Bauten, Wahrzeichen der Landeshauptstadt. Sie sollen eine neue Zeit symbolisieren, auch für die beiden? Sicher. Max hält Kai ein Stück Papier hin und nickt auffordernd, es sich anzusehen. Es ist ein Kontoauszug der Rabobank von heute, und darauf steht ein Zahl: 1.300.000 Euro, überwiesen von Klünter-Factoring. Kai reibt sich die Augen, aber ist zu müde für Euphorie. Max hingegen guckt ihn überglücklich an.

»Mann, nu freu dich doch, wir haben es geschafft, jetzt sind wir endlich im Millionenbereich, in der Bundesliga!«

Wohl wissend, daß es darüber auch noch eine Champions League gibt. Er prostet Kai wieder zu.

»Zum Wohl, mein Lieber, ohne dich hätte ich das nie geschafft. Vielen Dank für deine Hilfe.«

Kai erwidert Max' Geste und nimmt einen kräftigen Schluck. Ach was soll's, denkt er sich, wird schon alles gut gehen. Max hat es ja fest versprochen.«

Champagner kann wie Valium wirken.

»Komm, wir gehen ins *Monkeys* zum Essen, hast du Lust?«

Kai nickt und Fuchs legt nach: »Ich habe noch eine Überraschung für dich. Erinnerst du dich noch an unseren Besuch bei Aston Martin?«

Kai erinnert sich gut. Seine Müdigkeit läßt auf einen Schlag nach. Die beiden waren irgendwann dort, auf einem dieser »Kreuzzüge« zu Luxusautohäusern.

»Ich habe heute mit Herrn Müllers von Aston Martin telefoniert und den schicken silbernen Wagen reserviert, den du so gut fandst«, genießt Max scheinbar jovial die eigenen Worte. Innerhalb von nur 20 Minuten hatte er, wie er sagt, den Chefverkäufer um den Finger gewickelt. Wieder mal ein großes Folgegeschäft in Aussicht gestellt. Kai will jetzt das Übliche einwenden, er will wieder einmal sagen, daß sie das Geld nicht ausgeben dürfen, weil sie es ja irgendwann zurückzahlen müssen. Doch er läßt es. Zu groß ist die Begeisterung bei Max und außerdem: Warum soll er nicht auch mal was Ordentliches von dem großen Kuchen abbekommen. Schließlich hatte Max sich auch schon was Teures geleast, einen S-Klasse Mercedes. Und dieser Aston Martin ist nun wirklich ein wunderschönes Auto. Allein der Ledergeruch und das Chrom! Ja, und dann der Klang des Motors. Sowas wie Champagner für Auge und Ohr.

»Bitte den von Bargen!«

»Also, ich würde dieses Bild gerne gegenüber sehen! Hier paßt es überhaupt nicht.«

Die große, alte Dame des Konzerns hat mal wieder Ideen, was die Gestaltung der Unternehmenszentrale angeht. Ihre Kompetenz in Sachen Kunst ist unumstritten. Und wenn jemand dies in Frage stellen würde, wäre es ihr auch ziemlich egal. Sie dreht sich zu Kai um.

»Von Bargen, vergessen Sie bitte nicht die Einladung für Udo, den Lindenberg natürlich.«

Als ob er nicht gewußt hätte, wer dieser Udo ist, wenn die Chefin den Namen erwähnt. Er wird keß.

»Und vergessen Sie nicht das Interview gleich mit der *Rheinischen Post*!«

Beide lächeln.

»Die sollen ruhig warten und froh sein, daß ich überhaupt Zeit für die habe. Bitte schauen Sie danach mal über den Interviewtext, damit wir ihn auch freigeben können. Ich will da später nichts über unsere Familie lesen.«

»Natürlich, Frau Professor!«

»So, und jetzt sagen Sie mir doch mal, soll das Bild da bleiben oder doch rüber an die andere Wand.«

»Ganz ehrlich? Ich würde es da lassen!«

Genau das sind die wichtigen Momente, die die First Lady der Landeshauptstadt immer wieder, wenn einer von der Kommunikationsabteilung helfen soll, veranlaßt zu sagen: »Bitte den von Bargen!«

Denn Kai weiß gut, daß ihr dienstbare Speichellecker und Rechtgeber zuwider sind. Und er findet sehr gut den richtigen Ton, ihr stilvoll zu widersprechen.

»Schön, aber ich möchte das Bild dennoch auf der anderen Seite sehen!«

Kai kann gut damit leben. Eigentlich ist ihm ziemlich egal, wo hier welches Bild hängt. Er hat andere Bilder im Kopf. Erschrekkende. Solche, die Hieronymus Bosch gemalt haben könnte.

»Bloß nichts zu den Mädels!«

Max bastelt an immer mehr Projekten, hält nebenbei Herrn Klünter bei Laune, entspannt sich zwischendurch in Autohäusern oder in der edlen *Villa d'Este* am Luganer See. Dort ist er der offenbar enorm erfolgreiche »Grandseigneur des *international business*« und voll in seinem Element. Da er immer die größte Suite dieses Nobelhotels bucht, bekommt er auch den besten Service, die Kellner bekommen das beste Trinkgeld. Max hat sich das ja auch verdient, nach so viel harter Arbeit. Kai quält sich derweil durchs Alltagsgeschäft und lenkt sich durch allerlei Belohnungen ab. Meine Inseln, nennt er die. Wochenenden in beeindruckenden europäischen Städten, Kurztrips in die Bundeshauptstadt, teure Restaurantbesuche, eine längst überfällige

Reise mit seinem Vater nach Dallas – für Kai eine Nostalgietour natürlich, er hat da ja eine gute Bekannte. Immer dabei seine Lebensgefährtin Monique, was die Wiedersehensfreude in Texas natürlich einschränkt. Er ist schließlich dank Herrn Klünter und Max flüssig wie noch nie. Die Freundin ahnt nichts von all dem, was im Hintergrund passiert. Und Kai unterläßt es auch tunlichst, sie einzuweihen. Das hatte Max ihm immer eingebleut.

»Bloß nichts den Mädels erzählen, die können da nicht mit umgehen!« beschwört er ihn immer wieder, und Kai hält sich daran.

Natürlich ist Monique verwundert, als Kai eines Tages mit einem Porsche Cayman auf den Hof fährt. Sie fragt nach, wie das denn gehe. Kai erfindet etwas von einer Gehaltserhöhung und einer Prämie. Klingt alles logisch. Er kann ja sehr überzeugend sein. Ein bißchen Sorge macht ihr in dieser Zeit allerdings, daß Kai schlecht schläft. Später in der kriminalpolizeilichen Vernehmung wird sie aussagen, daß immer, wenn sie nachts einmal wach wurde, Kai bereits wach neben ihr lag. Es ist wieder einmal soweit. Fuchs ruft an und bittet ihn, sich Gedanken zu einem neuen Projekt zu machen.

»Ich habe nun auch einen weiteren Partner mit in unser Boot geholt. Der verfügt über hervorragende Kontakte. Und weißt du, was witzig ist?« fragt Max mit schelmischem Unterton, bevor sich Kai vom Schock erholt und sich fragen kann, was daran witzig sein soll.

»Sein Spitzname ist Ibiza-Tom. Toll, oder?«

Oh ja, toll! Kai kann sich gut vorstellen, warum sie den wohl so nennen.

»Er liebt die Insel, er ist immer braun gebrannt.«

Und er hat, neben seiner Größe, genau die Howard-Carpendale-Frisur, die man bei einem Mann mit diesem Spitznamen erwartet, wird Kai später beim ersten Zusammentreffen feststellen. Und wenn Ibiza-Tom die »True Religion«-Jeans mit den coolen T-Shirts gegen einen Anzug tauscht, dann ist er durchaus präsentabel. Ein netter Mensch scheint er auch so zu sein. Und er scheint es drauf zu haben. Kai erfährt, daß dieser Ibiza-Tom bereits den Kontakt zu Herrn Klünter hergestellt hatte. Gemeinsam mit Max arbeite er bereits an der nächsthöheren Stufe. Das heißt in der Welt von Max: Noch höhere Beträge, noch abgefahrenere Geschichten, die Kai sich ausdenken soll. Und natürlich noch mehr Risiko. Zumindest in Kais Augen. Toms Kontakte führen das Team, mittlerweile ein Trio, bald nach Hamburg. Hier haben größere Forderungsdealer mit dem simplen Firmennahmen Maxiplus ihren Sitz. Dort gilt es nun, die Geschäftsführerin weichzukochen. Diese Frau Bahn ist schon am Telefon skeptisch, das ist Teil ihres Berufes und ratsam in der Branche. Sie habe bereits viel erlebt in Sachen Geldgeschäfte. Man habe bitte Verständnis dafür. So leicht läßt sich eine wie sie nichts vormachen.

»Eine harte Nuß«, sagt Max.

Und die gilt es nun zu knacken.

Haus am See

»Hast du an die Rosenblätter gedacht?«

»Natürlich!«

»Und an das Bereitlegen der Overalls in der Box?«

»Macht unser Sherpa!«

»Ich sag dir eins: White, und das heißt ich, will hier den Sieg. Da sollte auch in deinem Interesse alles glattlaufen. Was ist mit dem Schampus für die Siegesfeier?«

»Im Kühlschrank der Villa. Mach dir keine Sorgen, ich habe alles geregelt!«

»Mir reicht schon, wenn du das regelst, was deine Aufgabe ist. Eben nicht alles!«

So laufen die meisten Gespräche zwischen Kai und Hrdlicka schon seit Längerem. Da scheint einer zu fürchten, daß ein anderer ihm im Konzern zum ernsthaften Konkurrenten wird. Hrdlicka bedauert sicher mittlerweile, den smarten Radioreporter in das Unternehmen – in seine Abteilung – geholt zu haben. Wie aber bringt man Rosenblätter und schneeweiße Overalls zusammen? White beteiligt sich gerne an einem berühmten Kartrennen im österreichischen Touristenort Velden am Wörthersee. Die große Action dort, neben dem jährlichen, proletarisches Publikum anziehenden Golf-Treffen. In dem Fall ist also nicht das Spiel der feinen Leute gemeint, sondern eine Ansammlung von VW Golfs und ihren Liebhabern aus eher unteren sozialen Schichten. Ja, und wer soll in natürlich schneeweißen Overalls die natürlich schneeweißen Rennkarts von White steuern, wenn nicht Journalisten aus der rheinischen Heimat, mit denen der Konzern oft zu tun hat? Zu deren und des Unternehmens Ehrenrettung ist das nachweislich unabhängig von kritischen Artikeln oder Beiträgen. Ja, und wo sollen die für zwei Übernachtungen wohnen? Natürlich in einer wunderbaren uralten Villa ohne störendes Telefon oder Netzanschluß. Aber dafür mit einem Bootssteg zum See. Was für ein Hallo beim Betreten der Zimmer! Rosenblätter auf dem Boden und auf den plüschigen Bettkissen. Wer vermißt da noch den Telefonanschluß! Gibt ja Handys. Und dann noch die Chance, am Vormittag schwimmen oder mit dem Ruderboot raus zu können. Kai hat gestern alles, sorry, die ihm zugeteilten Aufgaben, erledigt. Es ist früh. Die Rennfahrer schlafen noch. Seine Beine baumeln vom Steg ins herrlich klare Seewasser, in dem sich die Berge spiegeln. Er wartet auf das Motorboot, um vor dem Job noch etwas Wasserski zu laufen, und liest dabei diesen Artikel über Psychopathen. Ein amerikanischer Wissenschaftler hatte die erforscht. Da heißt es: »Psychopathen können nicht lieben. Sie sind manipulativ und großartige Lügner. Sie können unglaublich charmant sein und bleiben selbst unter Extremstreß kalt wie eine Gurke. Ihnen ist egal, was der Bauch sagt, sie sehen nur die Fakten. Deshalb ist die Wall Street ein perfekter Arbeitsplatz für solche Leute. Da sind kalte, kalkulierende Finanzexperten am erfolgreichsten.«

Warum denkt Kai in diesem Moment bloß sofort an Fuchs? Psychopathen seien dennoch impulsiv, sich keiner Schuld bewußt und bedauerten folglich nie ihr Handeln. Die Hare-Liste, quasi eine Richterskala für psychopathologische Intensität, reiche bis zu 40 Punkten. Wenn man die Verhaltensmuster voll erfülle und damit diese Höchstpunktzahl erreiche, dann sei man ein voll ausgeprägter Psychopath. Es gebe aber auch noch den »Psycho light«. Normale Leute scheuten die Öffentlichkeit, solche »gemäßigten« Psychopathen genössen sie. In ihren Hinterköpfen laufe immer das gleiche Programm: Wie kann ich mit den Leuten da spielen? Ich will, ich muß sie in der Hand haben! Diese »Realo-Psychopathen« seien anderen durch den Charme schnell verbunden. Wenn sie mit ihnen fertig seien, vergäßen sie diese schon am nächsten Tag. Nur wer ihnen in die Quere komme, den vergäßen sie nie. Und jetzt kommt's: »Der Professor hatte die Vita von US-Präsidenten untersucht. Ergebnis: Bill Clinton war so etwas wie der Schutzpatron dieser Softpsychopathen. Aber auch Franklin D. Roosevelt, Kennedy und sogar Obama belegen vordere Plätze auf der Hare-Liste«.

So einer habe viele Freunde, weil man mit ihm immer was erlebe, Spaß habe. Daß am Abend beim Trainingslauf durch die Straßen von Velden einer der White-Kart-Piloten, ein sympathischer Pressekollege vom Fernsehen, sein Kart in einer Kurve mit vollem Tempo in die Reifenabsperrung steuert, es dabei total zerlegt, damit die Siegesaussichten für White am Folgetag zerstört und er selbst mit Blaulicht ins Krankenhaus gebracht wird – darauf würde Kai gerne verzichtet haben. Aber als der wilde Fahrer bei der Abendparty mit Gips am linken Arm und mit dem rechten fröhlich winkend erscheint, werden alle wieder den Spaßmodus einschalten. Kais Job bei White ist doch oft auch sehr abwechslungsreich und unterhaltsam, oder?

Jetzt aber ans große Geld!

Max und Ibiza-Tom verbringen in diesen Wochen viel Zeit in dem repräsentativen Eckbüro des Düsseldorfer Stadttors. Frau Bahn von Maxiplus will alles ganz genau wissen. Sie wünscht eine Telefonkonferenz mit dem Mann von White, sie will eine lupenreine BWA von Max' Firma in Holland, sowas ähnliches wie eine ausführliche Schufa-Auskunft – Sicherheiten auf original White-Briefpapier und, und, und. Die Köpfe rauchen in Düsseldorf, während die kühle Hanseatin im hohen Norden das große Geschäft wittert, sich aber über die Distanz nichts anmerken läßt. Max und Ibiza-Tom jubeln, als Kai endlich das Büro betritt.

»Wir haben es geschafft, wir haben einen Termin in Hamburg!«

Max ist mal wieder ganz aus dem Häuschen. Kai ist mittlerweile genervt davon. Zu oft hat er das schon erlebt, und zu oft ist dann doch nichts dabei rumgekommen.

»Wir fahren am Donnerstag hin und dann werden wir die da schon weichkochen!«

Fuchs wirkt verschlagen bei dem Satz. Kai läßt sich, müde von dem langen Arbeitstag bei White, in einen der Ledersessel fallen.

»Max, du mußt so etwas mit mir abstimmen. Ich habe am Donnerstag jede Menge Termine«, brummt er wenig erfreut.

Ibiza-Tom räuspert sich und versucht mit seiner sonoren Stimme die Terminierung nicht zum Problem werden zu lassen.

»Ganz ruhig! Das Meeting ist erst für den Abend anberaumt. Wenn es nicht anders geht, dann kommst du eben abends mit dem Flieger nach. Wir bereiten währenddessen alles vor.«

Max sagt nichts, Kai zwingt sich ein Nicken ab.

»Na gut, Jungs, was soll ich machen, wenn der Treff nun schon steht. Ich versuche, ein paar meiner Firmentermine vorzuverlegen und dann wird es schon gehen. Was soll ich für das Treffen vorbereiten?«

Max springt auf und macht eine umarmende Körperbewegung in Kais Richtung.

»Absolut nichts. Die Strategie ist klar. Du mußt einfach nur da sein. Ein bißchen von unseren White-Projekten erzählen, und dann wickeln wir drei die um den Finger. Ein Kinderspiel! Eins ist klar: Mit der Maxiplus gehen wir nun endgültig in die richtigen Dimensionen. Da spielen wir um die Meisterschaft. Wenn alles glattgeht, dann sind bei dem ersten Deal rund vier Millionen drin. Und Tom hat bereits seine Quellen angezapft. Wir wissen jetzt mehr. Wenn es läuft, dann ist die Bahn für zwanzig Millionen im Jahr gut. Na, wie klingt das?«

»Toll klingt das, klingt echt super! Aber noch klingt es nur gut.«

Keine Reaktion bei Max und Tom. Kai erhebt sich und verabschiedet sich von den beiden. Er freut sich auf einen ruhigen Abend und eine gute Flasche Wein.

Hanseatisches Business

»Hallo, Kai, wo bist du denn?«

Die Stimme von Max an Kais Ohr klingt etwas nervös, was selten genug der Fall ist.

»Im Taxi, bin in 15 Minuten da.«

Das beruhigt ihn, das Telefonat ist beendet, und Kai lehnt sich zurück, mit leichtem Handgepäck und schweren Gedanken. Er ist seit Wochen hin- und hergerissen. Weitermachen und auf ein gutes Ende setzen oder bei dem Spiel aussteigen, ohne zu wissen, was dann passiert. Auffliegen mit diesem Theater, das würde ganz sicher jede Menge verändern und ganz sicher nicht zum Positiven. Also besser doch die Möglichkeit nicht ausschließen, daß Max ein Happy End findet oder erfindet? Was kommt jetzt hier in Hamburg wohl wieder auf ihn zu? Wer ist diese Frau Bahn, wer sitzt noch mit am Tisch? Kai hatte wieder mal kaum Informationen von Max bekommen.

»Mach dir keinen Kopf, du mußt nur herkommen und Frau Bahn ein bißchen reif reden.«

Das war wieder einmal typisch Max. Er weiß, daß Kai flexibel ist und mitspielt, daß er gerne lohnende Risiken eingeht, und daß er wahnsinnig gerne Aston Martin fährt. Kai ärgert es, daß Fuchs das weiß, doch er spielt wieder mit. Max und Ibiza-Tom warten bereits in ihren Hotelsuiten. Das SIDE Hotel in Hamburg ist stylisch, gut gelegen und für solche Besuche eine angemessene Adresse, wenn man schön wohnen, Finanzkraft vortäuschen, aber nicht protzen möchte.

»Stilvolles Understatement«, wie Max das nennt.

Weltoffenheit und Bodenhaftung, das ist genau die Mischung, die er immer und immer wieder bis zur Perfektion vorspielt, offensichtlich mit durchschlagendem Erfolg. Und das bei Bedarf auch in hanseatischem Stil. Düsseldorfer Lebensart würde hier schnell irritieren. Kai bekommt eine SMS, als er gerade an der Rezeption einchecken will.

»Meeting in 239, in 15 Minuten.« Absender Max.

Kai nickt stumm vor sich hin. Er fährt mit dem Fahrstuhl hoch zu seinem Zimmer. Fuchs hat für alle Juniorsuiten gebucht. Das versteht der also unter Understatement. Kai schmeißt den Kleidersack aufs Bett und löst seine Krawatte. Er geht über den Flur zur Tür mit der Nummer 239 und klopft. Ibiza-Tom öffnet und grinst ihn an.

»Da ist ja unser Joker. Schön, daß du da bist.«

Die drei umarmen sich zur Begrüßung. Es herrscht eine seltsame Stimmung. Tom ergreift das Wort und läßt sich dabei lässig in einen der Designersessel fallen.

»Also, noch mal für alle. Ich habe den Kontakt über einen alten Bekannten hergestellt und dem eine satte Provision versprochen, wenn alles klappt.«

Max nickt zustimmend, Kai nimmt sich ein Bier aus der Minibar. Schon wieder ein »Bekannter« der mitmischt? Es folgen noch ein paar Ausführungen zu dem geplanten Verlauf des Abends. Dabei betont Tom immer wieder, wie wichtig ein gutes und vertrauensvolles, aber dennoch distanziertes Verhältnis zu Frau Bahn sei. Kai weiß genau, was das bedeuten soll, und daß seine beiden Partner ihm diesen Teil der Aufführung, diese Hauptrolle, zusprechen. Kai soll die Dame also einseifen, sie in die wunderbare White-Welt entführen. Und am Ende soll die dann gierig und verzückt mit zwanzig Millionen Euro im Jahr auf den Zug springen, den die drei steuern. Soweit die Theorie von weltoffener, distanzierter Bodenständigkeit.

Ist mal wieder typisch, denkt sich Kai. Die beiden hecken was aus und ich muß es dann ausführen, scheibchenweise.

Nach nur zwanzig Minuten ist alles besprochen. Max möchte noch ein wenig ruhen. Ibiza-Tom will noch in den hoteleigenen Wellness-Bereich und Kai geht in sein Zimmer, um noch ein paar E-Mails zu beantworten. Schließlich hat er im Gegensatz zu den beiden noch anderes zu tun. Er ist eigentlich wieder zu müde. Doch seine beiden Strategen halten ihn auch jetzt auf Trab, so daß er gar nicht zum Nachdenken kommt. Vielleicht ist das ja auch ganz gut so, denkt Kai. Der Tisch ist für acht im feinen Restaurant *Tschebull* reserviert, ganz in der Nähe also. Das Trio geht zu Fuß. Max hatte das angeregt, denn die frische Luft würde ihnen guttun. Alle sind seltsam aufgekratzt, Fuchs geradezu euphorisch. Er sieht schon den nächsten umwerfenden Deal. Ibiza-Tom scheint ein wenig aufgeregt zu sein, weil er schließlich alles eingefädelt hat. Kai geht neben den beiden her, raucht eine Zigarette und sammelt sich. Also gut. Er hat am Nachmittag in seinem Hotelzimmer noch schnell ein paar Informationen über die Maxiplus und die Inhaberinnen gegoogelt. Beeindruckende Zahlen, aber auch nicht so beeindruckend, daß man sich vor den beiden Inhaberinnen verneigen müßte. Er arbeitet schließlich bei einem international mehr als anerkannten und vor allem bekannten Konzern. Da sollte es eigentlich eher eine Ehre für die beiden Damen sein, daß er, Kai, mit am Tisch sitzt.

Ein Auftritt erster Güte

Ein Portier öffnet die Tür zum großzügigen Entree des Restaurants. Max kümmert sich sofort um die Formalitäten, sie geben ihre Garderobe ab und werden zu ihrem Tisch geführt. Dort sitzen bereits drei Personen: Herr Petermann, Toms Mittelsmann sowie Frau Bahn mit ihrer Geschäftspartnerin Frau Müller-Bachmann. Kai kennt die Gesichter der beiden von seiner nachmittäglichen Internetrecherche und steuert an allen vorbei direkt auf Frau Bahn zu.

»Schön, Sie persönlich kennenzulernen. Ich habe schon viel über sie gelesen.«

Sie strahlt ihn an. Rums! Volltreffer! Bei so etwas macht ihm so schnell keiner was vor. Auch Max, nicht untalentiert für solche Auftritte, hatte Kai gegenüber des öfteren bewundernd anerkannt, wie überzeugend der in solchen Situationen, also, wenn es drauf ankommt, agiere. Die drei vom Rhein begrüßen höflich ihre potentiellen Opfer, und Kai übernimmt den Vorsitz am Tisch. Seine Show kann beginnen. Max hält ihm die profanen Dinge wie Menüauswahl und später das Bezahlen vom Hals. Übliche Teamarbeit. Kai parliert über die wunderbare, vertrauensvolle und vor allem jahrelange Zusammenarbeit mit der European Racing Events des Herrn Fuchs.

»Also, wir von White sind da sehr, sehr vorsichtig. Für uns ist der bewährte, langfristige und vor allem reibungslose Kontakt mit ganz gewissen Personen oder Firmen das Wichtigste. Ja, und wir haben gerade mit Herrn Fuchs ein Vertrauensverhältnis der besonderen Art aufgebaut. Bei uns gelten Handschlag und Ehrenwort, nicht irgendwelche schönen Formulierungen auf Papier.«

Dabei muß er sich nun doch das Lachen verkneifen. Vertrauensverhältnis, Handschlag, Ehrenwort! Er stellt ein Projekt nach dem anderen vor, skizziert Radius und Leistungsportfolios, er bestätigt immer wieder den großen, insbesondere finanziellen Vorteil, den White davon hat.

»Eines unserer jüngsten Projekte ist die Implementierung einer internen und externen Kommunikationsstrategie in der Region Asia-Pacific.«

Wie das klingt! Es ist still, man klebt an seinen Lippen. Kai jongliert mit Worten wie der Mann mit den Keulen im *Apollo Varieté* am Rheinufer. Für den Konzern sei das ein extrem wichtiges und zukunftsweisendes Projekt. Ohne den Markt dort könne White auf Dauer nicht so solide wachsen, wie das die Konzernleitung für notwendig erachte. Kai redet sich geradezu in einen Rausch, immer mal wieder unterbrochen von ein oder zwei kurzen Zwischenfragen von Frau Bahn.

»Müssen solche strategischen Maßnahmen nicht vom Konzernchef selbst abgesegnet und abgezeichnet werden?«

Vorsicht, Falle!

»Das haben Sie sehr richtig gesehen, Frau Bahn. Ja, hier geht es um große Summen. Der Vorstand hat das natürlich generell abgesegnet, kann sich verständlicherweise in einem solchen Weltkonzern nicht um die Durchführung im Einzelnen kümmern. Sonst säße ja nicht ich vor Ihnen, sondern der Konzernchef. Was ich, wenn ich Sie, gnädige Frau, hier sehe, zutiefst bedauern müßte.«

Ein entspanntes Lachen der Runde zeigt ihm: Das kam an! Kai geht geradezu hingebungsvoll auf alles ein und gibt Frau Bahn das Gefühl, daß sie beide sich auf Augenhöhe begegnen. Die anderen am Tisch wirken eher wie Gläubige in der Kirche. Allenfalls mal ein Nicken, mal ein Lächeln.

»So, meine Liebe, genug der vielen Details, ich will Sie nicht langweilen. Was halten Sie davon, wenn wir beide mal 'ne Zigarette rauchen und vorne an der Bar den Wein fürs Essen aussuchen?«

Sie stimmt zu und Kai schiebt ihr galant den Stuhl zurück, damit sie leichter aufstehen kann. Frau Bahn sieht älter aus als Ende Vierzig. Das muß an ihrem klassisch reduzierten Kleidungsstil liegen, vielleicht aber auch an ihren herben Gesichtszügen. Sie hat die Maxiplus gemeinsam mit ihrer Partnerin aufgebaut. Die beiden Frauen haben es nicht leicht in einer reinen Männerwelt, und sie wollen sich daher wohl nicht auf Weiblichkeit reduzieren lassen. Männer werden im Leben von Frau Bahn wohl nur eine untergeordnete Rolle spielen, denkt er sich. Die beiden Frauen haben sich den Respekt der Banken sicher hart und mühsam erarbeitet. Und nun klopft White an ihre Tür! Was für ein Erfolg. Max steht höflich mit den beiden auf, bevor sie den Tisch verlassen. So macht man das! Großes Kino. In der feinen Bar angekommen, wählt Kai mit Bedacht einen Tisch in der lauschigen Ecke, läßt Frau Bahn natürlich zuerst Platz nehmen. Er nickt dem Kellner kurz zu. Kennerhaft ordert er einen teuren 2000er Grünen Veltliner.

»Frau Bahn, ich hoffe, daß ich heute alle Ihre Fragen beantworten konnte und würde mich über eine Kooperation wirklich sehr freuen. Jetzt, wo wir alleine sind, bitte ich Sie, mir alle Fragen zu stellen, die Sie außerhalb der größeren Runde noch bewegen, damit wir von Anfang an alles sauber, vertraulich und zweifelsfrei klären.«

Frau Bahn lächelt beeindruckt.

»Also, eines muß ich als Hanseatin ja mal sagen. Sie haben ein Talent, die Dinge auf den Punkt zu bringen. Ein paar Fragen habe ich in der Tat noch. Zum Wohle.«

Kai ist jetzt bereit für langweilige Detailfragen zu den Zahlungsmodalitäten, den Geldflüssen, seiner Position bei White, zu seiner Vernetzung im Konzern, seiner Handlungsvollmacht und zu anderen geschäftlichen Dingen. Schließlich ist er auf diese Fragen bestens vorbereitet. Er erhöht die Trinkfrequenz, und nach dem dritten gut gefüllten Glas und einigen Charmetreffern ist die Ziellinie in Sicht.

»Also, Frau Bahn. Ich würde Sie herzlich gerne nach Düsseldorf einladen und dann zeige ich Ihnen meine Stadt. Ich kenn da ein ganz wunderbares Restaurant, da bin ich mir sehr sicher, daß Ihnen das gefallen wird. Es wäre mir eine Freude, wenn Sie zusagen.«

Normalerweise trinkt Frau Bahn bei geschäftlichen Besprechungen nur Wasser und Kaffee. Doch dieser junge, dynamische Bursche hat es ihr irgendwie angetan und läßt sie hehre Vorsätze vergessen. Der Wein hilft beim Sichbegeistern. So voller Elan, voller Lebensfreude, diese wachen, blauen Augen und diese perfekte Erziehung. Ja, mit dem würde sie gerne Geschäfte machen, dem kann man vertrauen. Da ist sie sich sicher.

»Zum Wohl Herr von Bargen. Ich genieße den Abend sehr!«

Das war's dann wohl. Bingo. Die beiden gehen zu den anderen zurück. Ganze 45 Minuten waren sie weg, und als sie an den Tisch treten, kann Kai eine leichte Irritation in Fuchs' Augen erkennen.

»Meine Herren. Herr von Bargen und ich haben alles besprochen und wir sind uns einig. Wir sind im Geschäft. Das werden tolle Projekte und wir sind stolz, dabei sein zu dürfen. Nun lassen Sie uns essen und den Abend genießen. Den Rest werden wir dann mit Herrn Petermann am Montag ausarbeiten und Ihnen, Herr Fuchs, zukommen lassen.«

Wechselweise Überraschung, Erleichterung und Freude in den Gesichtern der anderen vier. Wieder ein Ziel erreicht. Jetzt folgt der Auftritt von Max. Er übernimmt nun den Part des netten Plauderers über Golfspielen, die Schweiz, gutes Essen und extravagante Reiseziele, für die beiden »Edelbuchhalterinnen« der Ausflug in eine andere Welt. Sie genießen es. Und am Ende des Abends sind die beiden Damen ziemlich berauscht, woran der Wein den geringeren Anteil hat.

»Großartig, mein Lieber!«

»Guten Morgen, mein Lieber! Was für ein Auftritt in Hamburg! Mein Lieber, damit hast du dich selbst übertroffen!«

Max' Stimme am Hörer ist fröhlich und wachsweich.

»Ich bin der Meinung, für diesen Coup sollten wir uns mal richtig belohnen, was meinst du?«

Kai weiß nicht, worauf Max hinauswill, kann sich aber mittlerweile so einiges vorstellen. Typisch Max.

»Was meinst du? Noch haben wir ja nichts schriftlich, geschweige denn Geld auf dem Konto von dem Deal.«

Typisch Kai. Kaum hat Max was an der Angel, liegt die Beute schon in der Pfanne, ist das Geschäft für ihn schon abgeschlossen und das Geld quasi bereits auf seinen Konten in der Schweiz, in Luxemburg, Holland oder sonstwo, vielleicht Panama. Kai hatte da was gehört.

»Mann, nun sei doch nicht so furchtbar spießig, das klappt schon, hat die Bahn doch gesagt. Mach dich mal locker und sag mir worauf du Lust hast.«

Kai fällt nichts ein, er hat im Moment doch alles, was er braucht. Bis auf diesen schönen silbernen Sportwagen, den er sich nur mal so aus Spaß in der vergangenen Woche angesehen hatte, der hatte es ihm schon angetan, der würde ihm schon gefallen. Ein Aston Martin in der Farbe Lightning Silver mit schwarzem Leder innen und hellgrau abgesteppten Nähten, ein tolles Geschoß. Max riecht manchmal die Gedanken anderer.

»Wie wäre es denn mit dem Aston, den wir uns vor ein paar Tagen angesehen haben? Der hat dir doch so gefallen. Ich kann da ja mal ein Leasing klarmachen. Ich wollte mir auch mal ein anderes Auto zulegen. Auf Dauer ist mir die S-Klasse zu opamäßig, und ich bin mir sicher, daß Tom auch mal ein neues Auto gebrauchen könnte. Der Q7 ist zwar ganz nett, aber jetzt, wo wir die nächste Stufe in unserem Business erreicht haben, sollten wir auch in Sachen Mobilität und Image zulegen. Und in Sachen Spaß!«

Wenn Fuchs von Business spricht, klingt das so selbstverständlich und so logisch, doch die drei wissen ja, daß es sich hier um nichts anderes als Gaunerei und Hochstapelei handelt. Doch für Max ist das ganz klar ein Business. Aber wenn Kai etwas wie Lightning Silver hört, dann versagt bei ihm die Bremse.

»Du kannst ja mal hören, was die so sagen und für das Auto aufrufen«, beendet er das Telefonat mit der üblichen Begründung eines anstehenden Meetings.

Trenchcoats und Edelkarossen

Der Vormittag plätschert bei Kai so dahin. Mittags fährt er zur Physiotherapie – seine kleine Wellnessoase, wie er das immer nennt. Eine Auszeit, die er sich gönnt, und bei dem intensiven Sportprogramm, das er jeden Tag absolviert, tut das auch seinen Knochen gut. Auf dem Rückweg befällt ihn so eine sonderbare Unruhe. Die Gedanken an ein mögliches Auffliegen der ganzen Machenschaften mit Max und Ibiza-Tom sind mal wieder besonders präsent. Leidet er etwa schon unter Verfolgungswahn? Kai verschlingt während der Fahrt einen Burger, parkt auf seinem Firmenparkplatz und steigt die Treppen hoch. Auf dem Flur zu seinem Büro durchzuckt ihn etwas wie ein Stromschlag: Vor seiner Bürotür stehen vier Männer in grauen Anzügen, einige tragen einen Trenchcoat. Kripobeamte, ganz sicher! Kai bleibt wie angewurzelt stehen. Er ist für einige Sekunden unfähig, sich zu bewegen. Die warten da auf mich, ich habe keinen Termin am Nachmittag. Was mache ich denn jetzt? Sein Herz rast und wie ferngesteuert öffnet er die Tür direkt links neben sich. Er betritt die kleine Büroküche. Jetzt bloß nicht durchdrehen! Kurz drauf kommen zwei Männer in den Raum, und schon wieder durchzuckt es ihn. Aber es sind Kollegen. Sie grüßen freundlich und machen sich einen Kaffee. Hier kann er nicht bleiben, es ist verdächtig, einfach nur so rumzustehen. Also, Augen zu und durch. Kai geht mit kleinen Schritten und einer großen Last auf den Schultern in Richtung seines Büros. Die vier Herren blicken ihn an, machen kurz Platz. Er versucht, neutral zu gucken. Aber wenn die von der Kripo sind, wissen sie doch sicher, daß welche, die besonders neutral gucken, was auf dem Kerbholz haben. Er setzt sich bei offener Tür an den Schreibtisch und nimmt den Hörer ab. Er tut so, als ob er telefonieren müsse, um einfach irgend etwas Unverdächtiges zu tun. Aber machen das nicht auch alle Verdächtigen, wenn die Polizei sie beobachtet? Die vier Männer stehen immer noch direkt gegenüber. Kai bewegt die Lippen und spricht irgend etwas vor sich hin, damit es echt aussieht, sein Telefonat. Die Sekretärin kommt, drängelt sich an den Trenchcoats vorbei.

»Störe ich?« fragt sie mit Blick auf den Hörer in Kais Hand.

Der legt auf. Nein, nie hatte sie weniger gestört, die Gute.

»Nein, kommen Sie herein, was gibt es denn?«

»Ich wollte Sie noch einmal an die beiden Präsentationen für morgen erinnern.«

Kai nickt.

»Sie sehen aber heute nicht gut aus, Herr von Bargen. Sie sollten mal etwas mehr schlafen.«

Frau Pauls blickt ihn an, und Kai weicht aus.

»Ja, da haben Sie recht, ist alles ein bißchen viel im Moment.«

Aus den Augenwinkeln sieht er, daß die vier Männer immer noch vor seiner Tür stehen. Ab und zu hat er den Eindruck, daß einer von ihnen forschend zu ihm rüberschaut.

»Wissen Sie, wer die Herren da auf dem Flur sind?«

Kais Stimme zittert ein wenig, er hat sich nicht wirklich im Griff, versucht aber, möglichst gefaßt zu klingen. Frau Pauls scheint das nicht zu bemerken und sagt ganz ruhig: »Ja, das sind Gäste für Herrn Altmüller, der steckt noch in einem Meeting fest, kommt aber gleich.»

Was hatte er wohl gedacht, was sie antworten würde? Das seien Herren von der Kripo, die ihn gerne mitnehmen möchten? So ein Unfug! Kais Gesichtszüge und seine Muskeln lockern sich. Fast schon fröhlich verabschiedet er eine etwas verwunderte Frau Pauls.

Der ist vielleicht komisch in den letzten Wochen, denkt sie sich. Na ja, der hat ja auch wirklich viel um die Ohren.

Oh ja, und ob er das hat, und wie! Kai atmet durch und läßt sich in seinen ledernen Bürostuhl sinken.

»Puh, das war knapp!« flüstert er vor sich hin. Er kann sich kaum das Lachen verkneifen. Über seine Paranoia. Die bekommt man wohl manchmal von zu intensivem Nachdenken. Fuchs hatte immer gesagt, er solle sich nicht so viele Gedanken machen. Apropos Fuchs. Den ruft er jetzt erst mal an. Max nimmt sofort ab und verkündet stolz: »Ich sitze gerade bei Aston Martin. Herr Müllers und ich sind uns einig, in drei Tagen kannst du dein neues Auto abholen, na wie findest du das?«

Kai findet das einfach super. Angst weg, Auto da. So sieht's aus! Das hat er sich jetzt nach dem Schock von eben wieder mal sowas von verdient. Nebenbei erwähnt Max noch, daß er morgen in die Schweiz fahren werde, denn dort bekomme er sein neues Auto. Er habe sich für einen Ferrari entschieden und für Tom soll es ein Maserati Quattroporte sein. Der neue, angemessene Fuhrpark ihres kleinen Dreimannunternehmens wäre somit komplett.

Point of no return

Wenn Kai nur nicht immer so alleine wäre mit seinem schlechten Gewissen. Die beruhigende Wirkung eines neuen Aston Martin hält eben nicht auf Dauer, die Wirkung von Männern im Trenchcoat dafür um so länger. Er erreicht Fuchs, als dieser gerade auf der Terrasse den Blick auf ein wunderbares Alpenpanorama genießt.

»Max, mir geht unser Treiben derzeit ziemlich an die Nieren oder besser gesagt: an die Leber. Ich kann mich nur mit Alkohol ruhigstellen. Wie kommen wir da ohne Mordsärger überhaupt wieder raus?«

»Mein Lieber, wir sind doch auf einem sehr guten Weg. Und es ist erst die halbe Strecke bis zum großen Ziel. Warum jetzt schon Nerven zeigen? Wie willst du denn jetzt aus dem Karussell steigen? Selbstanzeige bei der Polizei? Das bedeutet: Job weg und Knast!«

»Aber wenn wir uns jetzt anzeigen, dann könntest du doch was von dem Schotter im Ausland sichern und es bliebe bei einer überschaubaren Strafe. Ich hab da eben mal drüber nachgedacht.«

Kurze Pause am anderen Ende. Dann antwortet Fuchs in einem ungewohnt strengen Ton.

»Das ist doch wohl nicht dein Ernst! Du solltest bedenken, daß wir mittlerweile nur zusammen Erfolg haben oder zusammen vor die Hunde gehen. Und da habe ich sicher keine Lust drauf. Tut mir leid, aber du spinnst doch!«

»Aber was soll ich machen, wenn mir der Arsch immer häufiger auf Grundeis geht?«

»Apropos Arsch: Du kannst jetzt nicht nur an dich denken. Es geht auch um meinen Arsch! Und da wäre unsere Freundschaft am Ende. Ich sag dir eins: Wenn du durchdrehst und glaubst, durch Selbstanzeige in das überschaubare, ärmliche, bürgerliche Leben zurückkehren zu können, dann wäre ich, bei all den schönen gemeinsamen Erfolgen, nicht mehr zimperlich. Du weißt, welche Kontakte ich auch zu Leuten habe, die in der Lage sind, mich gegen ein paar Tausender in bar mit unkonventionellen Methoden vor Schaden zu bewahren. Die kennen da keine Verwandten, glaub mir das. Auch nicht gegenüber deiner Freundin. Aber was lasse ich mich hier zu solchen Gedanken verleiten. Trink mit deiner Süßen und deiner gut durchtrainierten Leber ein Gläschen und hör auf, den Hosenscheißer zu mimen. Der bist du nicht! Bist du noch am Apparat?«

Kai ist nicht erstaunt, daß Max ablehnend reagiert, aber das gerade war schon heftig.

»Also, Max, ich finde deine Drohung nicht sehr lustig. Bitte nimm meine Sorgen ernst!«

»Kai, mein Lieber« – sehr schnell ist er wieder sein Lieber – »und ob ich die ernst nehme. Aber laß uns doch auf das große Finale hinarbeiten, das uns ermöglicht, alle offenen Beträge zurückzuzahlen und außerdem mit einem Schlag den Rest zu legalem Vermögen umzuwandeln. Der Tag wird bald kommen. Ich habe da auch schon Ideen. Das, was ich eben gesagt habe, nimm doch bitte nicht so wörtlich. Aber versteh mich, ich bin nicht bereit, noch mal in den Knast zu wandern. Den Point of no return haben wir schon lange passiert.«

Kai staunt über die unerwarteten Englischkenntnisse des Visionärs von Remagen. Point of no return!

Max legt ohne Pause nach: »Und überleg mal: Wir können jetzt noch nicht viel zurücklegen, daß du nach dem Knast sorgenfrei existieren könntest. Denn deinen Job bist du los, wenn du jetzt auspackst. Zwei Jahre Knast sind dir sicher. Und dafür bist du auch nicht der Typ. Das übersteht einer wie du nicht, ich kann das beurteilen. Ja, und danach? Vielleicht ein Hilfsjob in einer ostwestfälischen Schreinerei? Also hör auf und laß uns in ein paar Tagen unseren nächsten Schritt zum Paradies planen!«

Was soll der sonst so wortgewandte Kai darauf noch antworten?

»Na gut, wahrscheinlich hast du mit allem recht. Dann laß mich einfach noch mal nachdenken. Laß uns telefonieren!«

»Natürlich habe ich recht! Schalte das schlechte Gewissen jetzt aus. Das macht dich nur unsicher! Aber sehr gut, daß du mich in dieser Verfassung sofort angerufen hast.«

Kai legt auf, nimmt das Glas und geht ans Fenster. Er schaut auf seinen Aston Martin vor dem Haus und beginnt, sich selbst davon zu überzeugen, daß sein Partner recht hat. No risk, no fun. Den englischen Satz kennt auch Max.

Ibiza-Tom unter Palmen

Laut dröhnt die Musik vom nahen Hotel *Clevelander.* Es riecht nach Meeresfrüchten und starkem Parfum. Tom sitzt lässig auf der Terrasse des Restaurants vor einem riesigen Cocktail. Gegenüber, zwischen Straße und Strand, trainieren Muskelpakete jeder Herkunft an den Reckstangen, bewundert von jungen Damen mit langen Haaren, kurzen Röcken und knappen Shirts. Das ist seine Welt! Er ist stolz – endlich hatte er seinen großen Auftritt bei der Drei-Mann-Show gehabt. Denn vor anderthalb Wochen hatte ein Blitz, der aus Hamburg kam-bei ihnen eingeschlagen. Frau Bahn hatte mitgeteilt, daß sie die Geldrückzahlung von einem Firmenkonto der Firma White erhalten müsse, nicht von Fuchs' European Racing Events. Es sei wegen der Innenrevision in ihrem Hause. Die müsse alles auch gegenüber den Behörden sauber darlegen können. Bislang lief es so wie zuvor: Max schrieb eine Rechnung über Phantasieleistungen, Kai setzte den White-Firmenstempel und die Unterschrift drauf, die Factoring-Partner zahlten die Rechnungssumme minus Provision an die Konten der Eventagentur, meist die holländische Rabobank. Sie bekamen nach der verabredeten Zeit oder Frist die volle Summe von genau diesen Konten zurück. Denn auf denen waren ja mittlerweile neue, größere Summen eingegangen. Frisches Geld stopfte alte Löcher. White erschien immer nur als Stempel. Und dann das! Die Bitte der Frau Bahn.

»Scheiße, was machen wir jetzt mit der Alten in Hamburg? So, wie die am Telefon drauf war, läßt die sich nicht davon abbringen.« Fuchs hatte Nerven gezeigt. Kai zeigte die sowieso.

»Also, Leute, ich kann das doch nicht über eines unserer Unternehmenskonten laufen lassen. Die werden zigmal gegengecheckt. Das war's wohl. Wir fliegen auf!«

Kai hatte bei seiner deprimierenden Feststellung in ein plötzlich bleiches und in ein immer noch von der Ibiza-Sonne gebräuntes Gesicht geschaut. Fast hilflos hatte Max dann gemurmelt: »Können wir da nicht wieder was erfinden?«

Schweigen. Über ihnen der Ministerpräsident, unter ihnen der Abgrund. Und dann plötzlich aus dem Mund des Gutgebräunten: »White Friendship Limited!«

»Was?«

»Also, Kai, euer Konzern hat doch weltweit eine Unmenge Tochterfirmen, oder? Ja, und warum soll eine davon nicht ›White Friendship Limited‹ heißen, die nichts anderes macht, als solche Sachen, wie die von uns, zu verwalten? Natürlich müßte die weit weg angemeldet werden, wo es der Konzernzentrale nicht auffällt. Und wo man so 'ne Firma, zur Not auch mit etwas Bakschisch, leicht anmelden kann. Klar, nicht in einem Urwaldstaat.«

»Amerika!« hatte Kai sofort gerufen.

»Tom, das muß jetzt aber ganz schnell gehen. Vor den nächsten Transfers. Wir müssen in acht Tagen fünf Millionen nach Hamburg überweisen.«

Da wurde Tom noch etwas bleicher. Aber wenn er Amerika hört, fällt ihm sofort Miami ein. Sowas wie Ibiza im Quadrat. Schnell hatten sie eine Agentur gegoogelt, die dort für Ausländer Firmen und Geschäftskonten einrichtet, diese angerufen und bei Air Berlin einen Flug für den nächsten Tag gebucht. Tom war dann dort sofort hin, hatte ein paar Tausender auf den Agenturtisch gelegt und wartet jetzt in der milden Atlantikluft auf Mr. Wilkinson mit den Papieren, die Tom unterschreiben muß. Alles lief wie am Schnürchen. Bald wird Frau Bahn ihre Zahlungen von der White Friendship Limited erhalten. Mann, ist er stolz auf seine Idee! Da kann er sich nun gut auf den Lady-Madonna-Cocktail und die vorbeigehenden langen Beinchen konzentrieren. Am Abend dann ins *Mansion*.

Vielleicht geht da ja was. Er will nach dem Streß noch ein paar Tage Strand dranhängen. Die Geldbörse ist voll, der Himmel blau, der Strand weiß, die Cocktails groß und das Bier gut gekühlt. Da kann man nicht meckern. Schließlich war er dieses Mal das Hirn der Truppe. Mit nettem Blick und einer einladenden Geste der Hand bietet er der vollbusigen Blonden und ihrer rassigen Latinofreundin die beiden freien Stühle neben sich an. Er wird sie gleich mitnehmen in den Club. Es ist heiß, herrlich heiß, in Miami.

Kein Wort!

Max hatte ihn angerufen. Das Trio solle sich heute um 18 Uhr im Stadttorbüro treffen. Der große Fuchs scheint etwas nervös. Kai kommt als Letzter. Er haßt diese Terminvorgaben von Max, denn er hat ja schließlich noch einen Job zu machen, und bei White geht niemand vor sechs am Abend aus dem Büro, meist bleiben alle weitaus länger. Er kommt also in das Büro geflogen und blickt in zwei ernste Gesichter. Fuchs und Ibiza-Tom sitzen in den bequemen Ledersesseln und sind bereits mitten im Gespräch. Max kommt sofort zur Sache.

»Ich will mit euch besprechen, wie wir unsere ganze Sache geheimhalten können. Wir müssen wirklich aufpassen, Jungs, daß niemand, wirklich keine Menschenseele, etwas von unseren Machenschaften mitbekommt.«

Was hat der da gerade gesagt? Machenschaften? Irgendwie spricht er Kai damit aus der Seele. Aber bisher hatte es immer nur »Business-Modell« oder »unser Geschäft« geheißen.

»Ich habe es euch schon oft gesagt und sag's noch mal: Auch unsere Mädels dürfen absolut nichts davon erfahren, die Weiber tratschen sowieso nur, und was dabei rauskommt, wissen wir ja.«

Max guckt dabei bedeutungsschwanger in die Runde. Er und Ibiza-Tom fixieren Kai.

»Ja, ist doch klar, kein Wort«, antwortet Kai. »Ist doch ohnehin nichts, auf daß wir stolz sein können, warum also sollten wir darüber reden?«

Sieht Fuchs da plötzlich Mädels in Trenchcoats? Kriegt der auch Paranoia? Kai ist mit Monique liiert, die beiden wohnen zusammen, und bestimmt hat sie sich schon das ein oder andere Mal gewundert, woher der Porsche kommt, wie und warum Kai wohl den Amerika-Trip mit seinem Vater und dessen Lebensgefährtin bezahlen konnte. Bar! Aber Kai hat ja immer eine einfache Erklärung parat, wenn sie nach so was fragt. Dann steht auf einmal zusätzlich noch der silberne Aston Martin vor der Tür. Wieder hat er eine plausible Begründung auf Lager, überzeugend vorgetragen in für Laien unverständlichem Wirtschaftschinesisch. Er fährt ab und zu auch mal mit dem schnittigen britischen Sportwagen zu White. Dann benutzt er ein anderes Einfahrtstor als sonst. Kai begründet das damit, daß er den Neidern in der Firma kein Futter liefern wolle. Für Monique nachvollziehbar und somit weiter kein Thema. Später, bei der Vernehmung durch die Kripo, wird sie aussagen, daß Kai bei seinen Erklärungen immer eine so überzeugende Art gehabt habe. Sie habe sich zwar weiterhin hier und da gewundert, aber nicht weiter nachgefragt.

Doch zurück zum Gespräch im Stadttor: Max hat natürlich Recht und so sind sich die drei schnell einig. Sie sprechen noch kurz über die Zeitfenster für die kommenden Deals. Im Fahrstuhl nach unten treffen sie auf den Herrn Ministerpräsidenten, den Nachbarn von oben. Alle grüßen freundlich. Kai und der Landesvater kennen sich aus seiner Reporterzeit, zumindest vom Sehen. Sie halten einen kurzen Smalltalk.

»Na, haben Sie unser Land weiter gut im Griff?«

Die Bodyguards schauen streng zu ihm rüber.

»Glaube schon, aber da sollten Sie besser die Bürger fragen. Wenn nur die kritischen Journalisten einem das Leben nicht immer so schwer machen würden.«

»Das ist nun mal ihr Beruf! Aber ich gehöre nicht mehr dazu. Bin jetzt ja bei einem Unternehmen. Sie können sich hier ganz ohne Sorge zu den Problemen des Landes äußern.«

»Seien Sie sicher, daß ich das nicht tue, selbst wenn Sie der sympathischste und ehrlichste Mensch auf Erden wären.«

Kai verkneift sich jegliche weitere Kommentare. Ein nettes Kopfnicken und schon sind sie unten vor der Tür. Bei welchem Unternehmen er jetzt arbeitet, hatte Kai sich verkniffen zu sagen. Denn ob der Landesvater ihn nun als Reporter oder auch als Pressemann von White auf dem Schirm hatte, kann er nicht sicher sagen. Und er muß es dem auch nicht auf die Nase binden, zumal in der Gesellschaft, die mit ihm im Fahrstuhl steht. Der Ministerpräsident rollt mit Gefolge davon und Max grinst.

»Mann, wen du alles kennst, vielleicht sollten wir uns eine Etage höher mal zum Kaffee einladen lassen.«

Ibiza-Tom lächelt.

»Ja, Max, eine gute Idee, wir drei Betrüger und der anständige Ministerpräsident auf einen Kaffee, das wär was.«

Kai hat in dem Moment zwar noch keine Angst um die Landeskasse, ärgert sich aber über dieses dumme Gerede. Ihm ist es schon peinlich genug, daß sich der Ministerpräsident jetzt sicher fragt, was er, der von Bargen, der ihm tatsächlich von einem Unternehmenstermin oder einer Pressekonferenz erinnerlich sein könnte, wohl im Stadttor zu suchen hatte. Schon wieder so eine völlig paranoide Situation. Jetzt erst mal mit dem Porsche nach Hause zu Monique, ein bißchen entspannen … und natürlich unbedingt die Schnauze halten!

Die Formel 1 lockt

»Frau Pauls, können Sie bitte mal bei Claudia nachfragen, wann der Chef diese Woche einen Termin frei hätte oder noch besser, wann er überhaupt im Hause ist?«

Dabei hat Kai gar nicht vor, um einen Termin bei Hrdlicka zu bitten. Er will nur wissen, wann die Luft rein ist. Macht er immer so, wenn er von dem nicht bei was gestört oder erwischt werden möchte. Zum Beispiel, wenn er sich mit Max und Ibiza-Tom um die Deals kümmern muß. Das macht ihm Spaß, das Koordinieren und Organisieren. Das ist seine Welt. Fünf Minuten später hat er die Antwort und greift sofort zum Handy, um Fuchs zu informieren.

»Hallo, Max, also, diese Woche sieht es gut aus. Mittwoch bis Freitag ist er nicht im Haus.«

Max ist sofort im Thema.

»Na wunderbar. Nick Close vom Formel-1-Rennstall Green GP hat schon angedeutet, daß es am Donnerstag bei ihm und seinem Boß gut passen würde.«

Schnell ist alles geklärt, als ob es bei ihnen täglich um so einen Riesencoup ginge. Kai lenkt sich sofort mit Büroarbeit ab, auch wenn sein Puls den Schleudergang erreicht hat. Er versucht es jedenfalls. Denn Max hatte sich da offenbar in etwas verrannt. Etwas so Gigantisches, daß es kaum zu fassen ist. Er hat mal wieder einen Plan, und immer, wenn Max einen Plan hat, dann wird es gefährlich. Kai kennt das. Der große schlaue Fuchs ist dann nicht mehr zu stoppen. Er will die immer gigantischer werdenden Beträge aus den Factoring-Geschäften, den weiter wachsenden Schuldenberg, mit Hilfe eines wahren Husarenstücks begleichen. Sein Plan ist eigentlich so simpel wie die Deals mit Klünter, nur die Summen sind exorbitant höher. Mordsgefährlich! Kais Skepsis und Neigung zur Paranoia wachsen entsprechend den angepeilten Millionen. Max hatte über einen aus den glorreichen, früheren Kölner Zeiten, das heißt konkret über besagten früheren Bundesligaschiri, der ihm schon damals als Dr. Maximilian Alt den Weg zum Tor freimachte, Kontakt mit einem bekannten Sportkommentator aufgenommen. Dieser, so hatte Max erfahren, habe beste Verbindungen zur Formel 1. Klar, daß solche Leute für Hilfestellungen eine kleine – nennen wir es mal – Aufwandsentschädigung erwarten. Aber damit kennt Fuchs sich ja bestens aus, da eine Hand erwartet, auch von der anderen gewaschen zu werden. Bei Sportreportern empfiehlt sich der direkte Weg zum Tor.

»Also, wir sind eine mittlerweile international operierende Agentur, die beste Kontakte bis hin zu Dax-Konzernen pflegt. Wir spielen also ganz oben mit.«

Max hatte die Sache so angesprochen, als wollte er einem Reiterhof die gerade vorrätige Wagenladung Heu anbieten.

»Kommen wir zur Sache: Ich erfuhr, daß Sie Zugang zu den Bossen des Rennstalls Green GP besitzen.«

»Ja, da hat man Sie richtig informiert. Was kann ich für Sie tun?«

»White will bei denen als Sponsor einsteigen, als Premiumsponsor versteht sich, für die kommende Rennsaison! Sie haben genau verstanden: White, Düsseldorf!«

Locker hatte er den Reporter auf die Schiene gesetzt. Als Max Kai diese Idee danach präsentierte, leuchteten seine Augen. Ein bißchen wahnsinnig sah er aus. Aber Kai kann so etwas nicht mehr aus der Bahn werfen. Wäre das nicht die Chance fürs Finale? Wären sie mit sowas nicht auf einen Schlag alle Schulden los? Alle anderen Verbindlichkeiten würden sich mit so einem Formel-1–Deal tilgen lassen. Und auf Kais Frage, wie denn am Ende diese gigantische, sicher einen zweistelligen Millionenbetrag umfassende Starthilfe für den Rennstall zurückgezahlt werden soll, hatte Fuchs die wohl verblüffendste und logischste Erklärung parat, die Kai je gehört hatte: »Glaubst du, die große Formel 1 und das Weltunternehmen White würden sich die Blöße geben und in der Öffentlichkeit zugeben, daß sie von drei kleinen Jungs wie uns gelinkt wurden? Die machen das dann hinter verschlossenen Türen. Klar, die laden uns zum Gespräch und dann wird das erledigt, ohne viel Lärm und ohne Polizei und Gerichte. Darauf gebe ich dir mein Wort!«

Kai ist zunächst mal mehr als sprachlos, Max aber so siegessicher, daß Kai geneigt ist, ihm gerade dieses spektakuläre Happy End zu glauben. Jetzt geht es also um Phase 2 des Plans. Um ein Gipfeltreffen mit den Bossen des Rennstalls, mit Max und natürlich dem Top-Entscheider bei White – keinem geringeren als Kai. Das geht natürlich nicht im »Café Sorglos« in Bilk, nicht mal in einem der schicken Salons oder Suiten der

Kö-Hotels. Da könnten die bekannten Gesichter auffallen, und am nächsten Tag würden dann vielleicht die Zeitungen fragen, was denn White und Green da wohl in Düsseldorf anleiern. Es mußte also nur noch ein repräsentativer Besprechungsraum in der Firmenzentrale organisiert werden. Inklusive Getränke und Häppchen. Der Werkschutz mußte über den hochkarätigen Besuch informiert und zu absoluter Diskretion verdonnert werden. Alles ganz einfach, wenn es keiner der Vorgesetzten mitbekommen soll. Für Kai fast schon Routine. Denn als Leiter des Sponsorings bekommt er oft Besuch, auch bisweilen von in den Medien bekannten Personen. Das wirft bei den erfahrenen Wachleuten des Weltkonzerns an der Pforte keine Fragen auf. Zumal sie ja kaum jemanden mehr schätzen als den netten von Bargen. Die Organisationsmaschinerie läuft also an. Donnerstag, 12 Uhr! High Noon!

Die Herren sind da

»Guten Tag, Herr von Bargen, Ihr Besuch ist da. Sollen die Herren direkt in die Empfangshalle gehen oder kommen Sie sie abholen?«

Herr Schmidt, der erfahrene Wachmann mit der an Masern erkrankten Tochter, gibt Kai die Information, auf die er den ganzen Morgen schon gewartet hat.

»Ja, vielen Dank, lassen Sie die Herrschaften in die Empfangshalle gehen, die kennen den Herrn Fuchs ja schon, und der kennt den Weg zur Firmenleitung, Ich hole sie dann am Eingang ab. Übrigens, alles wieder gut zu Hause?«

Herr Schmidt freut sich über die erneute Nachfrage des sympathischen Mannes aus der Presseabteilung.

»Ja, alles bestens, danke der Nachfrage. Ach ja, die Kleine hat sich sehr über die Stifte gefreut.«

Kai atmet tief durch, meldet sich bei Frau Pauls ab und macht sich auf den Weg. Er ist gespannt, komischerweise nicht angespannt. Wie locker darf ich denen gegenübertreten, wem gebe ich zuerst die Hand? Er hat keine Zeit über seine Gefühlsregungen weiter nachzudenken. Jetzt geht's ums Ganze. Die Formel 1 als großes, alles heilende Pflaster auf dem immer größer gewordenen Defizit beim Fuchsschen Factoring-Roulette. Jetzt gilt es. Schwarz oder Rot. Nizza oder Knast. Als Kai die altehrwürdige Empfangshalle von White betritt, grüßt er freundlich wie immer den dort sitzenden Pförtner und steuert direkt auf die Delegation zu. Fuchs versucht sich wieder mühsam in englischem Small talk. Kai muß schmunzeln. Jetzt wird er übernehmen.

»Hello gentlemen, nice to meet you, how was your trip?«

Kai streckt der Formel-1-Legende Ross Green die Hand entgegen. Der hatte bereits Francis Drake und Paolo Moltobene zu Weltmeistern gemacht. Der CEO des Rennstalls, Nick Close, begrüßt Kai freundlich, fast schon überschwenglich.

»Hello, Mr. von Bargen, we are pleased to meet you, and we are looking forward to a good deal.«

Das hat sogar Max verstanden, er lächelt und nickt zufrieden bis überlegen. Good deal – ein gutes Geschäft, das wollen sie hier alle, besonders Fuchs. Kai führt die Herren zum Fahrstuhl, der sie in die Etage der Bosse fahren würde. Währenddessen erzählt er, ganz der perfekte Gastgeber, etwas über die Bedeutung dieses Gebäudes und wer hier schon alles ein- und ausgegangen ist. In dem großzügigen und sehr repräsentativen Besprechungsraum angekommen, erwähnt er noch ganz nebenbei, daß genau hier vor einigen Monaten ein für den Konzern sehr wichtiger Vertrag unterzeichnet, die Übernahme eines amerikanischen Unternehmens vollzogen worden sei. Diese Jungs von Green haben sich doch sicher gut vorbereitet, recherchiert, wo sie jetzt hinkommen. Sie setzen sich. Häppchen und eine Getränkeauswahl stehen bereit.

In den folgenden 60 Minuten findet ein regelrechter Schlagabtausch statt. Nick Close präsentiert das Konzept von Green für die kommende Saison, spricht über den neuen Motor, die geänderte Radaufhängung und über die tollen Rennfahrer des

Teams, erläutert die Möglichkeiten für einen potentiellen Sponsor. Aber auch Kai ist gut vorbereitet, weiß, wo an den Rennfahrzeugen Werbung zu plazieren wäre, stellt die richtigen Fragen, erläutert dann die Sponsoringstrategie von White.

»Wir konzentrieren uns da als große Marke natürlich auf andere große Marken. Ein Fahrzeug mit dem Schriftzug White darf bei internationalen und international übertragenen Rennen nur in der Spitzengruppe auftauchen.«

Max schweigt, fast andächtig. Er versteht weniger als die Hälfte, aber er kann sich ja auf Kai verlassen. Am Ende scheint der Deal im Wesentlichen klar. Insbesondere, ohne sich genau festzulegen, was die Summe angeht: So um die 80 Millionen, je nachdem wie groß das Paket ist und wie lang die Laufzeit. Er werde, so Kai, das Ganze mit der White-Familie besprechen. Die Green-Bosse wollen noch an Details arbeiten, um »den künftigen Partner noch glücklicher zu machen«. Doch dann kommt das Wichtigste, jedenfalls für Kai: Absolutes Stillschweigen, bitte! Besonders anderen Personen aus dem White-Konzern gegenüber. Nichts dürfe jetzt und in der Folge diesen Raum verlassen. Das sei eine hochsensible Sache, die nur zwischen den Mehrheitseignern von White und Green abgehandelt werden könne. Die Geschäftsleitung des Konzerns dagegen wolle bei dem Deal zunächst ganz außen vor bleiben! Warum? Bei White werde an anderer Stelle gespart, es laufe gerade ein weltweites Restrukturierungsprogramm. Kai betont das alles mit ernstem Gesichtsausdruck und der Eindringlichkeit eines Politikers bei der Weihnachtsansprache. Sollte etwas nach außen dringen, platze das Geschäft sofort und White müsse alles dementieren. Er schaut in gläubige Augen.

Wenn die wüßten, denkt er sich bei der Verabschiedung.

Max grinst zufrieden. Später wird er Kai anrufen und ihn zum Essen einladen. Oder noch besser: ihm ein neues Auto kaufen. Ja, das würde er machen, so gut war der Junge schon wieder. Die neue Karre hat der sich aber wieder mal sowas von verdient! Draußen zeigen die offenbar genauso zufriedenen

Geschäftspartner Herrn Schmidt den von Herrn von Bargen mit Uhrzeitangabe unterschriebenen Passierschein und düsen dann davon.

Die versteckte Tretmine

»Mann, weg da, aus dem Weg!«

Kai sitzt angespannt hinter dem Steuer seines neuen Porsche Cayman S und flucht.

»Verdammter Idiot, schleicht hier mit 80 lang, da kann er doch gleich parken!«

Anna, seine neue Liebe, sitzt daneben und läßt sich ihre Anspannung nicht anmerken. Heimlich klammert sie sich am Türgriff fest. Kai darf jetzt nicht spüren, daß sie Angst hat. Die hat sie immer, wenn er so drauf ist. Es gibt da nur eine Reaktionsmöglichkeit: überhören und ertragen. Geht schon wieder vorbei. Kai hat einen hochroten Kopf, macht einen harten Schlenker nach links und zieht an der Familienkutsche vorbei, wie er solche Autos nennt. Nicht ohne dem Fahrer einen ebenso strafenden wie verachtenden Blick zuzuwerfen.

Heute kam aber auch alles zusammen. Hrdlicka hatte ihn vor den anderen wieder mal zu Unrecht kritisiert, dann hatte Kai versucht Max zu erreichen – zehn Mal! – ohne Erfolg. Ja, und zu Hause war Anna schließlich noch nicht fertig, hatte die Koffer nicht gepackt. Frauen! Und jetzt auch noch diese schleichenden Idioten auf der Straße, die ihm Zeit stehlen, die er nicht hat. Die er nie hat. In 50 Minuten geht der Flieger und die Uhr tickt. Kai hat derzeit das Gefühl, daß Zeit und Uhr immer gegen ihn laufen. Immer muß er hetzen, ist spät dran. Es ist einfach alles zu viel. Noch zehn Minuten bis zum Flughafen, Check-in, Koffer aufgeben und dann hoffentlich ein paar schöne Tage mit Anna auf Capri. Aber wie um Himmels Willen sollen das schöne Tage werden? Fuchs nicht erreicht, die Situation gänzlich ungeklärt, die Banken im Nacken und dann noch diese hundsgefährliche Formel-1-Geschichte, die Max eingefädelt hatte. Und der läßt ihn jetzt hängen.

»Verdammt!« platzt es aus Kai heraus, als das Handy in dem Moment klingelt, als er in den Flughafentunnel schießt. Es ist Nick Close, der Boß vom Formel-1-Rennstall Green GP.

»Hello, Kai, how are you? I would like to talk to you about some contract details.«

Um Himmels Willen, bitte nicht gerade jetzt. Er atmet durch, um Gelassenheit zu heucheln, aber gleichzeitig auf seine Eile hinzuweisen.

»Hello, Nick, I'm fine, just in a hurry on my way to the airport. Is it possible to call you back in 15 minutes?«

»Sorry, I am on my way to Scotland, a few days holidays. I'm not sure for how long we can hold this connection. Can we talk now, only for a few minutes?«

Mist! Er selbst in Eile nach Capri, Close in Eile nach Schottland. Er zweifelt, ob jetzt sofort »nur ein paar Minuten Zeit« zum Gespräch da sind und überhaupt reichen. Aber was sollte er machen. Kai willigt ein und steuert den Porsche dabei halsbrecherisch auf die Ausfahrt zu. Während er noch anfängt zu überlegen, was denn da wohl für Fragen zum Vertrag offen sind und welche Antworten dazu passen müßten, steigt er voll in die Bremse, weil wieder so eine ignorante Schnecke den Weg blockiert. Er muß und will diesen Flieger bekommen! Anna hatte sich so auf diese Tage in Italien gefreut. Auf die Fünf-Sterne-Suite im *Caesar Augustus*. Ein Bündel Bargeld fürs Shopping in der Tasche verheißt viel Spaß. Mit Max und der Formel 1 müßte doch alles geklärt sei. Pustekuchen. Wieder bleibt es an ihm hängen. Nun beginnt also eine höfliche, inhaltlich schwere und ziemlich knifflige Konversation mit Nick Close, diesem aalglatten Briten, der mit dem avisierten Sponsor White den ganz großen Braten riecht. Kai fehlen hier auf dem Flughafenzubringer natürlich die inhaltlichen Details des Vertrags. Die hat, wenn überhaupt, Max. Vielleicht gibt es die aber auch gar nicht. Bei Max kann man nie sicher sein, ob er auch alles zu Ende gedacht und berücksichtigt hat oder ob er wieder etwas dazu interpretiert, einfach erfindet oder konstruiert. Kai haßt das, denn er muß es wieder einmal ausbaden.

Verdammt, Max, du Idiot! schießt es ihm durch den Kopf. Doch es nützt alles nichts. Nick läßt nicht locker und will ein paar Fakten. Mittlerweile lenkt Kai den Sportwagen auf die Rampe zum Parkhaus und jagt den Kreisel bis in die sechste Etage hoch. Die Reifen quietschen, während er Close mit Floskeln hinzuhalten versucht. Gerade als er auf dem natürlich exklusiv für Porsche-Besitzer reservierten Parkdeck angekommen ist, läßt Nick die Katze aus dem Sack: »We are in contact with Borgwartt Germany and they want to join our team. Therefore we had to open all our files and let their legal department check them.«

Oh Gott, die haben also mit Borgwartt-Deutschland Kontakt aufgenommen und mußten deren Rechtsabteilung alles zur Prüfung vorlegen. Jeder von ihnen hatte gewußt, daß Borgwartt bei dem Rennstall von Green mitmischt. Aber keiner hatte weiter an die Konsequenzen gedacht. Mein Gott, was sind wir armselige Amateure. War doch klar, daß das nicht an denen vorbeilaufen konnte. Es droht der GAU. Er parkt, Annas Hand löst sich vom Türgriff. Ihr Arm tut weh von der zwanzigminütigen Verkrampfung. Kai springt aus dem Auto, immer noch das Handy am Ohr. Wenn die Top-Juristen aus der Zentrale des Automobilkonzerns alle Verträge checken, dann werden die schnell mißtrauisch. Schließlich geht es um ein Hauptsponsoring und 90 Millionen Euro. Das darf nicht passieren, nicht jetzt, nicht bevor er noch mal mit Max gesprochen hat. Nick redet wie ein Wasserfall. Kais Gedanken rasen, während er die Koffer aus dem Auto zerrt, hektisch, unkoordiniert, einfach nur blindwütig. Anna zündet sich eine Zigarette an. Die hat vielleicht Nerven! Warum faßt sie nicht mit an? Doch Anna weiß, daß – wenn Kai so drauf ist – sie ohnehin keine Chance hat, irgend etwas richtig zu machen.

Verdammt, die Verbindung zu Nick bricht ab.

»Komm hau rein, wir haben keine Zeit, nimm deinen Koffer und dann ab zum Terminal!«

Anna reagiert sofort und wirft die Zigarette weg, bevor er dazu noch einen Kommentar abgibt. Kai drückt auf die Anrufertaste und versucht, Nick noch mal zu erreichen. Nichts, kein Netz, dann die Mailbox.

»So eine Scheiße, wenn ich den jetzt nicht mehr erreiche, dann können wir Capri vergessen!«

Er blickt wieder zu Anna. Keine Reaktion. Ist auch besser so. Jetzt schnell zum Terminal, bloß dieses Flugzeug nicht verpassen. Doch vorher unbedingt noch Nick erreichen. Kai wählt erneut, wieder nichts. Er fischt mit den Fingerspitzen seine Lufthansa Frequent Traveller Card aus der Jacke und läuft direkt auf den freien Check-in-Schalter zu. Business as usual. Anna, jetzt rund fünf Meter hinter ihm, kann das Tempo kaum mithalten. Trotz Schmerzen in der Hand und schwerem Koffer sagt sie besser nichts. Kai legt seine Karte auf den Tresen und zeigt auf Anna, die Flugbegleiterin nickt nur. In dem Moment klingelt das Handy.

»Hello Nick, we were cut off!«

Nick, Gott sei Dank! Der erklärt ihm also weiter die Situation mit Borgwartt und wie happy alle, inklusive Ross Green, das Formel-1-Superhirn, darüber seien. Die Lufthansa-Mitarbeiterin labelt unterdessen die Koffer und druckt die Boarding-Pässe aus, viel zu langsam für Kais Geschmack, alles ist hier zu langsam für ihn. Überhaupt ist ihm in letzter Zeit immer überall alles zu langsam. Er geht zur Seite und telefoniert weiter. Dann ab zum Sicherheits-Check. Jetzt wird es richtig eng. Nick am Telefon mit einer instabilen Leitung. Noch hat Kai seinen entscheidenden Satz nicht plazieren können, weil der Lackaffe nicht aufhört zu reden. Der Satz muß rüber, bevor er mit Anna im Flugzeug verschwinden oder die Leitung wieder abbricht. Sakko aus, Kleingeld aus der Hosentasche, Gürtel ab, dann unter den skeptischen Blicken der Security das Handy mit dem sprechenden Nick aufs Band und ab durch das Röntgengerät. Ob die merken, daß das Ding eingeschaltet ist? Egal. Am anderen Ende schnappt Kai sich direkt das Handy. Nick spricht noch immer, Gott sei Dank! Der Security-Mann spricht nun aber auch.

»Sagen Sie bitte nicht, daß Sie das Handy anhatten gerade? Das glaube ich nicht!«

Der Sicherheitsbeamte schüttelt den Kopf.

»Oh, hab ich das doch versehentlich nicht abgestellt. Entschuldigung!«

Eine von Kais Stärken ist eben die Improvisation in heiklen Momenten. Er kann sich jetzt kaum ein Grinsen verkneifen. Anna ist dicht bei ihm, auch sie hat die Schleuse passiert, beide sind heilfroh, daß es nicht gepiepst hat. Nick scheint mit seiner Begeisterung ein Ende zu finden und will nun endlich hören, was Kai zu sagen hat. Borgwartt und White, das seien doch wohl die besten Partner mit den Signets »Made in Germany«. Tradition, Qualität und so weiter. Kai atmet tief ein und wird endlich den mordswichtigen Satz los, während er schon das Knistern und die Risse des sehr dünnen Eises vernimmt, auf dem er sich mittlerweile bewegt.

»Oh, Nick, all that sounds wonderful, but as we always said, this is an initiative steered by the White family, and not by the White Management Board. So you have to make sure, that Borgwartt will not have any contact to the CEO of White, otherwise there will be no deal! You understand, no deal, we had to cancel everything. Please, you have to make sure that there will be no contact! The communication has only come between me and the contacts to this family!«

Ein letztes Knacken und die Leitung ist tot. Hatte Nick alles verstanden? Hoffentlich wenigstens die wichtigsten Worte: Kein direkter Kontakt zum White-Vorstand, bitte, nur zu ihm. Er allein vertrete die White-Familie. Sonst kein Sponsoring, sonst alles vorbei! Kai ist sich nicht sicher. Wenn Close es gehört und verstanden hat, dann scheint über Capri die Sonne, wenn nicht, dann gibt es ein kräftiges Gewitter, eher ein Taifun, dann wird sie der Blitz treffen. Wahlwiederholung. Wieder nichts. Das Boarding nach München läuft schon, also nichts wie rein in den Flieger. Ach ja, ist Anna noch da? Sie ist es, direkt hinter ihm. Wahlwiederholung. Und ein letztes Mal nichts! Mann, das kann doch wohl nicht wahr sein. Kai läßt sich in seinen Sitz fallen, macht das Handy aus und schließt die Augen. Da spürt er Anna, die seine Hand nimmt. Tut gut, jetzt kann er sowieso nichts mehr ändern. Er würde beim Zwischenstop noch einmal versuchen, Nick zu erreichen. Er schläft ein. In München schaltet Kai noch auf dem Rollfeld sein Handy ein. Und schon vibriert es. Eine SMS von Nick!

»Understood what you said. No word to the White CEO. I will take care of that, have a nice weekend. Let's talk next week, Nick.«

Close hatte also alles verstanden! Kais Gesicht signalisiert Entspannung. Er gibt Anna sofort einen Kuß auf die Stirn, sie mag das und weiß, daß er das weiß. Irritiert ist sie schon noch, aber ihr Liebster scheint ja nun wieder alles im Griff zu haben. Ja, so ist er, immer in Betrieb, fast immer am Telefon! Dann völlig entspannt, regelrecht locker.

»Komm, Schatz, wir gehen ein Gläschen Champagner trinken, ein bißchen Zeit haben wir noch vor dem Anschlußflug nach Neapel.«

Sie steuern auf die Bar zu. Kai ordert weltmännisch und rückt ihr galant den Stuhl zurecht. Das schwere Gewitter ist abgezogen, über Capri geht jetzt wohl doch die Sonne auf! Aber Max, dem Unerreichbaren, würde er gerne wieder mal in den Arsch treten.

Wenn bei Capri der rote Alfa …

Kai spürt: Das ist sie endlich, die Frau, die zu ihm paßt! Sie verbringen herrliche Tage auf Capri. Diese Insel, denkt sich Kai vom ersten Moment an, wäre eine tolle Location zum Heiraten. Das Licht, die lockeren Menschen, dieser Charme, als sei die Zeit vor ein paar Jahren oder gar Jahrzehnten stehengeblieben. Das Hotel, das Kai ausgesucht hatte, könnte angemessener nicht sein. Eine Junior Suite im *Caesar Augustus* – mit großer Terrasse, Blick auf den Vesuv, toll eingerichtet, mit exquisitem Zimmerservice, einem herrlichen Infinity-Pool und, und, und. Ziemlich teuer, aber Geld hat man ja jetzt, da spricht man beim Ausgeben nicht groß drüber. Man denkt schließlich oft genug daran, woher man es hat. Jedenfalls Kai! Was soll's, dafür laufen hier keine Idioten rum, denkt er sofort, als sie mit dem hoteleigenen Shuttle vorfahren. Anna ist auch ganz aus dem Häuschen, sie trägt die neue Sonnenbrille, die Kai ihr sofort in Positano gekauft hat, dazu Flip-Flops von Prada. Sie sieht einfach toll aus. Kai macht es immer eine Riesenfreude, ihr was zu schenken. Er ist stolz auf seine hübsche Verlobte. Die beiden hatten ein paar Tage an der Amalfiküste verbracht. Dort hatte er ein Cabrio gemietet, einen Alfa Spider, Baujahr 80. Schwer zu bekommen als Leihwagen, aber für Geld kriegt man fast alles. So verbrachten sie schöne, entspannte Tage mit Shoppingtouren, Ausflügen und wunderbarem Essen. Alles perfekt, wäre da nicht diese kryptische SMS von Fuchs gekommen.

»Hi, mein Lieber, Telco in drei Tagen, mittags um eins, mit Banque du Suisse. Wg. Formel 1 und der Finanzierung. LG Max.«

Mußte das jetzt sein? Kai ist genervt von Mitteilungen dieser Art. Erst ist er unauffindbar, dann fragt er nicht, sondern befiehlt direkt. Kai ärgert das zunehmend und jetzt erst recht. Jedes Mal, wenn er Fuchs darauf angesprochen hatte, war der ausgewichen und hatte irgendeine Ausrede oder Begründung parat, man bekam ihn dann nicht zu fassen. Nun also sollte es eine Telefonkonferenz mit den Europa-Verantwortlichen einer renommierten großen Schweizer Bank sein. Max hatte ihm davon als Möglichkeit erzählt, aber die ganzen Details wie immer weggelassen und das Thema nur grundsätzlich plaziert. Zu viel langweilige Detailarbeit ist nun mal nicht Max' Ding. Er entwickelt lieber Visionen. Kai denkt an Helmut Schmidt und dessen Satz: »Wer Visionen hat, sollte zum Arzt gehen.«

Er kann diese Auffassung im Moment gut verstehen. Er muß also wieder ran und die Situation irgendwie meistern. Kann er eben gut, Fuchs weiß das leider. Und weil Kai weiß, daß der das weiß, ärgert es ihn um so mehr. Am Tag der geplanten Telefonkonferenz muß er besonders vorsichtig sein. Denn Anna darf von dem Telefonat nichts mitbekommen, darauf hatte Max ihn und Ibiza-Tom immer und immer wieder eingeschworen.

»Kein Mucks zu den Weibern!«

Erschwerend hinzu kommt Kais wachsende Paranoia. Seit dem Vorfall bei White, als die Trenchcoats vor seinem Büro standen, schrillen bei ihm sehr schnell die Alarmglocken. Meist nachts, mal lauter, mal leiser. Wenn er sich dann einen trinkt, verstummen diese Glocken, also trinkt er wieder ziemlich viel zur Zeit. Unter einem Vorwand leiht er sich Annas Handy, vielleicht wird seins ja schon von der Polizei abgehört. Dann schickt er sie in die Badewanne, bestellt eine Flasche Champagner und beschwört sie, erst wieder herauszukommen, wenn die Flasche leer ist. Anna wundert sich zwar ein wenig, aber Champagner ist das beste Mittel gegen Verwunderung. Außerdem ist ja alles so entspannt hier. Sie hat zudem keinerlei Interesse an den langen geschäftlichen Telefonaten, die Kai dauernd führt, seit sie ihn kennengelernt hat. Also, husch, ins Badezimmer. Er wählt sich in die Telefonkonferenz ein und es melden sich nacheinander der Europa-Chef der Großbank, dessen Kollege für strategische Investitionen, eine Frau aus Zürich vom Vorstand, Max' Kontaktmann aus Deutschland und der große Visionär aus Remagen. Nach kurzer Vorrede geht es direkt zur Sache. Auf Englisch. Na ja, Max muß ja nicht unbedingt was sagen. Er bleibt die ganze Stunde fast stumm. Gut so. Sie sprechen über die Querfinanzierung des Formel-1-Deals und über die Rahmenbedingungen, die Max vorher mit dem Deutschlandchef der Großbank besprochen hatte. Nun geht es darum, auch den anderen Entscheidern alles klarzumachen. Fuchs hatte übrigens schon 125 Millionen Euro als finales Ziel für das Megageschäft angepeilt und genannt. Die Banker sind hochkonzentriert, stellen jede Menge Detailfragen und interessieren sich ganz besonders für die Hintergründe, warum White denn den Weg über eine Bank suche und das Geld nicht gleich direkt bezahle. Auf solche Fragen ist Kai natürlich bestens vorbereitet. Berechtigte und naheliegende Fragen. Dafür hat er ganz logische und klare, anscheinend genauso naheliegende Antworten. White fahre derzeit weltweit ein Restrukturierungsprogramm, baue also Stellen ab. So sei es firmenstrategisch nicht möglich, jetzt ein solches millionenschweres Sponsoring zu kommunizieren. Und jetzt kommt's: Der Vorstand habe derzeit also ganz andere Sorgen, die Mehrheitsaktionäre, die Familie White, sähen allerdings den längerfristigen Nutzen eines Engagements in der Formel 1, genau jetzt, in einer besonders schwierigen Zeit. Mein Gott, bin ich gut! denkt er sich. Diese allen einleuchtende Geschichte, garniert mit einigen Detailinfos aus der großen, weiten Konzernwelt, geht ihm locker von den Lippen und sorgt für ehrfürchtiges Staunen bei den Bankern. Kann man diese Träger grauer Anzüge und großer Bedenken so einfach über den Tisch ziehen? Ihn wundert es nicht mehr, daß solche Leute auch auf Pakete mit amerikanischen Schrottimmobilien reinfallen, wenn die Verpackung seriös und stabil aussieht. Dieses komplexe Phantasieprodukt reicht doch tatsächlich, diesen Geldzählern jeden Zweifel zu nehmen. Die glauben fest, daß sie mit einem ganz wichtigen Mann von White verhandeln, der ganz nah am Vorstand und der Familie sein muß, kompetent und in leitender Position. Ja, und dann diese überzeugende, klare Stimme. Der klingt wie ein Radioprofi. Der ist wohl, wie so viele Topmanager, auch darin geschult worden. Bingo! Also, ein wunderbarer Deal für die Bank. Das Geschäft müssen sie unbedingt abschließen. Sie beißen an, haben am Ende der Telefonkonferenz, von Kai extra noch mal eindringlich aufgefordert, keinerlei Fragen mehr. Sie scheinen hochzufrieden. Er legt auf und atmet tief durch. Schwingt die Beckerfaust. Jetzt erst mal einen Drink. Ob seine Badenixe noch etwas Champagner übrig gelassen hat? Anna liegt noch immer, wie von Kai gewünscht, in der Wanne. Er erlöst sie, ordert eine weitere Flasche, die die beiden dann am Pool trinken. Kai ist ganz berauscht. Von der Telefonkonferenz, von Annas Anziehungskraft und vom Champagner. 80, 90 oder 125 Millionen Euro in 70 Minuten. Was für ein Tag! Weit und breit kein Hrdlicka und keine Männer im Trenchcoat. Die würden hier auch der örtlichen Mafia unangenehm auffallen, denkt er sich, und schmunzelt selbstgerecht. Meine Güte, wie seine Phantasie galoppiert. So, nun das Handy aus, damit auch Max nicht mehr stört, um womöglich »Großartig, mein Lieber!« zu jubilieren.

Wer schon nicht arbeitet, kann wenigstens gut essen

Fuchs braucht das als »Mr. Big Business«: edle Speisen in angenehmer Atmosphäre und natürlich ebenso angenehmer Begleitung.

»Darf ich dir noch einen Chablis nachgießen?«

Der Ober ist mal wieder schneller. Er weiß, daß dieser Gast nicht am Trinkgeld spart.

»Also, das war wieder ein sehr erfolgreicher Tag. Es war eine gute Idee, mich seinerzeit zu der Hauseinweihung von dem von Bargen mitzunehmen. Dadurch haben wir den Zugang zu hochinteressanten Forderungstransfers und Zwischenfinanzierungsgeschäften. Der Rubel rollt derzeit. Eine Win-win-Situation für alle. Ich muß dir das nicht im Einzelnen erklären, du hast ja selbst täglich mit Geldgeschäften zu tun. Laß uns lieber wieder über die schönen Dinge im Leben sprechen.«

»Die allerdings meist mit Geld bezahlt werden müssen, lieber Max!«

Der lacht kurz auf.

»Natürlich, und diese schönen Dinge genießt man noch mehr, wenn andere einem für kleine Ideen große Summen zahlen! Prost, meine Liebe.«

Morgen hat er wieder jede Menge Zeit. Frühstücken bei *Heinemann*, dann kurze Höflichkeitsvisite bei dem Kunstsammler und -förderer, der einfach jeden mit Knete und Einfluß in der Stadt kennt. Der Kontakte machen kann. Danach diese schöne Uhr kaufen, die er sich beim Kö-Juwelier hat zurücklegen lassen. Und wenn es schön draußen sein sollte, noch ein Käffchen auf dieser Flaniermeile. Ach ja, gestern hatte ein Bekannter angerufen, den er von seinem »Kuraufenthalt« in Euskirchen kennt. Wegen einer Wohnung in Köln. Natürlich wird er dem helfen, ist ein netter Junge, dem das Leben übel mitgespielt hatte – so jedenfalls hatte dieser ihm das dargelegt. Einer, den man im Notfall für diskrete Aktionen brauchen könnte. Aber zuerst mal ausschlafen. Sein Job ist es schließlich, Ideen zu entwickeln. Sowas geht auch im Bett, auf dem Balkon, im Café. Da braucht man kein Büro. Max zündet sich nach dem Essen draußen zuerst mal eine edle kubanische Zigarre an. Die Welt ist schön.

Der Vertrag der Verträge

Kai hat nicht gut geschlafen diese Nacht. Immer wieder ist er aufgewacht, hatte einen trockenen Mund und wirre Träume. Wie gerädert sitzt er nun im Fitneßstudio auf dem Fahrrad und strampelt was das Zeug hält. Den Kopf freikriegen, wie man so schön sagt. Sein Handy klingelt. Max!

»Hallo, mein Lieber, wo bist du?«

Der ist offenbar gut gelaunt.

»Ich bin beim Sport«, prustet Kai ins Mikrofon.

»Aber wir haben doch heute früh einen Termin, wir sitzen hier im *Radisson* am Hafen beim Frühstück und warten auf dich.«

Fuchs zeigt beste Laune, aber das schließt wie so oft Ungeduld nicht aus. Sein Ton klingt sehr bestimmt. Kai ist irritiert und genervt zugleich. Wir?

»Was für einen Termin? Davon weiß ich nichts, Max. Ich bin jetzt beim Sport und muß dann sofort ins Büro. Hab heute um neun ein Teamleitermeeting.«

Er strampelt weiter. Um diese Uhrzeit ist niemand sonst im Studio, und somit fällt seine laute Stimme nicht auf.

»Ich sitze hier mit Nick Close von Green GP, wir wollen heute den Formel-1-Vertrag unterschreiben«, läßt Fuchs sich nicht abwimmeln.

»Du weißt ja, wie wichtig der ist, und mein Englisch reicht für so komplizierte Vertragsdinge nicht aus. Du mußt kommen. Laß mich bitte nicht hängen!«

Dein Englisch reicht so gerade, um in London ein Bier zu bestellen, denkt sich Kai, aber das »Bitte« schlägt ein wie eine Kanonenkugel. Er ärgert sich über solchen Druck, aber was soll's? Der Vertrag ist wichtig. Er soll den Ausstieg aus dieser Spirale, aus diesem kompletten Wahnsinn mit den Factoring-Geschäften, besiegeln. So hatte Max das ja auch erklärt.

»Okay, ich komme so schnell ich kann«, sagt Kai und legt auf.

»Mann, was für ein Mist! Schlecht geschlafen, kein Sport und jetzt wieder Hetzerei. Alles wegen Fuchs, der muß ja nicht ins Büro«, flucht er vor sich hin und eilt nach Hause.

Duschen, rein in den Anzug und los zum *Radisson*. Kein Parkplatz! Kai läßt die Kiste einfach vor der Tür. Bei dem Edelschlitten wird wohl keiner was sagen. Im Restaurant des Hotels sieht er die beiden schon an einem Tisch in der Ecke. Sie scheinen sich bestens und entspannt zu unterhalten. Sie haben ihre Sakkos abgelegt und sich ein opulentes Frühstück auftischen lassen. Kai kocht innerlich. Als sie ihn bemerken, stehen beide auf und begrüßen ihn herzlich. Auch Nick Close, den Kai ja nur von dem Treffen bei White und vom Telefon kennt, begegnet ihm wie einem guten Freund, packt ihn leicht an den Oberarmen. Für einen Briten ist er sehr verbindlich und schon fast überfreundlich.

»Good to see you, Kai, how are you?«

Der entgegnet, daß er sich auch sehr freue und daß er ein wenig in Eile sei. Sowas ist nicht unfreundlich. Bei einem Topmanager erwartet man das ja schließlich. Max lehnt sich zurück. Jetzt ist Kai da, und Max muß nicht mit seinem sehr ausbaufähigen Vokabular rumdilettieren, um irgendwie eine Konversation zu führen. Dennoch bewundert Kai immer wieder, daß dies seinem forsch drauflosquasselnden Partner meist nichts auszumachen scheint. Sein eigenes Englisch ist prima, vielleicht mit texanischem und australischem Akzent, schließlich war er ja mal auf der Southfork-Ranch und im Land des Crocodile Dundee aktiv. Er drängt dann, nach zehn Minuten und einem schnellen Croissant, auf Inhalte.

»So, where is the contract, did the lawyers take a close look at it? Is everything fine or are there any questions or issues?«

Close erläutert kurz das Prozedere der Überprüfung, die Änderungen und die zu zahlenden Beträge. 10 Millionen in vier Wochen, weitere 20 Millionen sechs Wochen danach und dann Ende des Jahres für die nächste Rennsaison 30 Millionen auf einmal. Im Jahr darauf noch einmal. Kai kennt die Kalkulation. Deshalb nickt er kurz, und die drei schütteln sich die Hände. Er bekommt ein Dokument vorgelegt, einen Vorvertrag. Den soll er unterschreiben, damit Nick Close etwas in den Händen hat und seinem Rennstall vorlegen kann. Kai blickt Max finster an. Davon hatte der nichts gesagt – Jetzt soll er auch noch sofort etwas unterschreiben. Das war so nicht besprochen. Fuchs zuckt kurz mit den Schultern und nickt ihm aufmunternd zu. Augen zu und durch. Welche Alternative gibt es schon? Kai schielt auf seine Uhr. Sechs Minuten vor neun. Um neun beginnt das Teamleitermeeting. Er macht einen Unterschriftskringel unter seinen Namen, nicht seine richtige Unterschrift. Wer weiß, ob das später mal ein Vorteil sein kann. Danach verabschiedet er sich hastig und läßt zwei hochzufriedene Geschäftspartner zurück. Klar, beide haben soeben einen 90-Millionen-Euro-Deal eingefädelt. Was für ein Grund zur Freude! Was ein Grund zur Panik bei Kai! Auf der temporeichen Fahrt zum Büro spielen mögliche Blitzer keine Rolle. Bußgeld? Peanuts! Das muß es doch jetzt endgültig gewesen sein. Er denkt schon viel weiter. Millionen einsacken und Sachen packen, und dann weit weg! Wo soll er hin? In die Südsee? Oder die Karibik? Wo gibt es kein Auslieferungsabkommen? Wie kriegt er seinen Aston Martin dahin? Daß er sich gleich in einem Teamleitermeeting von Hrdlicka sicherlich nach dem Grund seiner kleinen Verspätung fragen und anmotzen lassen muß, bereitet ihm keine besondere Sorge mehr, vielmehr muß er darüber herzhaft lachen.

Geheime Pläne

Max und Anna haben ein Geheimnis. Sie grinsen, tuscheln, verstummen abrupt, wenn Kai naht. Dieser spürt das irgendwie, es irritiert ihn auch ein bißchen, aber es ist so viel los in diesen Tagen und Wochen, daß er sich darüber keine größeren Gedanken macht. Anna arbeitet mittlerweile für Fuchs. Assistentin der Geschäftsleitung der European Racing Events. Wie das klingt! Ein Traumjob. Max ist fast nie da. Und wenn, dann gehen die beiden frühstücken oder Anna besorgt Opernkarten, eine Kiste Jahrgangswein für Fuchs' Gelsenkirchener Onkologen – ein guter Freund, wie Max sagt – und so weiter. Das Gehalt ist hoch, Kai hatte es mit Max so festgelegt, verhandelt wurde gar nicht erst. Was er nicht weiß: Die beiden planen, Kai zum Geburtstag mit einer ausgesprochen extravaganten Reise zu überraschen. Anna liebt Boote, Fuchs lieb Luxus allgemein. Was liegt also näher als ein feudaler Yachturlaub an der Côte d'Azur. Auf einem 25-Meter-Boot mit kompletter Crew, inklusive Koch und allem was sonst noch dazu gehört. Teuer? Ja und? Anna geht regelrecht in den Planungen auf und Max läßt sie gewähren. Kai ahnt auch dann noch nichts, als sie ihn fragt, ob sie nicht in der Woche seines Geburtstags mal wegfahren sollten.

»Ja, das würde mir bestimmt guttun.«

»Super, Schatz, dann machen wir das.«

Er versucht immer wieder, sein schlechtes Gewissen zu zähmen. Sowas laugt aus. Er unternimmt mit ihr Wochenend-Trips, sie trinken viel, sie führen, von außen betrachtet, ein wunderbares Leben. Das Haus in Krefeld hatte er schon verkauft, als ihm das Wasser noch zum Hals stand. Mittlerweile sind sie in eine neue Wohnung gezogen. Wohnung? Klingt wie Trabbi. Es ist eine »Mercedes-Behausung«. Acht Zimmer auf drei Etagen sollte man besser als Residenz bezeichnen. Für Anna ist jetzt klar: Kai verdient sehr gut bei White, ist nebenbei noch Dozent der Medienwissenschaften an der Uni und hat Anteile an den Firmen von Max. Was das genau für Firmen sind, weiß sie nicht, ist ja auch egal. Hauptsache, immer genug Geld und keine Sorgen. Kai wird schon alles im Griff haben. Er ist unglaublich charmant, zuvorkommend, auf so einen Märchenprinzen hatte sie gewartet. Und jetzt darf sie auch noch diesen Wahnsinns-Trip organisieren, natürlich unterstützt von Max und dessen Eingebungen. Nein, irgendwann kann sie nicht mehr dichthalten, auch wenn sie nur von einem Segeltörn spricht. Sie hatte sich mehr Begeisterung erhofft. Ihr-Märchenprinz aber zieht ein Gesicht und brummelt was von:

»Mann, der Max haut das ganze Geld auf den Kopf, dabei ist das ja gar nicht seins.«

Na, das sollen die beiden mal schön untereinander ausmachen, denkt sie. Aber Augen wird der machen. Bald geht's los, sie kann es kaum erwarten.

Was für ein Leben!

Nizza! Anna nimmt Kais Hand und führt ihn aus dem Flughafen raus zu zwei Limousinen. Ein Mercedes 500 SL und ein Maybach. Max hat eine attraktive Dame namens Vestalia mitgenommen. Max zögert kurz, überläßt dann aber seinem Partner und dessen immer noch nervösen Freundin den Maybach und steigt mit seiner Begleitung in den Mercedes. Anna versinkt fast in den großen, besonders bequemen Ledersitzen. Kai kann nur staunen.

»So, jetzt ab in den Hafen zu unserem Bötchen!«

Er soll ruhig weiter darüber nachdenken, ob er nicht besser doch den Schlafsack mitgenommen hätte. Bötchen. Das klingt nach Koje und Kajüte. Sie ist so gespannt, was Kai wohl gleich beim Anblick der Yacht für Augen machen wird. Es darf nichts schiefgehen. Kai ist ja immer so kritisch, und sie will doch, daß er stolz auf sie und ihre Planung ist. Die Fahrer irren ein wenig im Hafen umher, sie können die Yacht vor lauter Yachten nicht finden, telefonieren mit dem Kapitän. Anna blickt schon besorgt zu ihrem Liebsten. Doch der scheint nun ganz im Urlaubsmodus zu sein. Er wirkt entspannt, was bei ihm selten genug vorkommt und sofort auffällt. Die beiden Limousinen stoppen. Der Kapitän, ein Diener und der Koch lächeln die ankommenden Gäste an. 15 Meter noch den Steg entlang und da liegt sie: Die *First Episode.* Wundervoll, gigantisch, luxuriös und für eine ganze Woche das Zuhause der vier Düsseldorfer. Fuchs und seine Gespielin nehmen die Deluxe-Kabine. Für Anna und Kai kein Problem, ihre Kabine ist nicht minder schön und ebenfalls edel ausgestattet. Sie haben sowieso nicht vor, drinnen mehr Zeit zu verbringen als im Bett nötig und erwünscht. Es geht in den kommenden Tagen die Côte d'Azur entlang, es wird gebadet, getrunken, gegessen – ach was, königlich gespeist! Und da der bootseigene Koch alles drauf hat und immer fragt, auf was sie denn Lust haben, wird allein aus dem Auswählen des Menus ein kleines Ritual der vier. Die Sonnenuntergänge lassen sie philosophieren.

»Ist das jetzt gerecht, daß wir das hier genießen, während andere sich ein Leben lang den Rücken krumm machen, um das Reihenhaus abzubezahlen, den kleinen Laden zu retten oder sich rumkommandieren lassen müssen?«

Kai erinnert sich spontan an Vater Kurt, die Leute von der Bundeswehr und die aus seinem Büro.

Max kontert sofort: »Moment, was ist denn Gerechtigkeit? Du wirst nichts daran tun können, daß manche im Kongo und andere in Schloß Windsor geboren werden. Und wenn man, von unten kommend, das für sich ändern will, dann muß man was riskieren.«

Zwinkernd fügt er hinzu: »Zur Not auch viel riskieren!«

Dumm nur, wenn mit der Zeit dieses Risiko einen beherrscht und nicht umgekehrt. Egal. Es gilt das Heute! Das Wetter spielt mit, die Kreditkarte auch und so ankern sie vor St. Tropez, Cannes, dem berühmten Nikki Beach. Mit Champagner, Hummer und Co als verläßliche, angenehme Begleiter. Monaco! Dort im Hafen einen Liegeplatz zu bekommen ist fast unmöglich. Nicht so für die *First Episode*, und so steuert Alain, der Kapitän, seinen Kahn zielstrebig auf den Anlegeplatz zu.

»Hier werden wir heute deinen Geburtstag feiern, mein Schatz! Gefällt dir das?«

Anna strahlt, als sie das fragt. Die Sonne geht unter, die Küstenlandschaft verfärbt sich violett. An der Promenade flanieren eben jene, die man hier erwartet. Es liegt nicht nur an der Wärme, daß keine Herren im Trenchcoat Kai von seinem Genuß abbringen können. Links das Casino, rechts die Burg des Fürsten. Vor ihnen ein Kerzenleuchter und die Champagnergläser. Der Garçon schenkt ein, sobald diese leer sind. Max prostet ihnen zu. Vielleicht etwas zu oft sagt er dabei: »Nie wieder arm!« Zum Glück auf Deutsch und leise.

»Na, ist es das wert, Kai?«

Kai weiß genau, was sein Kumpel mit »es« meint. Die anderen sollten es besser nicht wissen.

»Gleich noch ins Casino? Unsere Glückssträhne noch mal verdoppeln, mein Lieber?«

Kai bekommt dann von Anna noch eine ganz besondere Rolex geschenkt. Die hatte er sich schon lange gewünscht. Paßt perfekt zu ihm, genau wie sein silberner Aston. Deshalb kann Max ihn heute gar nicht nerven oder aus der Fassung bringen. Unten in den Kabinen stapeln sich die vielen Einkaufstüten. Gut, daß der Trip in zwei Tagen vorüber ist. Was für ein Leben!

Das dünne Eis bricht!

»Ein Prosit, ein Prosit der Gemütlichkeit!«

Lederhosen, Trachten, Dirndl und zünftige Blasmusik. Große Krüge, große Blusen, große Busen und großer Lärm. Der kreative Schöpfer von nicht realen White-Aufträgen gönnt sich nach den stressigen Tagen mit Max eine Auszeit mit seiner Süßen. Jetzt sitzen sie im Bierzelt, genau dem Zelt, wo die »Normalen« nicht reinkommen. Zum Glück sitzen sie nicht direkt am Tisch von Veronica Ferres und Oliver Kahn.

»Luja, sog i!« brüllt der von gegenüber.

Kai fällt sofort der uralte Sketch mit dem Münchner im Himmel ein. Da hatte am Schluß die Regierung auf eine göttliche Eingebung gehofft. Vergeblich. Er aber befürchtet, daß die bei einem anderen mal wieder angekommen sein könnte. Und diese üblichen, plötzlichen Visionen oder Eingebungen seines kongenialen Partners haben ihm schon seit längerem Schweißausbrüche beschert.

Hoffentlich hat Max nicht wieder 'ne Idee und schon einen Termin vereinbart!

Warum nicht gleich mal im Berliner Kanzleramt. Vielleicht will er denen Ibiza als neues Bundesland verkaufen. Anna merkt, was da in seinem Kopf abläuft.

»Hör mit dem Quatsch auf, hör auf an Max zu denken! Schalt doch einfach mal das Handy aus und laß uns etwas Spaß haben, Kai.«

Er lächelt Anna an, sie hat ja recht. Er atmet tief ein.. Die vergangenen Wochen sind wie geplant verlaufen, von Max geplant. Business as usual könnte man es nennen, wenn das, was die drei von der Factoring-Front da seit einiger Zeit treiben, nicht so ungewöhnlich wäre. Kai erfindet ein Konzept nach dem anderen für die Hamburger, damit das immer umfangreicherer werdende Geschäft weiter funktioniert. Max kümmert sich um die Finanzen und sein immer größer werdendes Kontonetzwerk. Endlich ein paar Tage beim Oktoberfest, weit weg von Düsseldorf. Leider auch so weit, daß er das Ticken einer Bombe bei White nicht mitbekommt. Denn während eine muskulöse Vroni zwei neue Maß auf den Tisch pfeffert, stellt in der Führungsetage von White die Chefsekretärin des Vorstandschefs eine Telefonverbindung mit dem Boß von Borgwartt her.

»Hallo, Herr Benz, seit Davos nichts mehr von Ihnen gehört. In unseren beiden Unternehmen läuft's ja auch wieder prächtig. Trotzdem schön, daß Sie anrufen, was kann ich für Sie tun?«

»Lieber Herr Ballhaus, Sie tun doch schon genug für uns, das heißt, für unseren Rennstall Green. Und ich versichere Ihnen, daß Sie davon auch große Vorteile haben werden. Ich war ganz begeistert, als ich heute über Green davon hörte. Unsere beiden Firmenlogos, White und Borgwartt. gemeinsam an den Siegerfahrzeugen auf den Rennstrecken in Dubai und Monaco. Toll!«

Ballhaus weiß nicht so recht, wie er reagieren soll. Ist da was ohne sein Wissen gelaufen? Was Großes? Wohl kaum.

»Herr Benz, ich bin gerade mit einem kniffligen Vorgang beschäftigt. Bitte helfen Sie mir auf die Sprünge!«

»Sie wissen doch sicher, was ich meine. Es geht um die 90 Millionen, mit denen Sie unseren Rennstall sponsern.«

90 Millionen! Ballhaus schluckt. Das ist entweder ein übler Scherz, den man sich mit ihm und Benz macht oder eine Riesenpanne. Das hätte natürlich immer über seinen Schreibtisch gehen müssen. Wie jetzt reagieren? Vor einem Dax-Kollegen eine Panne zugeben? Kommt nicht in Frage.

»Also, lieber Herr Benz, ich habe die Sache gerade nicht genau auf dem Schirm, ich stecke in komplizierten Verhandlungen. Kann sein, daß meine dafür zuständigen Leute einen solchen Deal besprochen oder vorbereitet haben, um mich diese Woche nicht auch noch damit zu belästigen. Darf ich Sie in den kommenden Tagen anrufen. Dann weiß ich sicher mehr. Ist Ihnen das recht?«

»Selbstverständlich. Also, ich fände es gut, wenn wir da bald konkret zusammenfänden. Sie melden sich also?«

»Natürlich, vielen Dank für den Anruf und Grüße daheim!«

»Ebenfalls!«

Ballhaus ist sprachlos! Sofort bittet er seine Sekretärin, ihn der Reihe nach mit all jenen zu verbinden, die von einem solchen Sponsoring wissen müßten. Und auf keinen Fall mit denen aus Vorstand und Aufsichtsrat, die davon noch nichts erfahren sollen.

»90 Millionen für den Rennzirkus, während bei White gerade jetzt ein vielleicht Arbeitsplätze kostendes Restrukturierungsprogramm durchgezogen werden muß! Unmöglich«, grummelt er.

Ballhaus sieht schon die Schlagzeilen. Der schwelende Brand, sofern es denn einer ist, muß sofort gelöscht werden. Bereits wenige Minuten später klingelt es im Bierzelt auf dem Oktoberfest. Düsseldorf! Kai drückt weg. Zu laut hier.

»Mein Gott, die wissen doch, daß ich hier bin. Aber ich muß zurückrufen.«

Noch sieht er keine Trenchcoats um die Ecke spähen. Kai geht kurz vor die Tür. Er wählt den Kollegen an.

»Hey, Lutz, du hattest angerufen?«

»Hör mal, hier schwappt die große Welle. Hast du irgendwelche Kenntnisse über ein Sponsoring bei Green. Irgendwas mit 90 Millionen über längere Zeit?«

Kais Blut scheint im Bruchteil einer Sekunde zu gefrieren. Er spürt es auch in sein Gesicht schießen. Der Gau! Jetzt alles schön in Nebel hüllen. Zeit schinden. Er muß schlucken.

»Also, ich weiß nur, daß es da Anfragen von Green gab, woraufhin wir mit denen geredet haben. Aber über eine konkrete Summe wurde nicht gesprochen. Wie auch, wäre ja eine Vorstandssumme. Laß uns da morgen genauer drüber reden, wenn ich zurück bin.«

»Okay, aber komm schnell und melde dich sofort. Hier brennt der Baum. Tschüs.«

Kai atmet tief durch. Alarmstufe Rot. Wie kann das sein. Er hatte Nick Close doch um absolutes Stillschweigen gebeten. Er braucht ein paar Minuten, bis er ins Zelt zurückgeht. Am gegenüberliegenden Bierzelt übergibt sich gerade einer. Könnte Kai jetzt auch. Eine dumpfe Vorahnung beschleicht ihn. Klar, so einen Vertrag muß die Rechtsabteilung von Green genauestens prüfen. Ja, und was, wenn die Rechtsabteilung des Mutterkonzerns sowas für die Renntochter übernimmt und eine kleine Rückfrage beim Vorstand von Borgwartt hatte? Jetzt aber schnell schon mal die Klamotten packen und morgen ab nach Düsseldorf. Das, was er jetzt spürt, ist nicht die immer wiederkehrende Paranoia. Das ist pure Angst. Im Zelt versuchen sich Blasmusiker an Morricones Titelmusik zu *Zwei glorreiche Halunken. Spiel mir das Lied vom Tod*, auch von Morricone, würde momentan besser passen, kommt Kai spontan in den Sinn.

Torschlußpanik

»Hallo, Max? Ja, ich bin's, KvB! Große Scheiße! Es ist vorbei, wir sind aufgeflogen. Ein riesengroßer Mist ist passiert!«

Kai hat Mühe, seine Stimme zu kontrollieren. Er hat Kopfschmerzen. Der Abend auf dem Oktoberfest hat deutlich sichtbare, spürbare und hörbare Spuren hinterlassen. Was für eine Nacht, volltrunken eingeschlafen, immer wieder mit trockenem Mund aufgewacht, dauerhaft kreisende Gedanken, Sorgen, Verzweiflung, wieder eingeschlafen, wieder aufgewacht und immer und immer wieder die Frage: Was jetzt? Fuchs am anderen Ende der Leitung atmet tief durch und denkt sich: Was hat der Schisser denn jetzt schon wieder? In den vergangenen Wochen war der immer so leicht angespannt und ist zu einem Zweifler geworden. Mit solchen Menschen kann Max gar nicht gut umgehen. Bei ihm wird immer alles positiv gesehen und auch ausgehen, alles muß prima klappen. Er hatte ja schließlich immer eine Lösung gefunden. Wahrscheinlich wieder mal Fehlalarm. Aber erst mal muß er den Partner beruhigen und ernst nehmen.

»Was ist denn los, mein Lieber? Du klingst ja gar nicht gut! Also, ganz ruhig. Was gibt's?«

Kai berichtet ihm vom gestrigen Abend. Von dem Gespräch zwischen Benz und Ballhaus und davon, daß er nun in einer so unglaublichen Erklärungsnot sei, daß er keinen Ausweg mehr sehe. Sie müßten sich unbedingt sehen, um das finale Ausstiegsszenario zu besprechen, solange sie noch könnten. Denn jetzt werde alles auffliegen und ihr Kartenhaus in sich zusammenfallen.

»Mein Lieber, nun mal langsam!«

Für den Satz könnte sein »Lieber« ihn wieder mal erwürgen. Max sitzt übrigens in seinem gerade frisch erworbenen Schweizer Apartment mit Blick auf den Zürichsee und hat sich den Vormittag natürlich anders vorgestellt. Er wollte erst einmal in Ruhe frühstücken. Der Bäcker hatte als Sonderservice für den freundlichen, gut situierten Herrn aus Deutschland bereits frühmorgens frische Buttercroissants geliefert. Gleich will Fuchs in Ruhe die Wirtschaftsteile der bereitliegenden Zeitungen überfliegen und später zu einem Termin mit einem Banker von der UBS Bank in Zürich aufbrechen, verbunden mit einen kleinen Lunch. Am Nachmittag noch ein Täßchen in diesem wunderbaren Café am Zürcher Paradeplatz schlürfen und danach in die Sauna. Die hatte er im neuen Apartment einrichten lassen. Ja, so hatte er den sonnigen Tag geplant. Und jetzt meldet sich dieser Panikmacher Kai mit seinen Angstzuständen. Er hat nicht die Absicht, sich von dem alles verderben zu lassen. Wo ein Fuchs ist, da ist auch ein Weg, wie Hunderte Mal zuvor.

»Ich fasse mich kurz. Wir bleiben ganz klar bei unserer Strategie. Das Konzert dirigieren nämlich wir und niemand sonst. Daß sich jetzt die beiden Vorstandsvorsitzenden der großen Konzerne unterhalten ist blöd, stimmt! Ich verstehe deine Sorge. Aber wir wissen mehr als die und bewahren einen kühlen Kopf. Wir haben immer und immer wieder darauf hingewiesen, daß unser Formel-1-Engagement eine reine Sache der White-Familie ist und daß die Vorstandsetage des Konzerns davon nichts wissen darf. Nun sollten wir mal dem Nick Close auf die Füße treten und ihm klarmachen, daß Ballhaus auf unserer Seite ist. Der kann den Deal gerade nun mal nicht bestätigen. Wir haben es Close doch gesagt. Ballhaus muß das jetzt für Green mit Borgwartt regeln, denen zu verstehengeben, daß alles im Lot ist. White kann nicht Hunderte oder Tausende von Arbeitsplätze abbauen und gleichzeitig ein großes Sportsponsoring bekanntgeben. Das haben wir ihm doch immer eingebleut, und daran hat sich auch nichts geändert«

Kai ist sprachlos, Max voll in seinem Element. Was für eine klare Analyse der Situation. Scheint es.

»Na, mein Lieber, was sagst du. Es ist alles viel einfacher als du glaubst. Wir müssen jetzt nur ein bißchen telefonieren, und das kleine Mißverständnis ist beseitigt.«

Kais Kopf schmerzt, doch er ist mittlerweile hellwach. Max hat wohl recht. Klingt doch alles total logisch.

»Es gibt wohl keine andere sinnvolle Lösung. Ich werde also gleich Nick anrufen und ihm mal so richtig auf die Finger klopfen. Okay, Max, so machen wir es. Ich versuche jetzt mal direkt, den zu erreichen und dann melde ich mich bei dir.«

Fuchs blickt zufrieden drein und nimmt einen Schluck von seinem Cappuccino. War er nicht wieder krisensicher und überzeugend?

»Ja, mein Lieber, so machen wir es. Wenn du ihn erreicht hast, dann schreib mir eine SMS. Bin gleich unterwegs. Banktermine. Du weißt schon. Bis dann.«

Die beiden legen auf, und Kai wählt sofort die Nummer von Close, dem Auslöser dieses Megaschlamassels. Dem wird er einen einschenken, denkt er, aber als Nick drangeht, schaltet Kai sofort wieder auf jovial und freundlich. Er erklärt dem Manager, was passiert ist und macht ihm die Tragweite des Telefonats der beiden Konzernbosse klar. Nick scheint vollkommen konsterniert und fast schon bestürzt. Er äußert seine große Sorge, ob denn damit der gesamte Deal gefährdet sei. Kai antwortet so deutlich, wie Moses die zehn Gebote präsentiert hatte.

»If the top management of White will be involved at this stage, there will be no chance of continuing the sponsorship process.«

Rums, das hat sicher gesessen! Kein Kontakt mehr mit der White-Führung, sonst platzt der Millionendeal. Nick verspricht, sich sofort und mit Druck ums Glätten der Wogen zu kümmern. Er werde Kai noch heute eine Info zusenden. Kai fällt in die Kissen des Loungesessels des Münchner Luxushotels und winkt den Kellner heran.

»Ich hätte gern noch einen frisch gepreßten O-Saft, ein Ginger-Ale und ein Croissant.«

Der Ober grinst ihn an, er sieht, daß dieser Gast im feinen Zwirn eine harte Nacht gehabt haben muß.

»Sehr gerne, der Herr, kommt sofort.«

Kai schließt die Augen und läßt die letzte Stunde noch einmal Revue passieren.

Wenn alles so klappt, wie Max und er das jetzt ausgetüftelt haben, dann könnte es wieder mal gutgehen. Aber wie oft noch?

Kais Handy klingelt und reißt ihn aus seinen Gedanken.

»Hallo, mein Schatz, wie geht es dir?«

Es ist Anna. Sie sitzt oben im Zimmer auf gepackten Koffern.

»Ist alles in Ordnung?«

»Alles okay, bin gleich da.«

Kurz drauf eine SMS von Nick: »I talked to Benz, he will not contact your boss anymore and he completely got the point. Now you have to manage that in your company and we are safe.«

Kai grinst sich einen. Wunderbar! Benz wird sich ab sofort von Ballhaus fernhalten. Wieder einmal den Hals aus der Schlinge gezogen, aber so eng wie diesmal war die bis jetzt noch nie gewesen.

Aus! Aus! Aus! Das Spiel ist aus!

»Was ist denn los, mein Schatz, du siehst so gestreßt aus.«

Anna blickt ihren Verlobten besorgt an. In der Tat hat sie recht. Kai hat abgenommen, besonderes seit München. Schlappe 63 Kilo bringt er noch auf die Waage, und die Augenringe sprechen auch eine deutliche Sprache. Das gesamte Max-Paket ist einfach zu schwer für ihn geworden. Ständig drehen sich seine Gedanken um ein mögliches Ausstiegszenario, um die Konsequenzen und besonders um die Angst, Anna zu verlieren, wenn alles raus kommt.

»Nein, meine Süße, alles okay. Ich hab nur ziemlich viel im Büro zu tun und der Hrdlicka nervt mich ständig mit irgendwelchem unnötigen Mist.«

Der Wahnsinnstrip mit der gecharterten Yacht an der Côte d'Azur und dem ewigen Trinkspruch von Max – »Nie wieder arm!« – die ständige Angst davor, entdeckt zu werden, fast paranoide Situationen im Büro bei White, sein Boß, der ihn immer wieder vor den anderen Kollegen bloßstellt. Die Zukunft könnte so schön sein, wenn nicht alles auf diesem Betrug aufbauen würde.

»Komm, mein Schatz, wir gehen ein bißchen shoppen auf der Kö.«

Kai rutscht vom Barhocker in der Küche und klatscht in die Hände, als wollte er die bösen Gedanken vertreiben. Shoppen mit Anna bringt ihn immer auf andere Gedanken. Anna läßt sich das nicht zweimal sagen. Sie schnappt sich ihre Lieblingshandtasche, die von Prada – ein Geschenk von Kai zu Weihnachten. Er hatte versprochen, daß sie jedes Jahr so eine bekommen werde.

»Auf geht's!«

Die beiden schlendern über die Kö. Gucci, Louis Vuitton und Co bekommen Besuch. Natürlich auch Prada! Anna strahlt, Kai zahlt und das Leben könnte so schön sein. Wenn da nicht Kais ständige Wegbegleiter wären, die Herren im Trenchcoat mit ihren Handschellen. Mittlerweile erwartet er sie überall: beim Verlassen der Geschäfte, auf der Toilette der Cafés, im Parkhaus. Wieder zu Hause angekommen öffnet er eine Flasche Wein, Anna nimmt ein Bad und freut sich über die Einkäufe. Als Kai die Flasche allein geleert hat, trifft er eine Entscheidung. »So kann es nicht weitergehen.« Morgen will er Ludwig Unger anrufen, ihm alles erzählen und um Rat bitten. Luggi ist sein langjähriger Anwalt, den er bisher nur für seine Straßenverkehrsdelikte benötigt hatte.

Mist, großer Mist

Anna sitzt zitternd auf dem alten Holzreisekoffer von Kais Großvater Ferdinand von Bargen. Das abgewetzte braune Erbstück mit den Initialen FvB dient wunderbar als Deko in dem loftartigen Wohnzimmer ihrer gemeinsamen Wohnung. Sie weint bitterlich, schlägt immer wieder die Hände vors Gesicht und ist nicht in der Lage zu sprechen. Was war passiert? Kai hatte die Kanzlei von Luggi Unger in Bergisch Gladbach aufgesucht. Die Begrüßung dort war fröhlich gewesen, wie immer.

»Hallo, Kai, lange nicht gesehen, tolles Auto hast du da. Ist das ein Ferrari?«

»Ganz recht. Das ist ein 599 GTB, ziemlich laut die Kiste.«

Kai hatte sich das Lächeln nur gequält abgerungen, und der aufmerksame Anwalt hatte das sofort gespürt.

»Komm, laß uns in mein Büro gehen. Was hast du auf dem Herzen?«

Später hatten sich die beiden in das Gebirge von Akten gesetzt. Kai hatte tief Luft geholt und dann ausgepackt.

»Luggi, was ich dir jetzt erzähle muß vorerst absolut unter uns bleiben!«

Er hatte gar nicht so recht gewußt, wie er anfangen sollte, zu viel war passiert, um es in Kürze zusammenzufassen.

»Hey, du bist hier bei deinem Anwalt. Hier bleibt alles unter uns. Ich habe eine Schweigepflicht.«

Unger hatte schon geahnt, daß es dieses Mal nicht nur um Überschreitung der zulässigen Höchstgeschwindigkeit ging.

»Ich hab Mist gebaut, großen Mist, hab so viel Mist angehäuft, daß es zum Himmel stinkt und es eigentlich jeder riechen müßte, sogar die Polizei«, fing Kai mit gepreßter Stimme an.

Was er dem erfahrenen Juristen dann berichtet hatte, ließ diesen schweigend in seinen Sessel sinken und einfach nur zuhören. Schon nach zehn Minuten hatte der Strafverteidiger genug gehört. Er unterbrach Kai, der sichtlich darum bemüht war, jedes Detail aufzuzählen und sich immer wieder zu entschuldigen.

»Stopp, ich habe genug gehört!«

Kai brach ab und blickte Unger erstaunt an. Er hatte ja noch gar nicht richtig angefangen.

»Ich kann dir da nicht helfen.«

Dieser Satz kam so bestimmt, daß es Kai fast die Sprache verschlug.

»Wie meinst du das? Du bist doch Anwalt und ich brauche deinen Rat«, rang Kai sich gerade noch ab.

Unger blickte nun sehr besorgt drein.

»Ja, das stimmt. Aber das, was du mir hier auftischst, ist schon jetzt eine Nummer zu groß für mich. Ehrlich, dafür brauchst du einen Experten und zwar so schnell wie möglich. Ich glaube, du bist dir der Tragweite deiner Handlungen gar nicht bewußt. Wir reden hier über schweren Betrug, Urkundenfälschung, Täuschung und was sonst noch alles. Und das in millionenschweren Dimensionen. Wir reden wenn nicht über viele, so doch über mehrere Jahre Knast. Dafür bin ich in jedem Fall nicht der richtige Ansprechpartner. Wenn du Rat willst, dann bekommst du nur einen: Mach auf jeden Fall und schnellstmöglich eine Selbstanzeige.«

Kai war geschockt. Befürchtet hatte er ja einiges, aber nicht diese Perspektive.

»Und was mach ich jetzt, wenn du mir nicht hilfst?«

Unger schlug sein ledernes Notizbuch auf und nannte ihm drei Namen von renommierten Wirtschaftsstrafverteidigern.

»Ich rufe mal schnell den Professor Blatzheim in Köln an. Der wäre meine Präferenz für deinen Fall.«

Unger ließ sich mit dem Staranwalt aus Köln verbinden, erläuterte ihm kurz die Sachlage und legte wieder auf.

»Dienstag hast du einen Termin um 14 Uhr. Er ist interessiert, deinen Fall zu übernehmen. Du hast Glück, der Mann ist immer ausgebucht, aber ich habe ihm, wie du mitbekommen hast, gesagt, daß wir uns schon lange kennen und er mir einen Gefallen täte, wenn er sich deinen Fall mal persönlich anhören würde.«

Kai, bleich im Gesicht, hatte sich wie in Trance von seinem langjährigen Freund und Verteidiger verabschiedet. Die ganze Fahrt zurück nach Düsseldorf wirkte der Schock nach. Er ist nicht naiv, aber damit hatte er nun auch wieder nicht gerechnet. Sein gemeinschaftliches Gaunerstück mit Max und Tom, klar, das war große Täuschung, da gab es aber keine Verletzten, und bisher hatte ja auch keiner Geld verloren. Da war nur diese Blase von ungedeckten Ansprüchen. Aber schwerer Betrug und zusätzlich Urkundenfälschung? Das klang ja wie im Krimi.

Jetzt sitzt Anna weinend vor ihm. Er hatte ungefähr zwanzig Minuten lang ausgepackt. Über den Anfang mit der Steuernachforderung für sein Haus, die Ideen von Max, die er zunächst immer wieder abgelehnt habe, über die Autos, die Urlaube, die schlaflosen Nächte und immer wieder über seine Liebe zu ihr, und daß das alles damit nichts zu tun habe und daran auch nichts ändern dürfe.

»Wieso hast du mir nicht schon mal früher etwas gesagt?«

Anna holt sich ein Taschentuch und wischt sich damit die Tränen aus dem Gesicht. Sie schluchzt noch immer. Kai hat keine plausible Antwort darauf. Er kann ihr in dem Moment doch nicht sagen, daß Max, Ibiza-Tom und er sich geschworen hatten, den Mädels nichts zu sagen. Der Abend nimmt seinen Lauf mit einer Mischung aus Vorwürfen, Liebesschwüren, Durchhalteparolen und seinem Versprechen, nun alles aufzudecken und endgültig reinen Tisch zu machen. Mit allen Konsequenzen.

Kai schläft spät und erschöpft mit Anna im Arm auf dem Sofa ein. Froh, daß sie nicht schreiend davongelaufen war.

Der Professor übernimmt das Steuer

Die folgenden zwei Tage verbringt Kai damit, unablässig an der »Hausaufgabe« zu arbeiten, die ihm Professor Blatzheim bereits telefonisch aufgegeben hatte. Er soll alles aufschreiben, die ganze Geschichte, nichts auslassen und somit die Basis für eine hochkarätige Selbstanzeige schaffen. Kai legt sich ins Zeug, schreibt sich alles von der Seele. Von den Steuerschulden, Fuchs' Ideen, die vielen Treffs einschließlich *Samtkragen* und Alt, natürlich auch, daß er sich lange geweigert habe, auf die schrägen Vorschläge einzugehen. Von den Luxusautos, Urlauben, der Angst, bei White aufzufliegen, vom Ärger mit dem Chef und natürlich dem Rausch, bei der Formel 1 »mitzufahren«, als dieser Max Fuchs damit um die Kurve kam. Sonntagabend schließt Kai den Deckel seines Laptops und gießt sich ein Glas Champagner ein. Ist noch genug da.

»Geschafft!«

Er blickt zu Anna. Die sitzt auf der Couch und sieht fern. Sie scheint stabil zu sein, erstaunlich ruhig. Aber sie ist natürlich aufgewühlt und weiß genausowenig wie Kai, was nun alles auf sie zukommen wird. Sie hat Angst. Doch davon will sie Kai nichts zeigen, jetzt muß sie ja zu ihm halten. Am Montagmorgen fährt dieser in die Kanzlei des medienbekannten Strafverteidigers und die beiden gehen Schritt für Schritt das Geschriebene durch. Der Professor schmunzelt hier und da, schüttelt dann den Kopf. Er ist zufrieden mit Kais zwanzigseitigem Bericht. Er wird nun daraus eine geschliffene, juristisch gefilterte Selbstanzeige anfertigen und diese dann am nächsten Tag bei der Staatsanwaltschaft einreichen. Das war es erst mal. Aber was würde dann passieren? Kai hat so viele Fragen, doch Prof. Blatzheim winkt ab.

»Zu viel und zu früh, Herr von Bargen. Jetzt machen wir einen Schritt nach dem anderen. Ich werde Sie durch diesen gesamten Prozeß führen. Sie müssen nur immer für mich erreichbar sein.«

Der Mann weiß offenbar genau, was er tut. Einerseits ein furchtbares Gefühl, sich komplett in die Hände eines anderen zu begeben und die Gestaltungshoheit zu verlieren. Für Kai, den Kontrollfreak, der alles im Griff haben muß, mehr als gewöhnungsbedürftig. Andererseits hat er den Eindruck, daß dieser Mann vorher schon viele Mandanten hatte, bei denen es ähnliche Probleme zu lösen galt. Und daß Professor Blatzheim diese Fälle perfekt handhaben kann. War er, Kai, also gar kein Gauner der ganz schlimmen Sorte? Das findet Kai doch irgendwie beruhigend. Als er an die frische Luft tritt, kommt die ihm sehr gereinigt vor. Seine monatelange Angst scheint kurz verschwunden, Zufriedenheit macht sich breit. Ein eigenartiges Gefühl bei einem, dem jetzt der Knast droht. Aber der Ballast wird schon bald wieder spürbar auf ihm lasten.

Der Gang nach Canossa

»Also, ich habe mit dem Oberstaatsanwalt in Düsseldorf gesprochen. Die Selbstanzeige ist dort eingegangen. Morgen gehen Sie bitte ganz normal zur Arbeit und machen da ebenfalls sofort reinen Tisch.«

Blatzheim ist am Dienstagmorgen mehr als pünktlich, um 13.55 Uhr, an der Strippe.

»Die Polizei kommt heute nicht? Keine Handschellen? Keine U-Haft?«

»Warum, Herr von Bargen? Sie haben doch alles bis ins Kleinste gestanden. Wenn Sie abhauen wollten, dann hätten Sie keine Selbstanzeige erstattet. Ja, und ohne Flucht- oder Verdunkelungsgefahr kommt bei solchen Fällen auch keiner in U-Haft. Rechnen Sie nur damit, daß die Polizei bei Ihnen vorbeischauen und Ihre Wohnung inspizieren wird.«

Am Mittwoch sitzt Kai morgens aschfahl in seinem Büro und grübelt die ganze Zeit, wann und wie er nun hier alles bewerkstelligen soll. Dann greift er zum Hörer und wählt die

Nummer des Chefs der Innenrevision, der innerhalb des White-Konzerns für sowas zuständig ist.

»Hallo, Frau Metzger. Kai von Bargen hier, ich muß unbedingt und dringend mit Herrn Hansmeyer sprechen.«

Seine Stimme klingt belegt, die letzten Nächte hatte er nicht gut geschlafen, immer wieder plagten ihn Selbstzweifel, ob er das Richtige mache. Frau Metzger freut sich, die Stimme des immer freundlichen Kollegen zu hören.

»Herr Hansmeyer ist heute voll bis obenhin, Herr von Bargen, kann das nicht bis morgen warten?«

Kai sammelt sich und sagt in eindringlichem Tonfall: »Nein, leider nicht! Das ist so eilig, daß es nicht einmal eine Stunde warten kann, glauben Sie mir.« Frau Metzger bemerkt, daß es wohl wirklich brennt.

»Ja, dann kommen sie am besten sofort, ich rufe Herrn Hansmeyer aus dem Meeting. Er wird in zehn Minuten hier im Büro sein.«

Kai macht sich auf den Weg. Hier wird also gleich die Bombe platzen, denkt er sich, atmet tief durch und betritt kurz darauf das Büro von Frau Metzger.

»Hallo, Herr von Bargen, gehen Sie schon mal rein, Kaffee steht auf dem Tisch, der Chef kommt gleich.«

Frau Metzger weiß genau, daß im Büro ihres Chefs nur ganz selten angenehme Dinge besprochen werden und hält sich daher mit jeglichen Höflichkeitsfloskeln zurück. Kai ist dankbar dafür und setzt sich neben den Glastisch auf einen der ledernen Freischwinger. Als sich die Tür öffnet, steht Kai auf und begrüßt den Herrscher der Innenrevision, für ihn fast schon der Inquisition. Die beiden kennen sich gut, sie hatten schon viel miteinander zu tun, denn einige der Aufgabenfelder von Kai hatten knifflige juristische und moralische Komponenten. Beispielsweise wenn es darum ging, zur Fußball-Weltmeisterschaft Journalisten einzuladen oder Pressereisen in ferne Länder zu unternehmen. Kai hatte viele der internen, hochkarätigen Events organisiert. Auch da stellte sich oft die Frage: Was ist rechtlich erlaubt, was ist ein Gastgeschenk und was schon Bestechung?

»Na, dann schießen Sie mal los«, sagt Hansmeyer und läßt sich neben Kai nieder.

»Ich weiß nicht, wo ich anfangen soll.«

»Donnerwetter, Herr von Bargen, das kommt nun wirklich nicht oft vor. Ich hatte bislang immer den Eindruck, Sie wüßten oft nicht, wo Sie aufhören sollten.«

Kurzes Lachen beiderseits.

»Schießen Sie los, ich hab nicht viel Zeit, die warten da in dem Meeting auf mich.«

Kai legt los, es klingt wie ein Verlesen der Selbstanzeige. Etwas stockend, aber präzise. Nach zehn Minuten hat sein Gegenüber, dem man das große Erstaunen anmerkt, einen Einblick in die Tragweite der Geschichte. Aber keine moralischen Vorwürfe, keine Kommentare. Er zögert nur kurz, dann geht alles ganz schnell. Hansmeyer ruft den Chefjuristen und eine vereidigte Schreibkraft in sein Büro. Kai berichtet noch einmal in groben Zügen, was sich in den vergangenen zwei Jahren ereignet hat. Alles wird protokolliert, die beiden Männer vor ihm stellen ein paar kurze, sachliche Zwischenfragen und das war's dann. Kein Fußtritt, kein Zeigefinger. Freitag der Offenbarungseid bei Anna, gestern bei der Staatsanwaltschaft, heute bei seinem Arbeitgeber. Aber er spürt jetzt keine Last von sich abfallen, so wie es Professor Blatzheim vorhergesagt hatte. Nichts, der Druck bleibt.

Hansmeyer schaut ihn nicht unfreundlich, aber sehr konzentriert an.

»So, Herr von Bargen. Wir machen es folgendermaßen: Sie gehen jetzt in Ihr Büro zurück und machen einfach Ihren Job, räumen ein paar persönliche Sachen zusammen. Aber bitte unauffällig. Sie lassen sich nichts anmerken, und heute Abend so gegen 18 Uhr kommen Sie wieder her und geben Ihren Blackberry und ihr Handy ab. Den Rest übernehmen wir dann. Bitte auch keine Verabschiedungen von Ihrem Team und so weiter, bloß kein Aufsehen. Einverstanden?«

Klar, welche Wahl hatte er denn auch? Er nickt und verabschiedet sich von der Runde. Hansmeyer guckt ihn dabei ernst an, aber ein leichtes Lächeln zeigt sich um die Mundwinkel. Es menschelt fast.

»Donnerwetter, da haben Sie sich aber echt ein ganz schönes Ding geleistet, Herr von Bargen, ich wünsche Ihnen viel Kraft für die nächste Zeit.«

Kai geht über den Flur zu seinem Büro und läßt sich in seinen Chefsessel fallen. Jetzt nur noch ein paar Stunden hier absitzen und dann war's das mit der White-Karriere. Verdammte Gier, hier hatte er doch einen guten Job gehabt und vielleicht irgendwann noch einen besseren bekommen.

Am nächsten Morgen reißt das Klingeln seines neuen privaten Handys Kai sehr früh aus dem Schlaf. Ein ungewohntes Geräusch, aber er mußte sich ja auf die Schnelle ein eigenes besorgen. Ein Kripobeamter!

»Knüppel, von der Kriminalpolizei. Guten Morgen, Herr von Bargen, ich hoffe, ich störe nicht.«

Was für eine Frage. Als ob den das davon abgehalten hätte anzurufen. Kai reibt sich die Augen, Anna liegt neben ihm und scheint noch zu schlafen.

»Ich vermute zu wissen, warum Sie mit mir sprechen möchten. Was kann ich für Sie tun?«

»Wir stehen hier im Zooviertel vor der Meldeadresse von Herrn Fuchs, aber es macht niemand auf. Haben Sie eine Idee, wo der sein kann?«

Kai ist erstaunt. Erst gestern hatte er über seinen Anwalt inständig darum gebeten, den Fuchs schnell festnehmen zu lassen, damit der keinen weiteren Schaden anrichten könne. Die Oberstaatsanwaltschaft hatte aber klipp und klar gesagt, daß das so schnell nicht gehe und man die Selbstanzeige erst prüfen müsse, bevor man jemanden festnehmen könne. Nun war doch alles schnell gegangen.

»Nein, da ist er nicht, da ist er nur gemeldet. Er hat eine Wohnung oben am Rolander Weg.«

Kai ist auf einmal hellwach. Was für Idioten, denkt er bei sich, können noch nicht einmal die aktuelle Adresse von Max herausfinden. Wenn der die Lunte jetzt riecht oder von irgendeinem erfährt, daß an der Wohnung im Zooviertel die Polizei aufgetaucht ist, haut er womöglich noch ab.

»Ach, Rolander Weg, am *Rochus-Club*! Was für eine feine Gegend!« meint der Beamte.

Und sauteuer! Die hatte Kai ihm nämlich über seine Kontakte zu besseren Düsseldorfer Kreisen vermittelt. Solche Wohnungen bekommt man nur mit Beziehungen, von privat – wenn überhaupt.

Eine kurze Verabschiedung folgt. Quälende drei Stunden später wird er die Nachricht von seinem Anwalt erhalten, daß Max Fuchs festgenommen wurde.

»Gott sei Dank«, wird er dann sagen. »Nun kann Max zumindest kein weiteres Geld verbraten oder verstecken. Vielleicht komme ich ja mit einer Bewährungsstrafe davon. Meinetwegen haben sie den Haupttäter immerhin schnell gefaßt.«

Haftunfähig am Rolander Weg!

»Guten Tag, Herr Fuchs. Knüppel, von der Kriminalpolizei Düsseldorf, öffnen Sie bitte die Tür!«

Der Kripobeamte sagt diese Worte höflich, aber bestimmt in die Gegensprechanlage, so eine Festnahme ist für ihn Routine. Der Türöffner summt, die vier Männer mit Trenchcoat betreten den Hausflur des eleganten Wohnhauses am Rolander Weg. Das Entree ist der Lage angemessen: Granitboden, marmorverkleidete Wände, und auf dem Weg nach ganz oben kommen die Beamten pro Stockwerk nur an jeweils einer Tür vorbei. Hier wohnt man üppig mit nur einer Wohneinheit pro Etage. Herr Knüppel drückt auf den goldenen Messingklingelknopf in der oberen Etage. Ein dreistufiger Gong erklingt und eine Stimme ist zu hören.

»Moment noch!«

Die Kripomänner sind nun voll konzentriert. Einer öffnet den Verschlußlederriemen an seinem Pistolenholster. Man kann nie wissen. Die Tür geht auf und ein verschlafener Max steht etwas verdutzt vor den vier Polizisten. Er trägt nur Jeans und Unterhemd. Er hatte mit seiner Putzfrau gerechnet.

»Guten Morgen, meine Herren, was kann ich für Sie tun?«

Max versucht, so jovial wie möglich zu sein, obschon er ahnt, was nun passiert. In seiner Vergangenheit hatte er bereits eine ähnliche Situation erlebt. Damals folgten viereinhalb Jahre ohne Ferrari, Moët und *Villa d'Este* in einer sehr überschaubaren Zelle in der Eifel.

»Guten Morgen, Herr Fuchs, wir haben einen Haftbefehl gegen Sie. Wir müssen Sie bitten, mit uns zu kommen.«

Routiniert spult der Beamte seinen Text herunter, das mit dem nichts sagen müssen, was belastet. Sein Kollege schließt den Lederriemen an seinem Holster wieder und entspannt sich.

»Sie wirken gar nicht überrascht«, bemerkt Knüppel.

Max schlägt die Augen nieder.

»Nein, ich bin nicht verwundert, ich hatte mir schon so etwas gedacht«, preßt er hervor.

Die Beamten begleiten ihn in die Wohnung. Er hat nun Gelegenheit, sich im Ankleidezimmer etwas anzuziehen, natürlich unter Aufsicht eines Polizeibeamten.

Nur eine Viertelstunde nach ihrer Ankunft verlassen die Herren zusammen mit Max das Anwesen und fahren aufs Präsidium. Während der Fahrt ruft Max seine Anwältin an. Betty muß ihn jetzt hier rausholen. Sie würde ihm helfen. Schließlich hatte er sie als Dr. Maximilian Alt, als falschen Kö-Anwalt, damals unter seine Fittiche genommen und ihr einiges beigebracht. Und so ganz nebenbei soll er damals mit der verheirateten Dame auch noch eine kleine Affäre gehabt haben, das hatte er jedenfalls Kai gegenüber behauptet. Im Präsidium wird Max in einen Verhörraum geführt. Die Beamten nehmen ihm das Handy ab und bitten ihn, auch seinen Gürtel und seine Schnürsenkel abzulegen. Fuchs hatte sich damals, als das Ding mit der Kölner Bank hochgegangen war, vorgenommen, nie wieder in solch eine Situation zu geraten. Kai, dieser Idiot, schießt es ihm durch den Kopf. Na ja, um den würde er sich später kümmern, jetzt gilt es erst einmal, hier so schnell wie möglich wieder herauszukommen. Zwei Beamte nehmen vor Max Platz und wollen gerade mit dem Verhör beginnen.

»Meine Herren, wir können uns den ganzen Tanz sparen. Ich werde keinerlei Aussagen machen und warte nun auf meine Anwältin. Das spart uns allen Zeit und Mühe. Einverstanden?«

Er kennt seine Rechte, was bleibt den Kripoleuten übrig. Max ist jetzt wieder voll in seinem Element, selbstsicher. Die beiden Polizisten ziehen sich zurück, und als Max' Anwältin eine gute Stunde später hereinschwebt, bleibt den Männern fast die Luft weg. Weniger wegen der unendlichen Beine als vielmehr wegen dem, was nun kommt.

»Hallo, Betty, gut siehst du aus. Warum hat das so lange gedauert?«

Max ist freundlich, aber auch etwas ungehalten, daß ihn sein früheres Ziehkind hat warten lassen. Die Anwältin sieht in der Tat atemberaubend aus. Sie trägt einen knielangen, enggeschnittenen, hellgrauen Rock, dazu einen passenden kurzen Blazer, hohe Schuhe und eine Bluse, die ganz sicher für Gerichtstermine mindestens einen Knopf zu weit geöffnet ist – oder einen entscheidenden Knopf genug. Ihre langen blonden Haare hat sie zu einem Zopf gebunden.

»Hallo, Max, na, warst du wieder mal ein böser Junge?«

Die Anwältin mit der Ausstrahlung einer Domina läßt sich auf einen der freien Stühle nieder und schlägt die Beine übereinander. Sie bemerkt dabei natürlich aus dem Augenwinkel, wie die Staatsmacht sofort auf ihr »Fahrgestell« blickt. Genau das passiert immer in solchen Momenten. Und deshalb tritt sie ja auch immer so auf.

»Herr Knüppel, lassen Sie uns nicht zu viel Zeit verschenken. Was wird meinem Mandaten konkret vorgeworfen? Und um es gleich dazu zu sagen: Herr Fuchs ist schwer krank, was sein Onkologe bestätigt, und kann auf keinen Fall länger als nötig hier bleiben. Er benötigt permanente medizinische Betreuung.«

Der Beamte kommt von den Beinen wieder zur Sache. Er listet die Vorwürfe auf: schwerer Betrug, Urkundenfälschung, Veruntreuung, Steuerhinterziehung und so weiter.

»Und worauf stützten sich diese Vorwürfe?« will die Anwältin dann wissen. Knüppel kontert gelassen.

»Wir haben einen Zeugen, der eine Selbstanzeige gemacht hat. Darin wird als Drahtzieher des Ganzen Herr Fuchs genannt. Wir halten die Aussagen für sehr glaubwürdig und haben auch bereits mit der Überprüfung begonnen.«

Max Augen blitzen kurz auf. Kai, dieser undankbare Mistkerl hatte ihn hier hineingezogen, angeschwärzt und ihn also als Haupttäter benannt. Na warte, denkt er sich. Sein Puls rast und er wankt ein wenig. Das paßt natürlich gut zur Situation.

»Max, was ist los, geht's dir nicht gut?« Betty nimmt die Bewegung von Max sofort zum Anlaß, den Beamten klarzumachen, wie ernst es um ihren Mandanten Fuchs steht.

»Sehen Sie? Der Mann ist schwerkrank. Ich werde ein ärztliches Gutachten besorgen, und Sie nehmen Kontakt mit dem Oberstaatsanwalt auf. Bitte richten Sie ihm aus, daß ich ihn heute noch unbedingt sprechen muß.«

Ihr Juristentonfall paßt nun so gar nicht mehr zu ihrem Aussehen und die Beamten sind beeindruckt. Max nicht. Das ist schließlich seine Schule. Betty hatte ja vom Meister gelernt. Max wird in eine fensterlose Gewahrsamszelle mit Eisenbett, Nirostaspüle und WC in der Ecke geführt.

»Brauchst du noch etwas, mein Lieber?« fragt Betty. Auch solche Worte hat sie also vom großen Meister übernommen.

»Ja, den Spiegel, ein Handelsblatt und einen Cappuccino hätte ich gerne«, meint Max grinsend.

Die Reaktion von Herrn Knüppel läßt nicht auf sich warten.

»Das hier ist kein Fünfsternehotel, den Cappuccino können Sie sich abschminken.«

Die flotte Anwältin muß grinsen, legt aber Wert darauf, daß ihr Mandant auf jeden Fall etwas zu lesen bekommt. Dann verläßt sie das Präsidium, jetzt muß sie viele Telefonate führen. Max ist allein in seiner Zelle und murmelt in die Stille.

»Ich werde es dir heimzahlen, daß du mich nicht vorgewarnt hast, und ich werde auf keinen Fall wieder ins Gefängnis gehen, so wahr ich Max Fuchs heiße.«

Am nächsten Morgen müssen ihn die Beamten tatsächlich gehen lassen. Seine Betty hat ganze Arbeit geleistet. Sie hat ein ärztliches Gutachten über die Haftunfähigkeit von Max vorgelegt, volle Akteneinsicht in die Selbstanzeige beantragt und auch bekommen.

Max soll sich allerdings einmal pro Tag auf dem Präsidium melden und für Vernehmungen zur Verfügung halten, soweit es sein Gesundheitszustand zuläßt, versteht sich. Ja, und der läßt das nicht so ohne weiteres zu, das geht aus dem Gutachten hervor, das ihm sein Freund, der Gelsenkirchener Onkologe, ausgestellt hat, just der, dem Max regelmäßig Weinkisten zukommen ließ.

Der sonnengebräunte Ibiza-Tom sieht leider zu gesund aus, hat keinen nahestehenden Onkologen zum Freund und folglich auch keine Weinkisten verschenkt. Er muß somit sofort in U-Haft.

»Ja, und wo sind die Autos?«

Hauptkommissar Knüppels Umgangsformen entsprechen überhaupt nicht dem Grundsatz »Nomen est omen«. Er ist direkt, aber höflich. Und so leitet er auch die Hausdurchsuchung. Kai hatte zwar der Polizei schon bei seiner Selbstanzeige vieles zur Ermittlungsakte ausgehändigt, aber ob das alles war, kann man schließlich nicht wissen. Nein, hier werden keine Schubladen aufgerissen, Matratzen gefilzt oder Wäschekörbe durchwühlt. Man merkt den Beamten den Respekt vor dem Wert der Inneneinrichtung an. Wie denn der Abfluß des grauen Natursteinwaschbeckens abzuschrauben sei, ohne es zu beschädigen? Ob er eben mal das Gemälde leicht anheben könne, um dahinter zu schauen? Kai kenne das ja von den Razzien im Spielfilm.

»Aber selbstverständlich, gerne!«

Von Bargen und der Polizist lächeln. Natürlich klopfen die Polizeibeamten auch bestimmte Stellen des edlen Fußbodens nach Hohlräumen ab. Die Aktenordner gehen teilweise mit auf die Dienststelle, weil darin noch Beweise abgeheftet sein könnten. Einer der Polizisten schaut seitlich in die Metallträger des Tisches, um dann aber um so länger die ganze voluminöse Tafel zu bewundern.

»Ein tolles Stück!«

Kai überlegt kurz, ob damit nicht sein Treiben in den vergangenen Monaten gemeint sein könnte.

»Ja, der war auch nicht so ganz billig.«

»Vermute, Geld war ja genug vorhanden.«

Diesmal gibt es ein gemeinsames Lachen statt eines beherrschten Lächelns. Hier ist von den im Putz liegenden Touchscreens über die Marmorfliesen bis hin zu den Edelholzböden alles vom Feinsten. Auch die fast vollautomatische Luxusküche mit Edelmetallverkleidung und allen sonstigen Schikanen findet höchste Anerkennung. Vorsichtig werden Töpfe, Dosen und Porzellan herausgehoben und untersucht. Selbst die Gefrierfächer leeren die Beamten kurzfristig. Routine. Kai denkt spontan an die Szene in dem Film mit Eric Cantona, in der einer seine Knarre in einem gefrorenen Huhn oder Truthahn versteckt hatte. Hier ist nur einer, besser: eine nervös. Anna! Sie steht blaß beim Durchsuchen des Wäscheschranks daneben, wofür der Kripobeamte bei einer so attraktiven Blonden offenbar viel Verständnis hat.

»So, Herr von Bargen, wir hätten wohl alles. Wenn Sie uns wegen der Sachen, die wir vorübergehend mitnehmen müssen, hier quittieren würden.«

Ein Tonfall, als hätte man gerade beim Notar einen Hauskauf abgeschlossen. Die Durchsuchung der Wohnung ähnelte weniger einer Razzia als einer Schnitzeljagd. Beim rausgehen dreht sich Kommissar Knüppel noch mal um. »Da fällt mir noch was ein. Wir haben weder vor Ihrem Haus noch vor dem des Herrn Fuchs Fahrzeuge zuordnen können. Sie werden ja nicht immer mit Bahn und Rad unterwegs gewesen sein, oder?«

Kai weiß nicht, ob er da lachen soll. »Nein, wir haben natürlich auch das eine oder andere mit dem Auto erledigt. Nach Italien geschäftlich mit dem Fahrrad zu reisen, wäre sicher mühsam und unökonomisch gewesen. Mein Ferrari steht unten in der Garage, aber was heißt hier »mein Ferrari«. Das Schweizer Nummernschild wird Ihnen schon offenbaren, wessen Kiste das ist. Mein Porsche mit Düsseldorfer Zulassung steht schräg gegenüber am Straßenrand. Ich empfehle Ihnen zudem das Parkhaus am Stadttor. Dort warten ein Maserati und ein dicker S-Klasse-Mercedes. Beide auch mit Schweizer Kennzeichen. Auch von Fuchs. Hier sind meine Schlüssel.«

Während Knüppel entgeistert seine Kollegen anschaut und den Kopf schüttelt, greift Kai in die Hosentasche wie nach einem Schnupftuch: die Autoschlüssel. »Bitte!«

»Da wir ja da die Eigentumsverhältnisse der Fahrzeuge klären müssen, weil die aus der Beute stammen könnten oder als Tatwerkzeuge sichergestellt werden müßten, nehmen wir sie wohl in Gewahrsam, halten Sie aber auf dem laufenden. Also, vielen Dank für Ihr Verständnis.«

Dabei wendet er sich auch Anna zu. »Halten Sie sich bitte bis auf weiteres für Nachfragen zur Verfügung. Auf Wiedersehen!«

Und schon sind sie draußen. Kai muß sich zuerst mal setzten und etwas trinken.

»Da hatten die also die Kisten bisher noch nicht gefunden. Unglaublich! Max' Büro ist doch im Stadttor! Wo sollen dann schon die Autos zu finden sein?«

»Also, was bleibt dir denn übrig, du kannst sie ja nicht behalten. Brauchst du ja auch nicht, wenn du jetzt keinen Schritt nach draußen wagen kannst. Und wer weiß, vielleicht schreiben sie dir das ja beim Urteil gut, daß du ihnen jetzt auch beim Finden geholfen hast!«

Kai schleicht fast betäubt zum Kühlschrank. Da ist, Gott sei Dank, noch eine Flasche Champagner drin.

Severin blättert in der Zeitung. Natürlich fällt ihm bald sofort ein kleiner Artikel ins Auge. Dessen Schlagzeile lautet: »Sponsoringstreit: White besiegt Borgwartt!« Na klar, nach längerer Zeit wieder was über seinen Freund Kai!

»Mary, hier steht wieder was über die Geschichte von Kai. Ich lese es dir kurz vor: ›Der Düsseldorfer White-Konzern und der Green-Eigner Borgwartt beenden ihren Rechtsstreit mit einem Vergleich. Dabei sei kein Geld geflossen, weder in die eine noch in die andere Richtung, so ein White-Sprecher. Ein früherer Whitemitarbeiter, in der Kommunikationsabteilung für Sponsoring auf untergeordneter Ebene verantwortlich, hatte ein Papier unterzeichnet, in dem sich White verpflichtet, 90 Millionen Euro über drei Jahre als Sponsor an Ross Green zu zahlen. Diese Vereinbarung, so White, habe keinerlei Berechtigung und sei nicht bindend. Das wollte Borgwartt zunächst nicht akzeptieren und reichte beim Landgericht Düsseldorf Klage gegen White ein. Vor einer Entscheidung jedoch einigten sich die Konzerne auf den Whitestandpunkt und beendeten die juristischen Streitereien. White hatte argumentiert, eine normale Recherche oder Nachfrage vor dem Scheindeal hätte sofort ergeben, daß der Mitarbeiter nicht annähernd berechtigt gewesen sei, solche Papiere zu unterzeichnen. Gegen den Ex-Mitarbeiter laufen derzeit Ermittlungen wegen Betruges und Urkundenfälschung. Er hatte, gemeinsam mit einem Komplizen, mit gefälschten Forderungen an White eine Bank betrogen. Was die beiden mit dem vermeintlichen Sponsoringvertrag erreichen wollten, ist allen Beobachtern unklar.‹«

Hier muß Amadeus Severin laut auflachen.

»Ja, dir vielleicht! Denk doch mal nach! Was schreibt der? Möglicherweise wollten sie mit dem fingierten Henkel-Interesse andere Sponsoren locken. Locken, Junge? Wenn, dann andere Geldgeber! Also, wenn du keine Ahnung hast, dann laß wenigsten solche Vermutungen oder schreib, Kai und der

Fuchs wollten mit den 90 Millionen auf die Fidschis. Was hältst du davon Mary?«

»Ist doch klar, die zwei Konzerne können beide bei so einem öffentlich vor Medien ausgetragenen Prozeß doch nichts gewinnen und nur verlieren. Da würde immer das Fazit bleiben, daß zwei kleine Gauner sie so vorgeführt und die internen Kontrollen wohl nicht gereicht haben. Die Frage stünde im Raum, ob Kais Ganovenstück nicht doch geklappt hätte, wenn er nicht Selbstanzeige erstattet hätte. Ruf ihn doch mal an! Wer hat das da geschrieben?«

»Es ist zum kotzen! Natürlich einer von denen, die Kai und Fuchs bestens kannten, einer, der gerne mit denen das Glas hob. Such dir einfach einen aus!«

Im Belagerungszustand

Kai liest die Aussage seines ehemaligen Geschäftspartners. Er hatte sie von Blatzheim bekommen. Er liest es Anna vor.

»Herr von Bargen bat mich um Hilfe und unterbreitete mir den Vorschlag, daß ich über meine Agentur Aufträge von White abwickeln solle. Ich habe Herrn von Bargen immer wieder darauf hingewiesen, daß wir dem Ganzen nun ein Ende machen sollten, da das Gesamtvolumen nun viel zu groß geworden sei.«

Kai kocht.

»Was für ein Mistkerl! Wie kann man so die Tatsachen verdrehen? Und das alles glauben die von der Polizei eventuell auch noch, weil Max das ja schließlich sozusagen ›im Angesicht des Todes‹ von sich gegeben hat. Das wirkt extrem glaubwürdig, wenn jemand vor seinem Ableben reinen Tisch macht. Lebensbeichte nennt man das. Der Paragraph 31 im Strafgesetzbuch sieht hierfür wahrscheinlich auch noch Strafmilderung vor!«

Kai sitzt zu Hause in der Designerküche, es ist halb neun Uhr morgens. Anna ist noch müde, sie hat sich die ganze

Nacht herumgewälzt. Links neben Kai steht ein Stapel mit den Akten, die ihm sein Strafverteidiger zugeschickt hat und rechts ein Packen aktueller Tageszeitungen. Die Schlagzeilen überschlagen sich mal wieder.

»Der Fuhrpark des Kai von Bargen«, oder »Der Hochstapler von Düsseldorf« und »So lief der White Deal ab«.

Kai reibt sich die Augen.

War doch klar, daß eine solche Selbstanzeige, daß solche Aktivitäten der Polizei nicht unbemerkt bleiben konnten. Überall und gerade auch bei der nicht gut bezahlten Polizei tun sich undichte Stellen auf. Vielleicht sogar bei White? Egal. Willi Fahsen, der Boulevard-Spürhund des *Express,* hatte schon länger wieder die Fährte des Max Fuchs aufgenommen, den er vor Jahren schon zur Strecke gebracht hatte. Er bekam mit, wer da in Neuss aus einer Pferderennbahn eine Autorennpiste machen wollte, und wie das Projekt scheiterte. Dann erfuhr er, daß Kai von Bargen, sein alter Düsseldorfer Radiokollege, den er so oft zu schönen Anlässen und bei Events getroffen hatte, mit dem Fuchs gemeinsam ein Riesending laufen hatte. Fahsens Enthüllungsstory brachte jetzt eine ganze Pressemeute auf Trapp. Das mediale Feuerwerk zündet nun schon seit Wochen. Jeden Tag greifen die lieben Journalisten ein neues Detail auf, um es dann genüßlich auszuweiden und vollkommen übertrieben darzustellen.

»Saubande«, entfährt es Kai.

Er legt den Stapel zur Seite und macht Anna einen Kaffee. Die hatte in der Nacht im Traum Kai schon im Gefängnis gesehen. Kai hatte versprochen, daß es dazu nicht kommen werde und er hatte ja noch immer recht behalten. Nur so ganz sicher ist sie sich da offenbar nicht mehr.

»Am meisten ärgert mich der Franz Unterbach, dessen ironisches, gemeines Bohren in der Wunde. Die Gehässigkeit der Artikel. Erinnerst du dich noch daran, als der hier bei uns eingeladen war? Wie der mir die Eier kraulte, er schätze meine Arbeit am Mikrofon. Rhetorisch spitze sei das. Später, als ich schon bei White war oder auf den Events, konnte der scheinbar nicht genug von mir kriegen. Das gute Essen, den teuren Wein und den Schampus hat er damals bei uns genossen, ohne zu fragen, wie ich das bezahle. Diese »Goldene Feder«, wie er sich selbst nennt. Der kotzt mich besonders an. Nicht, daß solche Leute darüber berichten, damit mußte ich rechnen, aber nicht mit den üblen Fouls.«

Kai und Anna kuscheln sich aneinander und starren beide an die Decke des Schlafzimmers. Ein toller Raum, mit Dachschrägen, vielen Fenstern und nur einem Bett und mit einer freistehenden Badewanne, sonst nichts. Von Kai geplant und durchgeführt. Als die Badewanne nicht die Haustreppe hinaufpaßte, da hatte er kurzerhand einen Kran bestellt und das gute Stück durchs Fenster im fünften Stock hieven lassen. Wo ein Kai, da eine Lösung. Aber nun?

Es klingelt an der Tür. Kai steht auf, geht in der eigenen Wohnung zwei Stockwerke nach unten und hebt den Hörer der Gegensprechanlage ab.

»Hallo? Wer ist da?«

Es knackt kurz, und am anderen Ende der Leitung sagt eine Männerstimme: »Ja guten Tag, wir sind von der Bild am Sonntag aus Berlin. Wir würden gern mit Frau Medrich sprechen.«

Kai hängt sofort auf und ignoriert das weitere Klingeln. Er lugt aus dem Fenster und sieht zwei Männer zu einem schwarzen BMW mit Berliner Kennzeichen gehen.

»Was wollen denn diese Ratten hier, woher haben die Annas Familiennamen?«

Anna kommt gerade die Treppe aus dem Schlafzimmer herunter und reibt sich die Augen.

»Wer war es denn mein Schatz?«

»Ach, nix besonderes, irgendwelche Journalistengeier«, versucht Kai sie zu beschwichtigen.

Das gelingt ihm auch nur, weil sie noch zu müde ist, um sich mit dem Problem auseinanderzusetzen. In den kommenden Tagen wird sie das aber machen müssen, denn es beginnt eine regelrechte Hetzjagd auf sie. Von der Tür zum Supermarkt oder zum Friseur oder sonst wo hin. Nun wollen die Journalisten nicht mehr nur die immer und immer wieder erzählte Story von Kai von Bargen bringen, sie wollen jetzt an seine Verlobte ran, mit allen Mitteln. Teleobjektive im Anschlag, immer ein Auge auf die Fenster und die Haustüre, verharren ein paar Männer eine ganze Woche lang, bis sie schließlich offenbar von der Zentralredaktion zurückgepfiffen werden. Bis dann Fahsen vor der Tür steht. Ein harter Hund, aber irgendwie kann Kai den ab. Er verhandelt kurz mit ihm über die Gegensprechanlage und will ihn schon abwimmeln, doch dann sagt der Reporter: »Herr von Bargen, geben Sie sich einen Ruck, ich kann dann Ihre Sicht der Dinge schreiben, das hat für Sie sicher auch Vorteile.«

Kai gibt nach und geht hinunter, um mit dem Mann zu sprechen. Fahsen steht auf dem Bürgersteig und raucht eine Zigarette. Kai bemerkt ein Auto mit laufendem Motor, das auf ihn zu warten scheint. »Das ist meine Frau, sie fährt mich, hab keinen Führerschein im Moment«, gesteht der kauzige Redakteur knapp. »Also, wo sind denn die Milliönchen?« flachst er.

Er stellt Kai ein paar Fragen, scheint sich wirklich für seine Sicht der Dinge zu interessieren und zeigt Verständnis für manches. Kai beteuert, der Geldfluß sei nur über die Konten von Fuchs gelaufen.

»Kann ich mir gut vorstellen. Na, da sind Sie dem ja ganz schön auf den Leim gegangen, ich kenne den noch von früher, da hat der ja auch schon solche Dinger gedreht.«

Kai hat ein gutes Gefühl, die beiden verabschieden sich. Am nächsten Tag liest er im Düsseldorfer *Express* die Schlagzeile:

»Ich habe nicht betrogen! Kai von Bargen beteuert seine Unschuld«. Eine Aussage, die dann in den Folgetagen von vielen anderen Blättern übernommen wird.

Kurze Zeit später klingelt sein Telefon und ein aufgebrachter Professor Blatzheim ist dran.

»Was haben sie sich dabei gedacht, mit dem *Express* zu sprechen? Wir hatten ausgemacht, daß sie sich bedeckt halten. Nun ist der Oberstaatsanwalt stinksauer über den Artikel, denn unschuldig seien sie ja nun wirklich nicht, sagt der.«

Blatzheim versteht die Welt nicht mehr. Hat sein Mandant den Verstand verloren? So laufe das Ganze in die falsche Richtung! Auch wenn Kai beteuert, er habe sich nie, auch nicht Fahsen gegenüber, als Unschuldslamm dargestellt. »Kein Wort zu den Mädels!« Diese Regel von Max ist wohl auch gegenüber Reportern anwendbar.

Gelernt ist gelernt

Das Sanitärfachgeschäft Orth in der Düsseldorfer City ist eine exklusive Adresse für Kunden, die das Außergewöhnliche und Edle lieben, wenn sie ein neues Bad haben möchten, Kunden, die sich das leisten können oder vorgeben, genug Geld zu haben. Einer dieser Kunden betritt gerade den Ausstellungsraum.

»Hallo, Frau Orth!«

»Hallo, Herr von Bargen, immer noch zufrieden mit Ihrem neuen Bad?«

Sie ist gespannt. Mehr traut sie sich nicht zu sagen, denn sie hat gestern wieder Zeitung gelesen und mit Bekannten darüber gesprochen. Über diese Geschichte mit dem White-Manager.

»Natürlich bin ich sehr zufrieden damit, wäre aber noch glücklicher, wenn ich die Sachen auch bezahlen könnte!«

»Was heißt das jetzt?«

»Na ja, Sie haben ja auch die Presse verfolgt.«

Er schildert das Geschehene in groben Umrissen und mit vielen Entschuldigungen. Nun ist es in der scheinbar besseren Düsseldorfer Gesellschaft und damit auch im Kundenbereich der Orths nichts Außergewöhnliches, daß Menschen vorgeben mehr zu sein, als sie tatsächlich sind, und ihre Rechnung nicht bezahlen. Der Kunde jetzt aber verblüfft doch mit seinem Auftritt. Noch hatten sie die Rechnung nicht angemahnt, und schon stellt der sich vor sie und zeigt seine leeren Taschen. Nein, der ist nicht dreist, das spürt sie sofort, der hat »Eier«, wie man so sagt. Aber nun toppt er alles noch.

»Frau Orth, ich mache Ihnen einen Vorschlag. Ich möchte die Summe bei Ihnen abarbeiten.«

Ihre Sprachlosigkeit hält an. Sie muß lachen. Da steht ein gepflegter, sportlicher Kahlkopf mit Vollrasur und unterbreitet stilvoll ein Angebot, als ob er ein größeres Investment vermitteln will. Kurze Pause, dann: »Also, Herr von Bargen, ein überschaubares Unternehmen wie das unsere braucht keinen Pressesprecher oder Eventmanager. Dennoch danke für das Angebot. Wir sollten das Problem besser anders abwickeln.«

Kai schaut sich um. Er sieht, daß der Verkaufsraum und die Regale sicherlich eine Modernisierung, mindestens eine Renovierung vertragen könnten.

»Frau Orth, klar, aber das habe ich auch nicht gemeint. Vor meiner Medienzeit habe ich eine Tischlerlehre abgeschlossen und im Ausland, in Australien, als Tischler gearbeitet. Ich kann das alles und noch mehr, einschließlich Leitungen legen, verputzen und streichen.«

Dabei schaut er so, daß Frau Orth ein »Nein« unmöglich wird. Sie und ihr Mann werden ihm nach einiger Zeit auch das Lager und das Hauptgeschäft in Neuss zeigen. Trotz seiner jüngsten Vergangenheit schätzen sie ihn. Er wird ihnen im Laufe der kommenden Wochen klarmachen, daß sie neben der Renovierung auch noch dringend ein solides Materiallagerregister und eine ansprechende Webseite brauchen. Dann wird er loslegen, zunächst von oben bis unten voller Staub, Dreck und Farbe, danach mit neuangelegten Datensätzen über Geschäftsverlauf und Lagerbestand, schließlich als geschickter und sympathischer Verkäufer. Das hatte er ja mit Fuchs in einer höheren Liga bereits zur Perfektion entwickelt. Es wird immer besser laufen, auch wenn er irgendwann dann abends zu seinem rund 70 Kilometer entfernten Bett muß, wo er sich nicht verspäten darf.

Gibt es ein Leben nach dem Tod? Selten!

In der Leichenhalle des Gelsenkirchener Krankenhauses geht das so: Wird ein Verstorbener mit den Krankenpapieren hierhin gebracht, heftet man ihm sofort einen Zettel an den dicken Zeh. Denn die Unterlagen mit der Sterbebescheinigung gehen nach der Unterschrift des hier Diensttuenden wieder zur Verwaltung. So kann nichts schieflaufen. Es sei denn, ein Toter bekommt die Papiere eines anderen Patienten mit auf den Weg nach unten, oder der Zettel wird an den falschen Zeh gehängt. Oder der falsche Tote wird hier abgeliefert. Aber wann passiert das schon? Es ist so gut wie unmöglich, daß versehentlich ein Verstorbener weiterlebt. So gut wie. Fuchs war, so die Mitteilung an die Düsseldorfer Polizei, in diesem Krankenhaus seinem Krebsleiden erlegen. Also befindet sich die Leiche im Kühlhaus der Klinik. Jedenfalls kann man am Zeh den Namen lesen: »Fuchs«. Zuletzt behandelt hatte ihn hier ein mit ihm gut befreundeter Onkologe. Derjenige, der öfter Wein von Max bekommen hatte. Neben der Polizei wurden auch Staatsanwaltschaft, Professor Blatzheim und somit auch Kai sofort informiert.

»Wie bitte, tot?«

Er ist fast außer sich. Nun soll er also die Sache zusammen mit Tom allein ausbaden.

»Glauben Sie mir, der sah zuletzt noch aus wie das junge Leben, besser als vor ein, zwei Jahren.« »Zunächst mal können wir nur von der amtlichen Todesbescheinigung ausgehen«, entgegnet ihm der Kommissar.

»Ich kenne den besser als Sie, der hat sich mal wieder clever durch die Hintertür verabschiedet. Und nicht im Sarg! Gehen Sie der Sache bitte sofort nach!«

»Herr von Bargen, bei allem Respekt, jetzt sehen Sie Gespenster. So gerne wir den Herrn Fuchs auch vor Gericht bringen würden, der ist tot.«

»Ja, und wenn der von unserem Geld, sorry, dem Geld, was er sicherlich beiseite geschafft hat, jemandem einen Teil gegeben hat, um eine andere Leiche zum Fuchs zu machen? Also, wenn Sie mir gesagt hätten, der habe sich vor den Zug geworfen oder das Auto gegen die Mauer gefahren, würde ich das sofort glauben, aber an Krebs ist der sicher nicht gestorben.«

»Lieber Herr von Bargen, Sie haben zu viele Krimis gelesen. Es gibt keinen Hinweis auf eine Verwechslung. Der Fuchs ist tot.«

Zahltag

Die Gerichtsverhandlung vor dem Düsseldorfer Landgericht läuft fast komplikationslos ab. Natürlich kann er der als Zeugin geladenen, jetzt noch blasseren Frau Bahn nicht in die Augen schauen, während Oberstaatsanwalt Mannsmüller ihm bei deren Aussage Vorwürfe macht. Er, Kai, habe dafür gesorgt, daß die Firma dieser Dame nun pleite und sie selbst in die Mittellosigkeit abgerutscht sei. Aufgrund ihres fortgeschrittenen Alters habe sie zudem keine berufliche Chance mehr. Frau Bahn blickt Kai dabei ebenfalls nicht an. Schämt sie sich, weil sie in ihrer Gier zu unvorsichtig und gutgläubig Riesensummen locker gemacht hatte? So jedenfalls argumentiert Professor Blatzheim in der Folge der Vernehmung. Einen gewissen Unterhaltungswert hat dann die Aussage des Zeugen Klünter, der seine Sicht in der ländlichen Schlichtheit eines bodenständigen Eifelers schildert: »Also, Herr Rischter, isch han von demm Fuchs un demm von Barjen emmer pünklisch et Jeld zoröckjekrischt. Die Zick, wo isch met denne ze donn hott, dat woren de besten Johre en mi zwanzisch Johr langem Jeschäft. Isch kann övver die nix schlääschtes sahre. Deit mr leid. Dat is ebben su.«

Sehr viel Fröhlichkeit im Gerichtssaal, Kopfschütteln des Oberstaatsanwaltes! Disziplin des Angeklagten von Bargen: Jetzt bloß nicht mitlachen oder gar grinsen! Der Richter bringt das Verfahren sofort wieder in die Spur.

»Danke, Herr Klünter, das mag ja in Ihren Augen so sein, aber Sie begreifen doch sicher auch, warum wir hier jetzt alle sitzen. Also kein Grund zur Fröhlichkeit in diesem Raum. Ruhe bitte!«

Am Ende der Verhandlung ertönt das Fallbeil der Gerechtigkeit: Fünfeinhalb Jahre für Ibiza-Tom, der schon eine Vorstrafe hatte. Vier Jahre für Kai! Wenig Bonus für seine Mithilfe bei der Aufklärung. Nein, Kai fühlt sich nicht als ungerecht behandeltes Justizopfer. Aber ihm fällt erneut der Schläger ein, der für wenige Euro jemanden krankenhausreif geschlagen hatte und mit ein paar Sozialstunden davonkam. Verglichen mit dem war das Urteil heftig. Daß er in dieser »Preislage« landen würde, hatte Professor Blatzheim ihm schon sehr früh vorhergesagt. Nach dem Urteilsspruch noch ein paar Interviews im Saal, dann ist die wochenlange Treibjagd auf Kai zu Ende. Die Presse packt ihre »Waffen« – Blocks, Stifte, Laptops und Kameras – wieder ein. Blatzheim beschäftigt derweil bereits mehr die Zukunft.

»Vergessen Sie Berufung oder Revision. Mehr als das Urteil hier ist für Sie nicht rauszuholen. Jetzt geht es in erster Linie darum, daß Sie möglichst schnell in eine gute Justizvollzugsanstalt und nach dem ersten Einsitzen schnell in den offenen Vollzug kommen! Da haben ihr Geständnis und ihre Schuldeinsicht sicherlich eine gute Basis gelegt. Also, da kümmere ich mich drum, Herr von Bargen. Bis bald!«

Und weg ist er, nach München, zu einem anderen bösen Buben. Kai sitzt später daheim. Die tolle Wohnung muß er natürlich verlassen und sich mit Anna was ganz kleines anmieten. Bei Orth verdient er nur wenig. Für die Einrichtung bekommt er beim Weiterverkauf nicht viel. Seine Gläubiger würden zudem sonst ja das meiste pfänden. Der Kaffee schmeckt ihm so wenig wie die Zigarette. Er und Tom müssen in den Bau, aber Fuchs verdünnisiert sich ins Jenseits, oder wohin? Er kann es immer noch nicht glauben. Aber dafür ist die Justiz natürlich nicht verantwortlich, sondern dieser Herr Gott und seine »himmlische Gerechtigkeit«. Er tröstet sich mit der Hoffnung, daß es tatsächlich eine Hölle gibt. Das Fegefeuer käme für einen wie Fuchs doch wohl nicht mehr in Betracht, oder? Anna setzt sich neben ihn und streichelt seinen Kopf. Natürlich hatten sie sich in diesen Tagen und Wochen gestritten, gehadert und nach Fehlern gesucht. Aber Sie blieb bei ihm.

»Freundin noch da?« fragt ihn kurz drauf Blatzheim bei einem Telefonat.

»Oh ja, wenn ich die jetzt nicht hätte.«

»Dann sind Sie trotz allem ein Glückspilz. Aus meiner Praxis weiß ich, wie schnell Ratten sinkende Schiffe verlassen. Seien Sie bloß nett zu der!«

Apropos sinkendes Schiff und Ratten: Ein großer Vorteil solcher Lebenseinschnitte oder besser: Abstürze ist, daß sich im Bekannten- und Freundeskreis sofort Spreu von Weizen trennt. Großartig reagieren Kais Schwestern und sein Vater. Das Verhältnis zu ihnen ist jetzt besser denn je. Auch wenn der aufrechte frühere Kaufmann Kurt von Bargen sich sehr für seinen Sohn schämt. Hilfe, wirkliche Hilfe und Zuspruch aus Lübbecke kommen fast täglich. Auch aus Minden, von den Freunden Lo und Nikolaus, die ihm damals den Kontakt nach Sydney vermittelt hatten. Aber das Gros seiner »Freunde« entpuppt sich als bloße Bekannte. Viele von denen, die mit ihm Feste feierten, die Freizeit genossen, darunter besonders viele Journalistenkollegen, melden sich nicht mehr und sind auch nicht mehr zu erreichen, sind fast immer in »Meetings« oder sonst wo und rufen auch nicht zurück. In der Stadt schauen sie an ihm vorbei, wechseln die Straßenseite. Anna hat ja noch ihren Job, aber Kai sitzt daheim und wartet täglich auf den Postboten, der die Ladung zum Strafantritt bringt. Am Mittag geht Kai wieder nach unten, um nach der Post zu sehen. Es ist ein Brief gekommen, allerdings ohne Landeswappen. Ein Brief, mit dem er nicht gerechnet hat. Kai öffnet ihn und liest murmelnd sofort das, was ihm ein früherer Journalistenkollege da schreibt.

»Lieber Kai, du kannst dir ja vorstellen, daß auch ich Zeitung lese. Natürlich ist mir deine Sicht der Dinge jetzt auch wichtig. Egal, was da passiert ist, zu mir und meiner Familie warst du immer freundlich und hilfsbereit. Das ist für mich entscheidend. Also, ich würde dich gerne mal treffen. Mir macht es nichts aus, mit dir in der Stadt gesehen zu werden. Melde dich also, wenn dir danach ist! Ansonsten Kopf hoch! Dein Amadeus Severin.«

Das tut gut. Der Brief kommt von dem Journalisten, der bei dem Go-Kart-Rennen am Wörthersee mit dem Fahrzeug in die Reifen der Absperrung gedonnert war, der mit dem Gips bei der Abendparty.

Wartezeiten

Kai von Bargen ist schon länger nicht mehr in der Zeitung zu sehen gewesen. Die Häscher mit Kamera und Kugelschreiber treiben derzeit andere »Säue« durchs Dorf. Kai wartet draußen vor dem Brauhaus Füchschen wieder auf Severin zum wöchentlichen Bierchen.

»Hallo, Kai, mein Junge, wartest du schon länger?«

»Ne, wäre aber auch nicht schlimm, Amadeus. Hier gibt es Bier und Sonne genug. Außerdem bin ich ja nicht mehr ganz so beschäftigt wie früher.«

Beide lachen herzhaft. Die Herren am Nebentisch schauen zu ihnen rüber. Sind sie von denen erkannt worden? Egal, es würde Kai auch dann nichts mehr ausmachen, wenn sie Trenchcoats trügen.

»Was Neues? Hast du endlich deinen Bescheid über die Haft bekommen?«

Schon seit Monaten ist die Sache in der Schwebe. Professor Blatzheim hatte den ersten Bescheid über eine Inhaftierung in der nicht so angesehenen JVA Bielefeld per Widerspruch abgewehrt. Kai habe schließlich hier seinen sozialen Mittelpunkt, einen Job und eine an ihren Job in Düsseldorf gebundene

Verlobte, die seiner Resozialisierung guttue und die eine schulpflichtige Tochter habe. »Verlobt« ist wichtig, denn »Freundin« hätte nicht gereicht. Der Anwalt versucht, ihn nach Euskirchen in den »offenen Vollzug« zu bekommen. Das wäre nicht ganz so weit wie Bielefeld.

»Ne, aber ich muß dir was anderes erzählen! Anna hat doch meine – wie ich bisher dachte – besten Freunde angerufen und um Kontakt gebeten. Hildi und Frederic. Schau her, hier, die Namen habe ich mir in griechischen Buchstaben auf den Unterarm tätowiert.«

»Kenne ich die?«

»Hildi müßtest du kennen, eine langjährige Radiokollegin. Mit ihr verbindet mich eine intensive Freundschaft. Dachte ich bisher. Und, was meinst du, was dann passierte? Sie drohte Anna und mir mit dem Anwalt, falls wir sie noch einmal behelligen würden!«

»Wie kann das denn sein?«

»Na ja, bei den Polizeiermittlungen mußte sie auch aussagen. Weil sie in meinen Unterlagen als gute Freundin auftaucht, wollten die Polizisten wissen, ob sie, Hildi, nicht Teile unserer Beute für mich verwahre. Du weißt, daß noch fünf Millionen verschwunden sind. Jetzt hat sie einen tollen Job bei der Landesregierung, ist Pressereferentin dort, und da darf man aus Karrieregründen wahrscheinlich keinen von Bargen mehr kennen.«

»Mein Gott, wie klein! Und dieser Frederic, was ist mit dem?«

»Auch ein langjähriger Pressekollege, dann Freund, aus Berlin. Für den habe ich in der Finanzklemme seiner Agentur sogar meine Lebensversicherung aufgelöst und ihm einen Batzen Geld geliehen. Den habe ich jetzt zigmal angemailt und angeschrieben. Bis dann endlich eine handgeschriebene Antwort kam. Da gratulierte er zum Geburtstag und wünschte mir in meiner aktuellen Situation Kraft und Stärke für die Zukunft, Gesundheit und Liebe, der verlogene Heuchler. Ich möge aber Verständnis dafür aufbringen, daß er mit Rücksicht auf Familie und Gesundheit zur Zeit keinen Kontakt mit mir wünsche und von einem Treffen Abstand nehme. Seine Familie sei jetzt das Wichtigste.«

»Wieso hat denn der Frederic so reserviert reagiert?«

»Fuchs hatte bei seiner Vernehmung behauptet, Frederic und Hildi seien sicher bereit gewesen, für mich Geld zu bunkern. Deshalb mußte Frederic auch zur Vernehmung. Glatte Lüge von Fuchs, wurde bei den Ermittlungen ja auch festgestellt! Aber das reichte trotzdem, um zwei sogenannte beste Freunde an mir zweifeln zu lassen. Wir haben dann noch ein paar weitere Briefe geschrieben, wobei er meinte, sein Verständnis für mich ende bei den gegenseitigen Beschuldigungen und taktischen Spielchen unserer Anwälte. Egal, ob ich oder mein Anwalt die Wahrheit sagten. Deshalb bitte keinen Kontakt mehr.«

»Was für ein Hosenscheißer! Ein Gewinn für dich, den verloren zu haben. Ja und die Knete?«

»Die hatte ich natürlich in meinen vergeblichen Kontaktversuchen angemahnt, weil ich Geld für den Prozeß brauchte, ich hatte mir anderweitig einiges geliehen. Bis heute habe ich natürlich nichts von ihm zurückerhalten!«

Der Kellner stellt ihnen wie hier üblich ohne ausdrückliche Aufforderung zwei neue Alt hin. Amadeus braucht nach dem, was er gerade erfahren hat, einen guten Schluck.

»Arme Sau, das tut sicher weh! Ja, so ist das. Mein Vater, ein Bauer aus dem Jülicher Land, sagte immer: Wenn es dir gut geht auf Erden, dann wollen alle deine Freunde werden. Kommst du aber irgendwann in Not, dann sind die Lumpen alle tot!«

»Andere sogenannte Freunde haben sich ebenfalls ganz abgeschottet. Es gibt aber auch schöne Erlebnisse, Amadeus. Der Niklas Menge, der ehemalige Leithammel vom NRW-Radio hat mir einen ähnlich schönen Brief geschrieben wie du. Vor Tagen traf ich genau da vorne die Klingers. Zufällig. Meinen alten Boß von White, den Vorgänger von CEO Ballhaus, mit seiner Frau. Der kommt lächelnd auf mich zu und gibt mir die

Hand. Dann sagte er: ›Na von Bargen, wie isses, schwere Zeiten, oder?‹ Ich daraufhin: ›Hallo, Professor Klinger, das kann man wohl sagen.‹ Er: ›Keine Sorge, das geht auch vorbei. Kopf hoch, alles Gute!‹ Das ist doch toll Amadeus, oder?«

»Den habe ich immer so eingeschätzt. Daß andere Exkollegen von White derzeit Abstand halten, solltest du aber verstehen.«

»Klar, verstehe ich doch gut. Wenn du mit Lutz oder anderen aus der Presseabteilung zu tun hast, kannst du ja mal schöne Grüße bestellen.«

»Mach ich, Kai.«

Das wird Severin auch tun. Und Lutz wird die Grüße erwidern. Eins bekommt Kai von Severin jetzt mit auf den Weg: »Kleine Bitte noch. Ich glaube dir, daß du das nicht hast, aber solltest du tatsächlich noch Geld von den Deals mit Fuchs versteckt haben, dann sag es mir nicht.«

»Amadeus, ich habe von dem Geld wirklich nichts beiseite geschafft.«

»Wie gesagt, ich glaube es dir ja!«

»Nur das Brot ist härter!«

»Na, sind wir denn hier im Phantasialand?«

Kai steht an der Pforte der Justizvollzugsanstalt Euskirchen, der Beamte hinter der gepanzerten Glasscheibe spricht mit leicht spöttischem Ton über die Mikrofonanlage zu ihm. Kai versteht nicht, was er ihm damit sagen will. Er muß heute die Haft antreten. Die nächsten Wochen werden ganz sicher hart für den verwöhnten ehemaligen Chefredakteur und Manager bei White. Und nun noch der Spott dieses komischen Beamten. Kai stellt seine zwei Taschen ab und schiebt seinen »Einberufungsbescheid« in den Briefschlitz der Knastpforte. Der Beamte wirft einen kurzen Blick darauf und greift zum Hörer. Kai bekommt nichts mehr mit, denn das Mikrofon ist abgestellt. Dann knackt es kurz.

»Treten sie bitte zur Seite, damit die anderen durchkommen, sie werden gleich abgeholt.«

Kai nickt und wirft einen Blick auf das vor ihm liegende Areal. Wenn er es nicht besser wüßte, dann würde er den Komplex eher für ein Sanatorium, vielleicht ein Altenwohnheim oder eine Jugendherberge halten. Fünf oder sechs freistehende Häuser, davor eine riesige Rasenfläche, umsäumt von Kastanienbäumen. Nirgendwo Gitterfenster oder hagere Männer mit einer Eisenkugel am Fuß. Ein Beamter mit kahlrasiertem Schädel kommt auf ihn zu und guckt grimmig.

»Herr von Bargen, mitkommen!«

Kai schultert sein Gepäck und folgt ihm zu einem langgestreckten Gebäude. Nun sieht er zum ersten Mal, wo er wirklich ist. Nach der normalen Haustür kommt eine zweite, vergitterte, die der Beamte mit einem großen Schlüssel aufschließt. Er deutet Kai mit einer Kopfbewegung an, daß er sich auf die Holzbank im Eingangsbereich setzen soll. Von nun an heißt es warten und sich von den anderen Insassen begaffen lassen. Neuankömmlinge sind immer eine willkommene Abwechslung des sonst so tristen Alltags im sogenannten »geschlossenen Zugangshaus«. Nun läßt Kai erst einmal das Zugangsprozedere über sich ergehen. Ein Foto machen für die Akte, Einkleidung, Bettwäsche, Geschirr und Besteck, raue Wolldecken, Spültuch und so weiter. Dann zum Arzt für den Eingangscheck und schließlich in seinen Haftraum. Hier warten schon drei Jungs mit Migrationshintergrund und können es kaum erwarten, den neuen auszufragen, ihn um eine »Kippe« anzuschnorren und herauszufinden, was der Deutsche denn so verbrochen haben könnte. Kai antwortet kurz und knapp, nur das Nötigste, so hatte es ihm sein Anwalt Professor Blatzheim eingetrichtert. Er räumt seine Klamotten in den Spind und bezieht sein Bett in der oberen Etage eines der beiden doppelstöckigen Metallbetten. Die Neuen schlafen immer oben, weil es beschwerlicher ist, dort raufzusteigen. So ist im Bau die Hierarchie, und Kai hatte sich vorher informiert. Die Jungs bemerken offenbar seine Unsicherheit und Zurückhaltung. Daher erzählen sie zunächst von sich. Zwei sind hier wegen Drogen, der andere wegen schwerer Körperverletzung. Sie erzählen ihre Geschichten mit Stolz und gespickt mit vielen Anekdoten.

»Was sollte ich machen, der hatte mich schon den ganzen Abend provoziert, zuletzt rumgeschubst. Und das vor meiner Alten! Außerdem hatte er Mordsmuckis. Ich wußte, daß Willi den Baseballschläger hinter dem Tresen versteckt hatte und hab mir den spontan gegriffen. Als der Typ dann noch aggressiver glotzte, mußte ich mich ja wehren und hab ihm mit der Keule die Rübe massiert. War doch klar Notwehr, Jungs, oder? Der doofe Richter sah das natürlich anders, kam mir sofort mit den Vorstrafen, der Blödmann!«

Jaja, die Geschichten über Notwehr wird Kai noch oft hören. Er hört weiter zu und fragt die anderen zwischendurch immer mal wieder, wie der Ablauf hier so sei. Morgens 5.15 Uhr wecken, dann vorne im Büro melden, dann Frühstück, welches am Abend vorher in einer Plastiktüte ausgegeben wird. Hassan läßt einen der hier gängigen Sprüche los.

»Der Knast ist hart, aber das Brot hier ist härter!«

Die Jungs lachen. Das kann ja heiter werden, denkt Kai und geht nach vorne zu dem mißmutigen Beamten, um nach einem Einzelzimmer zu fragen. Keine gute Idee. Unwirsch wird er abgewiesen.

»Das ist hier kein Hotel! Sie haben ein Bett und das war's, gewöhnen Sie sich lieber dran! So wird das für die nächsten sechs Wochen bleiben!«

Kai geht wieder zurück in seine neue Vier-Betten-Suite und mosert vor sich hin.

»Sechs Wochen? Daran muß sich doch etwas ändern lassen. Was für eine Zeitverschwendung!«

Er steigt ins Bett. Die anderen Jungs sind in den Fernsehraum gegangen. Endlich Ruhe. Kai schläft ein. Irgendwie erscheint ihm im Traum jemand, der »mein Lieber« sagt, aber wie Knüppel aussieht. Ein paar Stunden später wird er wach. Panik packt ihn. Es brennt! Qualm in dem Zimmer. Kai richtet sich mit einem Ruck auf, blickt auf seine Armbanduhr: Halb vier nachts. Woher kommt dieser Qualm? Als er von oben zu dem kleinen Tisch vor dem Fenster guckt, sitzen da zwei seiner Zellengenossen und spielen Karten. Und rauchen selbstgedrehte Zigaretten. Der volle Aschenbecher deutet darauf hin, daß sie schon jede Menge Glimmstengel durchgezogen haben müssen. Daher der Qualm. Der Raum ist klein, Fenster und Tür sind geschlossen. Kai ist erleichtert und sauer zugleich. Was für Idioten! Er sagt nichts und guckt nach links. Auf derselben Höhe liegt Kandidat Nummer 3 und schnarcht einen ganzen Wald ab. Mein Gott, wo ist er gelandet. Kai dreht sich zur Wand und versucht, wieder einzuschlafen. Morgen wird er sich darum kümmern, hier muß er schnell raus. Die kommenden Tage haben immer den gleichen Rhythmus: Wecken, melden, Frühstück mit dem härtesten Brot der Welt, dann Langeweile, dann eine Stunde Hofgang mit ein bißchen Tischtennis, dann Mittagessen, dann Langeweile, dann Abendessen und dann wieder Langeweile. Kai versucht im Laufe des Tages immer wieder, sich in der Schlange vor dem Münzfernsprecher nach vorne zu kämpfen, um wenigstens Annas Stimme zu hören. Sie ist immer so aufgeregt, wenn er anruft. Süß! Sie steht zu ihm und das fühlt sich so gut an. Immer wieder fragt sie, wann er denn da wieder rauskommt, aus diesem Zugangshaus und Kai hofft mit ihr, daß dies möglichst bald sein wird. Von den avisierten sechs Wochen sagt er lieber nichts. Er kümmert sich drum, daß es schneller geht. Täglich geht er ins Büro und fragt, wann er denn nun endlich wieder draußen arbeiten gehen dürfe, parallel ruft er vom Münzfernsprecher immer wieder bei dem Abteilungsleiter für Neuzugänge an.

»Hallo, Herr Leonhard, Kai von Bargen hier, ich möchte Ihnen nicht auf die Nerven gehen, aber gibt es schon eine Perspektive für mich, wann ich Freigänger werden kann? Natürlich mache ich mir Sorgen, daß ich den Arbeitsplatz bei der Firma Orth verlieren könnte. Außerdem will ich mich hier nicht zu sehr an die Inaktivität und das Ausruhen gewöhnen.

Meine Gesellschaft in der Zelle wirkt nicht unbedingt motivierend.«

»Herr von Bargen, nun haben Sie doch etwas Geduld, Wir haben hier leider unsere Abläufe. Es ist schließlich immer noch eine Justizvollzugsanstalt. Ich habe Ihnen doch schon mal gesagt, daß ich Sie nicht vergesse.«

Geduld gehört nun aber nicht gerade zu Kais Stärken. Hartnäckigkeit schon eher. Schnell hat er herausgefunden, daß man den gesamten Prozeß dieser Neuaufnahme doch beschleunigen kann. Genau zwölf Tage nach seinem Einzug und nach viel, viel Langeweile hängt sein Name an der Bürotür des Beamten für die morgige Zugangskonferenz. Dort wird entschieden, ob und wenn ja ab wann er in den offenen Vollzug kommt. Das bedeutet mehr Freiraum, Bewegungsfreiheit auf dem gesamten Gelände und natürlich die Möglichkeit, den Knast für die Arbeit zu verlassen. Ob sein tägliches Nachhaken sie ermüdet hatte? Kais Befragung in der Konferenz dauert jedenfalls keine fünf Minuten. Er wisse ja, daß weiter die Anstaltsordnung gelte, daß Unpünktlichkeit beim Fahren zur Arbeit oder Alkoholgenuß draußen sofort Konsequenzen habe, was er denn da bei der Firma Orth mache, und daß das auch kontrolliert werde. Nun darf er seine Sachen packen und raus geht's in eines der Häuser, die er schon bei seiner Ankunft vom Tor aus gesehen hatte. Hier ist mehr Platz, hier sind die Beamten netter und hier kann er jederzeit telefonieren. Natürlich am liebsten mit Anna.

Kristjánsdóttir

»Mister Einar Kristjánsdóttir? Is this your name correctly spoken?«

»Ja, das ist richtig ausgesprochen. Sie können ruhig Deutsch sprechen. Ich habe hier längere Zeit studiert und gearbeitet.«

»Oh, das ist mir recht. Mein Isländisch ist noch etwas ausbaufähig!«

Beide lächeln. Der Paßkontrolleur am Frankfurter Flughafen schaut zuerst auf den nagelneuen Paß, dann auf den gepflegten und sehr gut gekleideten Geschäftsmann mit dem edlen Handgepäck. Die drei Bordkarten im Paß lenken ihn schnell von dessen genauerer Begutachtung ab.

»Ich sehe hier gerade, daß Sie auf den Bahamas nur zwischenlanden und dann über Kingston, Jamaika, nach Aruba reisen. Bitte erlauben Sie mir doch die Frage nach dem Zweck Ihrer Reise.«

»Selbstverständlich gerne. Wenn derzeit einer beruflich Aruba oder die Caymans ansteuert, dann selbstverständlich nicht wegen der Sonne oder dem weißen Sand! Da reichen die Bahamas. Sie können aber gerne schon mal mein Gepäck auf Geldbündel durchsuchen.«

Der feine Herr blinzelt freundlich dem Beamten zu.

»Ich glaube nicht, daß ich da was finde, oder? Dann gute Reise!«

Der Paß stammt ebensowenig aus Island wie »Einar Kristjánsdóttir«. Vor kurzem hatte noch ein »Willi« aus Köln dafür eine fünfstellige Summe kassiert. Isländische Pässe haben den Vorteil, daß Grenzbeamte sie selten sehen und nicht so gut auf Echtheit prüfen können. Die Maschine startet bald, und die Schlange der Bahamas-Urlauber ist noch lang. Der Herr setzt sich mit einem Campari-Orange in die Lounge und wirkt sehr zufrieden. In der Tasche hat er auch noch einen russischen Paß auf den Namen Alexej Leonow. Russische Pässe sind die Sicherheitsleute hier in Frankfurt gewohnt. Da fällt eine winzige Abweichung schnell auf. Dafür sind die russischen erheblich billiger als ein isländischer. Allerdings haben sie zum Beispiel in der Karibik hohen Wert. Wer sich dort im Hotel, beim Autoverleih oder anderswo als Russe ausweist, erweckt sofort den Eindruck, reich zu sein.

Der Boardingaufruf ertönt. Tschüs, verregnetes, kaltes Deutschland! Tschüs, Staatsanwaltschaft Düsseldorf!

Streicher

Kais zuständiger Beamter, Herr Streicher, macht einen sehr netten Eindruck, und zum ersten Mal hat Kai das Gefühl, daß ihm jemand helfen will.

»Herr von Bargen, wenn Sie irgendwelche Fragen haben oder Ihnen irgend etwas fehlt, dann kommen Sie zu mir, wir werden dann schon eine Lösung finden, okay?«

Das klingt nicht floskelhaft so dahergesagt. Streicher ist so Anfang, Mitte dreißig und lächelt ihn an.

»Ich würde natürlich gern so schnell wie möglich arbeiten gehen, sonst ist mein Job weg.«

»Ja, das hab ich mir schon gedacht und habe mal im System nachgeschaut, wann ein Auto frei ist, um ihre Arbeitsstelle zu kontrollieren. Morgen habe ich um 14 Uhr eins, dann kann ich nach Neuss fahren, kurz mit ihrem Chef sprechen, und dann können Sie wohl spätestens zwei Tage später raus zum Arbeiten. Was halten Sie davon?«

Kai ist begeistert und erhält den Auftrag, seinen Chef über den Besuch des Beamten zu informieren. Kai organisiert das, die Kontrolle bei Orth verläuft erwartungsgemäß reibungslos, und dann, zwei Tage später, verläßt Kai mit dem weißen »Zauberausweis«, dem Dokument für das »freie Beschäftigungsverhältnis« die Anstalt. Er fährt einfach so über die Autobahn, ein herrliches Gefühl. Ihm kommt der Werbespruch »Der Duft von Freiheit und Abenteuer« in den Sinn. Darüber kann er nicht mal grinsen, das spürt er wirklich. Erst mal kurz nach Hause duschen, dann sofort zum Laden. Schon komisch, denkt Kai bei sich, irgendwie surreal, er hat aber nichts dagegen. Am Abend würde er auf dem Rückweg noch schnell bei Anna stoppen und ihr kurz etwas schenken. Einen Kuß, mehr Zeit ist nicht.

Türe zu

Die Tür schließt sich, und Kai ist allein. Er hat jetzt ein Zweibettzimmer ohne Fenstergitter. Doch es riecht nach Bohnerwachs und abgestandener Luft. Kai hat manchmal das Gefühl, den Dunst in der viel zu grell beleuchteten Zelle sogar sehen, fast fühlen zu können. Was war passiert in den vergangenen Monaten. Alles ist auf einmal anders. Allein ist er bis dahin nie gewesen. Als Kind mit zwei Schwestern aufgewachsen, der kleine Star der Familie, Mamas Liebling, Omas Augenstern und der große sportliche Hoffnungsträger des Vaters. Freunde, Schulkameraden, Kumpels, ständig irgendwelche Wegbegleiter, die sich nur zu gern mit ihm sehen ließen, denn wo er war, war immer etwas los. Wo er war, da war oben. Später, nach dem Auszug aus der muffigen ostwestfälischen Kleinstadt, lockte die große, weite Welt. Vor allem: nie wieder Langeweile! Das Telefon bedrängte ihn permanent mit SMS oder Anrufen seiner Freunde, der Kollegen, Wegbegleiter, Nutznießer, Neider und Förderer. Immer weiter ging es auf der »Überholspur des Lebens«. Mit Einsatz, Fleiß, Erfolg, Frauen, Glück und Geld. Erinnerungsstücke des permanenten Aufstiegs sammelten sich an. Fast zwanghaft agierte und reagierte er. Klar, er ist eben Sternzeichen Löwe. Viele Leute im Hamsterrad glauben ja fälschlicherweise, sie seien auf den Sprossen einer Karriereleiter. Aber er war sich immer über die Richtung im Klaren. Geradeaus nach oben, nicht im Kreis! Wie konnte das jetzt sein? Alles nur geträumt, alles ein schlechter Film, oder etwa doch ein Märchen, ein Traum oder Alptraum? Wie hatte er nur hierherkommen können? Er setzt sich auf die untere Pritsche des eisernen Etagenbettes in Zelle 138 der JVA. Die filzige Decke ist grau und hat den obligatorischen Aufdruck »Justizvollzugsanstalt Euskirchen«. Sie kratzt. Als er sich niederläßt, fühlt es sich an, als ob er sich auf einen Stein setzt. Kein Wunder, denn die Schaumstoffauflage ist nur etwa fünf Zentimeter dünn. Er verliert das Gleichgewicht, findet keinen Halt. Der gepflegte, wortgewandte und durchtrainierte PR-Manager von

Bargen prallt mit dem Hinterkopf gegen die Wand. Reflexartig reißt er die Beine hoch, um irgendwie das Gleichgewicht zu finden. Mit einem lauten Knall fliegt der Stuhl, der vor dem Bett in der kleinen Zelle steht, gegen den Spind.

»Mann was für ein Mist«, flucht er laut. Da hämmert es gegen die Tür.

»Ruhe hier im Stall, sonst lernen wir uns gleich kennen!«

Nein, ist natürlich nicht Streicher. Der Wärter vom Dienst auf dem Flur hat wohl genausowenig Lust darauf, hier zu sein, wie er selber. Klar, der ist sicher länger im Knast als seine Schäfchen. Kai lacht kurz und leise.

»Schon gut, schon gut. Der Stuhl ist umgefallen«, ruft er und reibt sich dabei den schmerzenden Hinterkopf.

Stille! Erst jetzt merkt er, daß er ganz schön müde ist. Gut so. Morgen ist er wieder um halb sechs der erste an der Pforte, um mit Annas Wagen zur Arbeit zu fahren. Sie hat ihm die Kiste geliehen. Und am Abend wird er spät hierhin zurückkommen. Das liegt daran, daß die Fahrten zur und von der Arbeit sowie die Mittagszeiten nicht zur reinen Arbeitszeit gerechnet werden. Somit werden rund 15 Stunden Abwesenheit akzeptiert. Nur die Wochenenden, die können lang werden. Aber Streicher wird dafür sorgen, daß Kai nette Zimmerpartner bekommt. Den älteren Geschäftsmann, der zu unvorsichtig mit Geld umgegangen ist oder dann den netten Jungen mit Migrationshintergrund, dem seine Unkenntnis über das Betäubungsmittelgesetzes Haft beschert hatte. Männer, mit denen er gut klarkommt und vernünftig reden kann. Und mit Kai kommt umgekehrt sowieso fast jeder klar. Bald wird er auch an den Wochenenden Urlaubstage bekommen, und die werden sich bei guter Führung mit der Zeit häufen. Alles Zeit, die er mit Anna verbringen kann! Sein Mut für die Zukunft verdrängt täglich den Frust, sich mit der Situation abfinden zu müssen. Also, jetzt Augen zu und durch. Ein Kai von Bargen kämpft, auch in dieser Zeit. Und Kämpfer müssen gut ausgeruht sein. Er wiederholt genau diese Überlegung immer wieder. Und schon schläft er ein.

»Also, gnädige Frau, haben Sie nicht eines bei Ihren sehr sachlichen und nachvollziehbaren Überlegungen außer Acht gelassen?«

Kai steht mit der etwa sechzigjährigen Gattin des Tiefbauunternehmers Schmitt im Ausstellungsraum vor den Badewannen.

»Was meinen Sie denn, Herr von Bargen?«

»Die Größe natürlich! Das hier ist zwar gute Qualität und paßt sicher perfekt zu den wunderbaren marmorierten Fliesen, die Sie sich ziemlich treffsicher ausgesucht haben. Aber wir haben ja beim Ausmessen in Ihrem Haus festgestellt, daß das Badezimmer auch sehr viel Raum für Extras bietet. Und jetzt komme ich zur Größe. Diese Wanne hier bietet doch nur Platz für eine Person! Die dort drüben würde bei Ihnen auch gut passen. Sie ermöglicht bequem das Baden zu zweit. Natürlich ist es auch hier möglich, Massagedüsen einzubauen.«

Sie lacht laut auf und schüttelt den Kopf.

»Herr von Bargen, aus dem Alter sind doch mein Mann und ich schon lange raus.«

»Muß ja auch nicht Ihr Mann sein, wenn der nicht will und nicht mehr erkennt, was für eine attraktive Gattin er hat.«

»Hören Sie auf, Sie Schmeichler.«

Er hatte es natürlich so gesagt, daß es nicht anstößig wirkte.

»Oder stört Sie der höhere Preis für eine Doppelwanne? Darüber können Sie mit Herrn oder Frau Orth natürlich reden.«

»Nein, weil das Bad schön werden soll, spielt das keine große Rolle.«

Sie schlendern rüber zu dem Prachtstück.

»Welche Armaturen empfehlen Sie?«

»Hochwertige, moderne Markenbatterien ohne Schnörkel, natürlich kein Gold. Leute wie Sie brauchen das nicht, um zu glänzen.«

»Okay, sind Sie dabei, wenn die Wanne eingebaut wird, damit ich Ihnen die Ohren langziehen kann, wenn es nicht paßt?«

»Selbstverständlich werde ich beim Einbau vorbeikommen. Das mit den Ohren wird nicht der Fall sein. Seien Sie versichert, Sie werden das Stück so lieben, daß Ihr Gatte auf die Wanne eifersüchtig werden wird.«

Natürlich wird die Dame das Markenprodukt für zwei Personen inklusive Markenarmaturen kaufen. Kai wird den Einbau persönlich begleiten. Er ist oft auf den Baustellen und packt mit an. Jetzt muß er aber in die Mittagspause zur kleinen Pizzeria gegenüber. Da möchte er mit Professor Blatzheim telefonieren. Es geht um seine sogenannte »Halbstrafe«. Bei guter Führung wird in der Regel das letzte Drittel der Haft zur Bewährung ausgesetzt. Bei besonderen persönlichen Belangen sogar die zweite Hälfte der Haft. Ja, und diese Gründe muß Kai noch mal mit seinem Anwalt besprechen. Natürlich ruft er auch Anna an, daß er noch eben zum Duschen reinspringt, bevor es zurück nach Euskirchen geht. Sie hat sicher auch wieder Post für ihn daliegen. Komisch, von der Situation scheinen bis auf Anna alle zu profitieren. Kai hat einen nicht üblen Job, der mit Fahrzeit rund 15 Stunden am Tag beansprucht, er muß also im Knast nur schlafen. Die Orths haben ein Verkaufstalent mit handwerklichen Fähigkeiten zu einem Gehalt an der Pfändungsgrenze sowie das gute Gefühl, der Resozialisierung im Strafvollzug einen Dienst zu erweisen. So vergeht die Haftzeit immer schneller.

Und an der Halbstrafe arbeitet einer der besten Strafverteidiger der Republik.

Drei Gläser zu viel!

Kai und Anna haben mal wieder Streit. Ein Wort gab das andere und schon rauscht sie vom Hof. Kai ist nun allein in seiner kleinen Souterrainwohnung, andere würden sagen: in seiner Kellerwohnung. Doch das läßt Kai nicht gelten. Wenn schon im Keller, dann mit Stil, also im Souterrain. Vor ihm liegt ein

Brief der Krankenkasse. Viel Post bekommt er momentan nicht. Er mußte sich einschränken, hatte bis auf die Krankenversicherung alles gekündigt, er mußte sogar das Auto gegen ein Fahrrad tauschen. Die Wohnung hatte er sich genommen, als Anna sich kurzfristig von ihm trennte. Grund war dieses ständige Gerede im Freundeskreis, in der Familie, bei der Arbeit und anderswo. Immer die gleichen Fragen.

»Wie geht es ihm denn da im Knast?«

»Wie schon!«

»Hast du denn nie was gemerkt, was der da mit diesem Fuchs getrieben hat?«

»Wie kommst du denn mit deinem Privatleben klar, wo der doch meist nicht da ist? Du weißt schon, was ich meine.«

»Mensch Mädel, du hast doch eine schulpflichtige Tochter, und der Kai wird doch nie mehr auf einen grünen Zweig kommen. Willst du dir das denn langfristig weiter antun?«

Aber auch Kai hatte sich etwas verändert, er war härter geworden, ruppiger, ungeduldiger. So setzte Anna ihn einmal schlicht vor die Tür. Dann kam sie doch zu ihm zurück, weil sie gemerkte hatte, daß er sich mit aller Kraft wieder hochkämpfen würde. Diesen unbändigen Willen mag Anna sehr an ihm. Doch nun wieder Streit, und sie ist schon wieder weg. Dabei hatte er sich so auf diesen gemeinsamen Freitag gefreut. Zudem ist heute der Todestag seiner so geliebten Mutter, ein besonderer Tag. Eine besondere Wehmut beschleicht ihn an jedem 24. November. Er ist zwar im Vollzug, muß aber erst spätestens um ein Uhr nachts wieder in der JVA sein. Er öffnet den Kühlschrank und gießt sich ein Glas Wein ein, trinkt auf die Verstorbene, die stets die Hand über den kleinen Kai gehalten hatte, die immer auf seiner Seite stand.

»Mann was für ein Mist«, entfährt es ihm.

Er ist mit seinen Gedanken gleichzeitig bei Anna, wie sie gerade vom Hof gefahren ist, wutschnaubend, ohne eine Erklärung oder Entschuldigung zuzulassen. Kai gießt sich ein zweites Glas Wein ein und prostet sich selbst zu. Alkoholverbot und Pünktlichkeit sind absolutes Gesetz im Strafvollzug.

Aber bislang ist er bei der Rückkehr nach Euskirchen noch nie kontrolliert worden. Er blickt auf die Uhr. Es ist gerade erst zehn. Noch zwei Stunden, dann muß er spätestens losfahren, um pünktlich da zu sein. Er liest und schaut fern, bekommt aber kaum was mit. Gegen halb zwölf gibt er sich einen Ruck.

»Ach was soll's. Noch ein Glas, und dann ist aber gut.«

Während der Fahrt versucht er immer und immer wieder Anna anzurufen, sie geht nicht ran. Tja, so ist das mit ihr, sie entzieht sich in solchen Situationen jeglicher Diskussion und bestraft Kai mit Nichtachtung. Für ihn sind es immer nur Kleinigkeiten, die zu solchen Eskalationen führen, für Anna aber eben nicht. Kai rumpelt mit dem alten Fliesenlegerwagen seines Chefs Orth auf den Parkplatz der JVA und parkt mit Schwung ein. Aus den Augenwinkeln bemerkt er zwei Männer, die sich seinem Auto nähern. Kai steigt aus und erkennt die Beamten Zieselberg und Runde.

»Guten Abend, Herr von Bargen, das war aber flott, wie sie hier auf den Parkplatz gefahren sind.«

Runde, einer der schärfsten »Hunde«, wie ihn die Häftlinge hier betiteln, mustert Kai aufmerksam. »Na ja, wie immer, das war doch nicht schnell«, entgegnet Kai beiläufig.

Er beobachtet, wie sich die beiden sonderbar in Position stellen, so als ob sie ihm den Weg versperren wollen.

»Haben Sie Alkohol getrunken?« fragt nun Zieselberg.

Kai verneint das und befürchtet doch, daß die beiden uniformierten Männer in der klaren Abendluft seine Fahne sicher schon gerochen haben.

»Na, dann kommen Sie mal mit, wir glauben nämlich schon, daß Sie getrunken haben, Ihre Augen sind so glasig.«

An der Wache angekommen, muß Kai pusten, immer unter den wachsamen Augen der beiden JVA- Bediensteten. Das Gerät zeigt 0,9 Promille an. Ein zweiter Versuch ergibt ein ähnliches Ergebnis. Kai weiß, was das bedeutet. Er versucht, sich mit seiner stärksten Waffe, dem Mund, und mit klassischen Argumenten zu retten.

»Hören Sie, heute ist der Todestag meiner Mutter und da habe ich eben ein Glas Rotwein auf sie getrunken. Außerdem nehme ich Medikamente gegen meine Erkältung. Ich bin nicht betrunken, das liegt ganz sicher an der Kombination von Medikamenten und Rotwein.«

Seine Stimme ist nun unterwürfig, fast schon flehend. Aber er ahnt Schlimmes. Mit den beiden Beamten ist nämlich »nicht gut Kirschen essen«. Mit den meisten anderen »Jungs«, wie er das Wachpersonal mittlerweile nennt, kann man reden. Die meisten hätten auch wohl gesagt: »Na, dann belassen wir es bei einer informellen Verwarnung, jetzt ab ins Bett und lassen Sie sich nie wieder erwischen.«

Nicht so die beiden! Sie bleiben hart und legen ihm sofort Handschellen an. So sieht es die Dienstordnung vor. Kein Raum für Kompromisse. Kai ist mulmig zumute. Es geht nun quer über das Gelände. Erst jetzt merkt Kai, wie kalt es in dieser Nacht ist. Aber die Kälte seiner Begleiter läßt ihn zusätzlich frieren. Unten im Keller von Haus 4 ist der sogenannte »Bunker«. Vier Gewahrsamszellen für einen kurzfristigen Aufenthalt vor oder nach Gefangenentransporten. Grelles Licht, mehrere Kameras, deren Bilder vorne an der Wache beobachtet werden. Kai muß jetzt Gürtel, Schnürsenkel und alles, was er in den Taschen hat, abgeben. Zigaretten und Feuerzeug darf er behalten. Die Beamten geben ihm ein Buch.

»Falls ihnen langweilig wird«, sagt Zieselberg und grinst.

Kai könnte ihm jetzt sofort eins auf die Fresse geben, kann sich aber soeben noch beherrschen. Er läßt sich nichts anmerken. Das Türschloß rastet laut ein und Kai ist allein. Auf dem Flur hört er noch die sich entfernenden Schritte, eine schwere Eisentür und dann nur noch Ruhe. Der Raum ist taghell und das wird auch so bleiben. Wegen der Kameras. Aber was soll er hier anstellen? Man hat ihm doch alles weggenommen. Also, Psychoterror, denkt er sich. Bett, Stuhl, Tisch, Becken und Kloschüssel. Mehr ist hier nicht. Über der Toilette ist die Kamera angebracht, von der aus die wachhabenden Beamten ihn jederzeit beobachten können. Auch beim großen Geschäft? Vermutlich. Kai zündet sich eine Zigarette an.

»Was für ein elender Mist«, sagt er sich. »Was hab ich da getan?«

Er raucht noch zwei, drei Zigaretten und beginnt dann, sein hartes Bett zu beziehen.

»Wie spät es wohl sein mag?« Kai hat keine Uhr, die haben sie ihm auch abgenommen. Er merkt jetzt den Alkohol, hat Nachdurst, aber nichts zu trinken, keinen Becher, kein Glas. Also hängt er seinen Mund unter den abgeschnittenen Wasserschlauch des Waschbeckens.

»Entwürdigend!« flucht er.

Aber sein Optimismus ist nicht ganz verschwunden.

»Na ja, das wird sich wohl morgen alles klären.«

Kai rollt sich in die muffige und kratzende Decke, bedeckt damit auch den Kopf, um der Helligkeit zumindest ein bißchen zu entkommen. Irgendwann wird er von einem unbekannten metallischen Geräusch geweckt. Zwei Beamte stehen in der Tür, zwei von den »Jungs«, den netten.

»Guten Morgen, KvB!«

Kai reibt sich die Augen und hat Durst.

»Guten Morgen, Herr Jochimsen, schön Sie zu sehen.«

Auf einmal ist er hellwach und schöpft Hoffnung. Vielleicht lassen sie ihn jetzt doch wieder raus. Die Hoffnung zerplatzt schnell, als die Männer ihm sehr formell und mit ernstem Blick eine Tüte mit Brot und etwas Aufschnitt überreichen. Dann schließt sich die Tür wieder, bevor er irgendeine Frage stellen kann. Wie spät ist es? Kai hat schon jetzt jegliches Zeitgefühl verloren. Er ißt etwas von dem harten Brot und findet in der Tüte einen Tetrapack Kakao. Ein kleines Glück in dieser tristen Umgebung. Einige Stunden später, so sein Gefühl, öffnet sich die Tür erneut und Herr Jochimsen ist allein da. In zehn Minuten bekommt Kai gesagt, was los ist. Er habe ein schweres Vergehen begangen, Alkohol im offenen Vollzug sei ein Vertrauensmißbrauch, der jetzt geahndet werde. Wahrscheinlich müsse er bis auf weiteres in einen anderen Knast ohne Freigang. Vor Montag passiere allerdings nichts, weil der Bereichsleiter erst dann wieder im Dienst sei. Jochimsen läßt Kai ein paar Zeitungen da und bietet ihm an, später Zigaretten mitzubringen. Das war's. Fassungslosigkeit, Wut und Verzweiflung machen sich abwechselnd in Kai breit. Was soll er denn jetzt bloß machen? Anna kann er nicht erreichen, denn er darf nicht telefonieren. Womit auch. Sie würde heute auf ihn warten, sie wollten zusammen zu einem Trödelmarkt gehen. Sie wollte dort ihre selbstkreierten Handwerksarbeiten verkaufen. Darauf hatte sie sich so gefreut.

Kais Kopf dröhnt. Sein Gehirn arbeitet auf Hochtouren. Aber da zündet keine rettende Idee wie sonst immer. Zwei quälende Tage später kommt der Bereichsleiter in seine Zelle und eröffnet ihm ohne große Regung den Beschluß: geschlossener Vollzug in Hagen. Keine Diskussion. Selbst Kais Tränen und sein Betteln, doch noch einmal Gnade vor Recht ergehen zu lassen, bewirken nichts. Am nächsten Morgen sitzt er in einem dunkelgrünen Bus mit schmalen Fensterschlitzen. Er erlebte eine »Rundreise« mit »Knasttours« durch das schöne Nordrhein-Westfalen. Überall steigen Gefangene aus oder zu. In Köln-Ossendorf, Remscheid und vielen weiteren Ortschaften bis Hagen. Eine unwirkliche Situation. Um Kai herum sind ausschließlich Schwerverbrecher, harte Jungs mit grimmigem Blick. Er hat Angst, aber dann fällt ihm ein, daß er ja auch etwas verbrochen hat. Aber hatte er Menschen verletzt, getötet, oder sie abhängig gemacht? Nein! Er sieht sich sehr schnell wieder als Mitschöpfer eines gesetzeswidrigen »Kunstwerks«. Okay, Vollzug ja, das war der Preis, aber bitte nicht mit denen hier in einem Bus! Das geht ihm zu weit.

Auf »Alcatraz«

»Hurra, das ist wie Weihnachten!«

Jan jubelt wie ein kleines Kind und fällt Miro in die Arme. Sie sehen schon irgendwie komisch aus, die zwei: Jan trägt eine viel zu kurze blaue Sporthose und ein hellblaues, zu großes Unterhemd, Miro eine unmodische Jeans und einen blauen Schlabberpulli. Die beiden sind Polen und lassen ihrer Freude freien Lauf. Kai steht daneben, und noch vor kurzem hätte er diese Situation des kleinen Glücks nicht teilen können. Denn er war noch nicht hier im geschlossenen Vollzug in Hagen. In Euskirchen hatte er zuletzt schon das Gefühl, alles im Griff zu haben. Er wußte, wie es läuft, machte also keine Fehler, außer dem einen, oder ließ sich zumindest nicht dabei erwischen. Dann die längsten vier Tage seines Lebens im »Bunker«. Es folgte die Verlegung in den geschlossenen Vollzug nach Hagen. Hagen ist nicht irgendein Knast, Hagen heißt bei den schweren Jungs »Alcatraz«. Und das nicht von ungefähr. Die hier dauerhaft Einsitzenden sind die Härtesten. Ab sofort trägt auch Kai immer blaue Anstaltsklamotten. Als einziges Medium stehen dem Radiomann und PR-Profi nur noch braun-graues Recyclingpapier und ein Bleistift zur Verfügung. Aber das Schlimmste ist sein Frust. Nein, er wußte das vorher, das mit dem Alkoholverbot und den Folgen bei dessen Mißachtung. Die Anstalt tat nur das, was sie tun mußte. Kai ist stinksauer auf Kai. Zum Glück ist er nun nicht allein wie im Bunker. Jans und Miros Freude über die gelieferten Lebensmittel lassen ihn den Schmerz und den Ärger über sich selbst einen Moment lang vergessen. Jan hat Rasierer, Nagelfeilen, Cola, Tee, Zucker, Kekse und natürlich Kaffee und Tabak bekommen. Schokolade und Gummibärchen gibt es auch noch. Irgendwie erinnert das an die Pakete, die Kais gutbürgerliche Eltern damals zu Weihnachten in die DDR geschickt haben. Und dort haben sich die Familien sicher auch so gefreut wie Jan und Miro heute in Hagen. Sicher auch Anna und ihre Familie in Brandenburg. Oh ja, Anna! Sofort senkt sich Kais Blick. Was will er ihr denn noch alles antun? Wie kommt sie jetzt draußen klar ohne Kontakt zu ihm? Jan hat sich auf die Toilettenschüssel gesetzt und putzt seine Schuhe. Kai lehnt sich an den Stuhl, vielleicht anderthalb Meter entfernt, und beobachtet ihn verwundert.

»Hey, Jan, ich glaube du bist der einzige im Knast, der seine Schuhe putzt!«

Der Zellenkollege nimmt noch etwas Creme aus der blauen Nivea Dose und grinst.

»Ja, muß!«

Dann kontrolliert er sein bisheriges Putzergebnis. Gleich sind die Kunstlederpantoffeln dran. Jan ist ein Mann mit Prinzipien, und warum sollte man die aufgeben. Sie alle sind ja nicht für immer hier drin. Gleich ist Hofgang, die einzige Stunde am Tag außerhalb der Zelle. Gestern, als Kai und Jan auf dem kleinen, mit Taubendreck beschmutzten Hof ihre Runden gedreht haben, hat der Mann aus Wrocław, wie Breslau auf polnisch heißt, aus seinem Leben erzählt. Wie er mit einem seiner zwei Söhne nachts auf einen Berg geklettert ist, um den wunderschönen Tagesanbruch anzusehen. Wie er beim polnischen Militär zum Elitesoldaten ausgebildet wurde, und wie wichtig Gastfreundschaft für ihn ist. Hier in Hagen wird Gastfreundschaft anders definiert und in großen Lettern ist auf dem schwarzen Brett am Eingang zu lesen: »Wir sind nicht schuld, daß Sie unser Gast sind!« Ganz schön zynisch, wenn auch nicht falsch.

Miro liegt bäuchlings auf dem Bett und schläft. Der Dreißigjährige ist kaputt, kaputt vom Nichtstun. Doch der Eindruck kann täuschen, denn hier im Knast geht es mehr um die geistigen Anstrengungen, um die vielen Gedanken, die im Kopf kreisen. Was war, was hätte sein können, quälende Erinnerungen, zermarternde Gedanken an verpaßte Chancen, und immer und immer wieder die Frage: Was wird aus einem, wenn man rauskommt? Im besten Falle, so wie bei Miro, gibt es darauf eine Menge guter Antworten: Rapper, Musikproduzent, Familienvater oder einfach nur Lottomillionär. Stunde um Stunde berichtet er Jan und Kai davon. Es sind quälende Stunden, besonders für Kai, denn so viel Blödsinn mitanhören zu müssen, ohne die Chance zur Flucht zu haben, ist schwer zu ertragen. Der Zellenboden und das Bett von Jan sind übersät mit jeder Menge Krimskrams. Herausgerissene Zeitungsseiten, leere Toffifeeschachteln, Kaugummipapier, Schnürsenkel, Wattestäbchen, Tesafilm, Teebeutelschnüre und noch vieles mehr, was der Zweiundvierzigjährige hier im Knast auftreiben konnte. Nichts ist vor seiner Suche nach Bastelmaterial sicher. Jan baut eine Weihnachtskrippe und erklärt: »Das hier ist jetzt und noch länger mein Zuhause.«

Heute ist der erste Advent. Da gibt es für den gläubigen polnischen Katholiken kein schöneres Thema als Weihnachten. Jan ist unumstritten der Künstler in Zelle Nr. 241, wenn man Kais mit Fuchs konstruiertes »Factoring-Kunstwerk« mal außen vor läßt. Mehrfach hat der Pole seine Frau gezeichnet, mit Bleistift, von einem Paßfoto als Vorlage. Für Miro hat er in stundenlanger Arbeit einen roten LKW mit einer nackten Blondine auf ein Anstaltsunterhemd gemalt. Ganz sicher ist das verboten. Aber mit was wollen sie ihn hier im Knast schon bestrafen, mit Knast etwa?

Banking auf Aruba

»Doppelpaßinhaber« Einar Kristjánsdóttir sitzt mit einem Cocktail im Warteraum der »Caribbean Exchange Bank«. Am Morgen hatte er sich nach dem gewohnt opulenten Frühstück seines Fünfsternehotels auf der herrlichen Strandpromenade in Aruba gut entspannt. Die Karibikinsel gehört zu den Niederlanden. Ein optimaler Ort, um als Geschäftsmann Geld für interessante Investments zu transferieren. Einar ist hier als Geschäftsführer einer holländischen Eventagentur bekannt, die ihr Kapital und ihre Geschäfte von einer anderen Agentur, der eines gewissen Max Fuchs, übernommen haben soll. Dieser war gestorben. Die Sterbeurkunde sowie alle anderen notwendigen Papiere sind in der Mappe vor Kristjánsdóttir. Jetzt hat er also den Termin. Er muß nicht mal auf Englisch verhandeln, was ihm vielleicht schwerfallen könnte. Viele Holländer sprechen gut Deutsch und er ist nicht der einzige deutsche Kunde hier. Er will Geld von den Geschäftskonten in den

Niederlanden nach Panama verlagern, wo er vielleicht auch bleiben möchte. Aus Gesundheitsgründen. Weil es da auch im Winter schön warm bleibt.

»Herr Kristjánsdóttir?«

»Ja?«

»Herr van der Velt erwartet Sie. Kommen Sie bitte mit! Möchten Sie gleich noch einen Kaffee oder Cocktail für das Gespräch?«

»Darf ich vielleicht die Unverschämtheit besitzen, Sie zu fragen, ob Sie ein kleines Fläschchen Champagner im Kühlschrank haben? Ich brauche jetzt etwas Frisches zum Aufmuntern.«

»Nein. In dieser Bank gibt es nur große Flaschen Champagner.«

Leckerer Schnibbelbohneneintopf

Daß Kai hier ist, hat Anna durch seinen Zimmerkollegen in Euskirchen erfahren und sofort bei anderen, der Familie in Lübbecke und bei Severin, Alarm geschlagen. Jetzt ist sie so richtig fertig. In einem der danach täglich ankommenden Briefe hatte Kai sie gebeten, ihm ein Foto zu schicken. Ganz sicher wird Jan dann auch für sie ein Bild malen, das hatte er jedenfalls schon versprochen. Er ist sehr hilfsbereit, ein guter Mensch! Eiskalte Luft schlägt ihnen nun entgegen. Kai zieht sich die Kapuze seines Parkas über den Kopf. Auf dem Boden vor ihm liegt Schnee. Er schließt den oberen Knopf und geht los. Vor ihm sind schon andere hier entlanggestapft. Er folgt dem »Trampelpfad« ganz automatisch. Die frische Luft tut gut, und er atmet tief ein. Kai spürt, wie der Sauerstoff seinen Körper belebt, er geht an elf Fenstern vorbei, macht eine Kurve nach links und passiert dann neun weitere Fenster. Noch mal links. Dann wieder elf Fenster. Langsam füllt sich der Hof der JVA Hagen. Nach dreiundzwanzig Stunden in den Zellen mit muffiger und nikotindurchsetzter Luft kommt bei den Männern so etwas wie Übermut auf, einige bewerfen sich mit Schneebällen. Manchmal riecht es in den Zellen auch nach Tee, verbranntem Tee. Dann nämlich, wenn der Tabak alle ist. Ja, man kann Tee rauchen. Kai lernt hier so einiges, von dem er vorher nichts wußte. Gestern gab es Schnibbelbohneneintopf. Das machte später die Luft und das Leben in den kleinen Zellen noch unerträglicher. Alle freuen sich nun über den Hofgang. Überall Gemurmel. Es geht wie immer nur um zwei Dinge: die eigene Unschuld und um Tabak. Alle fühlen sich mehr oder weniger ungerecht behandelt, und alle haben Schmacht nach einer Zigarette. Kai nicht! Er weiß, daß er Mist gebaut und den jetzt auszubaden hat. Zigaretten hat er genug. »Alles eine Frage der Einteilung und der Disziplin!«

Aber er weiß selbst, daß das mit der Disziplin so eine Sache ist, sonst wäre er ja nicht hier, unter Junkies, Räubern, Totschlägern, und kaltblütigen Mördern. Einer – so hörte er – habe seine vierzehnjährige Nichte erschossen. Ein »Ehrenmord«, wie viele Kurden es für sich legitimieren. Ein anderer erzählte beim gemeinsamen Duschen fast ohne Hemmung, daß er seine Schwiegermutter mit bloßen Händen erwürgt hat. Kai fröstelt es in solchen Momenten. Ihm steht dann nicht der Sinn nach den gleich darauf dargebotenen Schwiegermutterwitzen. Egal, jetzt gilt es, diese »Bewährungsprobe« auszuhalten. Schlimm! Auch für alle, die ihm nahestehen! Kai haßt es zudem grundsätzlich, von anderen abhängig zu sein. Das war er zuletzt auch bei Max, als der ihn unter Druck setzte.

»Mahlzeit!«

Jeden Tag das gleiche. Das Mittagessen ist da. Der Beamte nickt und schiebt die schwere Eisentür mit einem metallischen Krachen zu. Danach folgt das typische laute Klacken der Riegel, und schließlich sperrt der große Schlüssel des »Schließers« das Schloß zu. Bald ist er nicht mehr mit Jan und Miro zusammen, statt dessen mit einem Fernseher. Einzelzellen sind schnarchfreie Vergünstigungen, wenn man sich die erste Zeit ordentlich verhält, ein Fortschritt Richtung offener Vollzug. So richtig allein ist man aber auch da nicht. Auf dem Flur der Abteilung 3a hört er noch, wie auch die beiden Insassen in den Zellen neben ihm ihr Essen bekommen. Sein neues, eigenes Reich. Stolze acht Quadratmeter mit Toilette, Bett, Schrank, Tisch und Stuhl, alles für ihn allein, herrlich! Es gibt wieder Schnibbelbohneneintopf. Donnerstags gibt es immer Eintopf auf »Alcatraz.« Kai blickt kurz von seinem Teller auf und schaut auf das Foto, das Anna ihm geschickt hat. Darauf sieht sie so zerbrechlich aus, wirkt so hübsch und dennoch auch so unnahbar.

»Kai von Bargen wirkte ständig wie aufgekratzt, er liebte schnelle Autos und schöne Frauen.« So stand es im Vorfeld seines Prozesses in der Neuen Westfälischen. Kais langjährige Freundin Lo aus Minden hatte Anna daraufhin angerufen und gejubelt.

»Hey, wenn du bisher noch Zweifel an deiner Schönheit hattest, jetzt hast du es sogar schriftlich. Er liebt also schöne Frauen, und mit dir ist er jetzt sogar verlobt!«

Schön, daß Anna ihn nicht verlassen hat. Er hätte es sogar verstanden. Und da waren noch ein paar, die ihn nicht enttäuschten. Aber auch andere, die er für Freunde gehalten hatte. Im Knast hat man viel Zeit, sich zu erinnern und für die Zeit danach Verhaltenspläne zu schmieden. Noch sechs Tage, dann kommt seine Süße endlich zu Besuch. Diese Frau in so einer tristen Umgebung. Fast schämt er sich, ihr das zuzumuten. Kai schließt die Augen und denkt an seine Zukünftige. Ob er vor deren Besuch wohl noch zum Friseur kann? Anna wird nach dem Besuch Amadeus Severin anrufen.

»Ich mache mir große Sorgen. Er sah so blaß aus und so kraftlos. Das macht einem Angst.«

»Wenn einer dreiundzwanzig Stunden in einer Zelle verbringt und kein gutes Essen bekommt, dann ist das so. Mach dir keine großen Sorgen. Der ist zäh. Der hat Kraft. Wenn einer sie hat, dann er.«

Amadeus will sie so beruhigen. Seine Freunde versuchen über Professor Blatzheim, ihn so schnell wie möglich wieder rauszuholen. Aber eins hatte Anna Kai beim Besuch noch nicht gesagt: daß die Orths das Arbeitsverhältnis nicht fortsetzen wollen, wenn er wieder zurück in Euskirchen ist. Ohne Job kein Freigang, bis auf wenige Tage Hafturlaub? Das wäre zu viel für ihn.

Schlechte Jungs mit schlechten Tattoos

Montags und donnerstags darf Kai duschen. Beim ersten Duschen vor mittlerweile 33 Tagen beschlich Kai ein seltsamer Gedanke. Der Duschraum erinnerte ihn an einen Film über KZs. Was für ein unangemessener Vergleich! Aber ihm kam es nun mal in den Sinn. Ein Gedanke, der einen kalten Schauer über seinen Rücken laufen ließ. Heute hat sich bereits Routine eingestellt. Es ist zwar häßlich im Duschraum, aber es macht ihm nichts mehr aus, den abartigen Gestank nach aggressiven chemischen Reinigungsmitteln zu ertragen, nach abgestandenem Wasser und Schimmel. Woran er sich nicht gewöhnen kann, ist der Anblick dieser meist unattraktiven oder, besser gesagt, potthäßlichen Männerkörper. Schwabbelige und aufgedunsene Gestalten mit unsagbar schlechten Tätowierungen. Und dabei geht es nicht mal um die allesamt negativen Motive, sondern eher um deren Machart. Kai ist nun mal Ästhet! Fast alle hier haben selbstgemachte Tattoos, im Knast gestochen, mit elektrischen Rasierapparaten und ähnlichen, zusammengebastelten Geräten, die weder ein sauberes optisches noch ein hygienisches Ergebnis erzielen konnten. Kai blickt an sich herunter. Drei Kilo hat er verloren. Eigentlich nicht schlecht. So ist sein Sixpack voll sichtbar, und seine Muskeln sind klarer definiert als sonst. Er hat professionelle »Lifestyle-Tattoos«, perfekt gestochen, wohlüberlegt ausgedacht und wohlüberlegt plaziert. Wenn dieser Alptraum hier vorbei ist, dann würde er sich einen »Fluß des Lebens« auf der Innenseite des rechten Unterarms anbringen lassen, und natürlich Anna als »Pin-up-Girl« auf der Oberseite des Unterarms. In Farbe! Immer häufiger kommen Mut und Optimismus zurück, und er fängt wieder an, Zukunftspläne zu schmieden. Natürlich achtet er hier in diesem Drecksloch darauf, daß ihm nie die Seife hinfällt. Schließlich hat Kai ja genug Filme gesehen, in denen sich im Knast vereinsamte Schwabbelriesen in sportliche Sixpacks verlieben. Bei solchen Gedanken greift er meist schnell wieder zum rauhen, abgenutzten Handtuch. Bloß weg hier!

Zurück in »Bad Euskirchen«

Die täglichen Liebesbriefe von Anna sind sein Halt in zehn endlos scheinenden und quälenden Wochen. Kai ist sich jetzt sicher: Er wird sie heiraten und dann alles besser machen! Seine Rückkehr in den Vollzug nach Euskirchen kommt fast einer Wiedersehensparty gleich. Die ihn betreuenden Beamten grüßen freundschaftlich und offenbar sogar erleichtert, daß ihr pflegeleichter Vorzeigehäftling Hagen wohl gut überstanden hat. Ein paar Mitgefangene fallen ihm sogar um den Hals. Anna hat ihm beim Sonntagsgottesdienst in der Anstalt, bei dem auch Angehörige und Freunde zu Besuch sein dürfen, ein Handy zugesteckt. Er hat damit wieder Kontakt zur Welt. Ein Handy hat jeder hier, obwohl man es eigentlich nicht haben darf. Das wissen natürlich auch die Betreuer und die JVA-Leitung. Man geht hier allerdings sehr »rheinisch« damit um, immer nach dem Motto: Was ich nicht weiß, macht mich nicht heiß. Bloß nicht offen herumliegen lassen, und nicht vor den Augen der Beamten damit rumfuchteln oder gar telefonieren! Okay, aber auch sonst jetzt bloß keinen Fehler mehr machen und schnurstracks auf eine vorzeitige Entlassung auf Bewährung hinarbeiten. Die Halbstrafe kann er wegen des Hagenintermezzos natürlich vergessen. Am 30. April 2014 hat er zwei Drittel geschafft. Sein Anwalt Professor Blatzheim hat längst den Antrag gestellt, ihn dann zu entlassen. Und es sieht gut aus, hat er gesagt. Kai muß sich jetzt zunächst jedoch den erforderlichen Status im Vollzug zurückverdienen. Er hat zwar wieder ein Zweimannzimmer, aber die Ausgangserlaubnis ist noch eingeschränkt. Wochenlang. »Erzieherische und vertrauensbildende Maßnahmen« nennt man das hier. Er hat es geschafft, nun für eine Eventagentur arbeiten zu dürfen. Nach der üblichen Kontrolle hat die JVA auch zugestimmt. Für Frau Orth betreut er noch die Webseite. Auf sie und ihren Mann ist er nicht sauer. Zum einen haben sie ihm geholfen, als sonst keiner half, und zum anderen wollte er ohnehin nicht länger Unternehmergattinnen Doppelbadewannen empfehlen und einbauen. Jetzt ist er auf der richtigen beruflichen Schiene. Er genießt es sehr, wieder journalistisch arbeiten zu dürfen. Hauptsache raus zum Arbeiten und an den Wochenenden hin und wieder Zeit mit Anna verbringen. Jeden Morgen steht er um viertel nach fünf auf, um zügig nach Düsseldorf zu fahren. Kurz ins Fitneßstudio, danach zum Job. Später schnell nach Hause. Kai, Anna und ihre Tochter essen dann gemeinsam zu Abend. Das ist immer der Höhepunkt des Tages. Sie wohnen nun zwei Etagen über seiner kleinen Souterrainbehausung. Kurz darauf schnell wieder zurück nach Euskirchen. Das Zeitfenster ist eng, und er ist pünktlich. Hagen zeigt große Wirkung. Das, was wie Streß aussieht, ist für Kai die reinste Erholung. Freiheit, draußen sein – das hatte er in den zehn Wochen »Alcatraz« gelernt – ist das wichtigste. Das beschleunigt die Zeit. Kai versucht, so viel Job und Privataktivitäten wie möglich in die Tage zu pressen, und die vergehen wie im Flug. Was in der JVA passiert? Uninteressant, er bekommt ohnehin nicht viel mit, denn wenn er morgens losfährt, schlafen die meisten »Kollegen« noch, und wenn er abends wiederkehrt, dann sind die anderen schon in der Koje. Er hat Grundsätze: Bloß keine Zeit mit Schlafen verschwenden. Außerdem hat er Anna während seiner Zeit in Hagen einiges versprochen, besonders, immer für sie da zu sein.

Dann der ersehnte Anruf. Auf dem Handydisplay die bekannte Euskirchener Nummer.

»Tach, Herr Loose, wie sieht's aus?

»Jut, KvB, bei Ihnen auch?

»Sie kennen doch den Witz: Treffen sich zwei Anwälte. Fragt der eine: ›Wie geht's?‹ Darauf der andere: ›Schlecht, ich kann nicht klagen.‹ Jetzt im Ernst. Ich habe viel Arbeit, also geht es mir gut! Was kann ich für Sie tun?«

Der Beamte lacht. Er mag diese witzige und gleichzeitig höfliche Art des ihm unterstellten Häftlings. Und heute hat er auch eine äußerst gute Nachricht für ihn.

»Wann kommen Sie rein? Ich hab hier einen Brief für Sie, den Sie unterschreiben beziehungsweise annehmen müssen.«

»Ich hoffe, kein Einberufungsbescheid aus Hagen oder eine Rechnung. Was ist es denn?«

»Das darf ich Ihnen am Telefon nicht sagen. Nur so viel: Es ist nichts Schlimmes.«

Kai atmet tief durch und antwortet dann mit gelöster Stimme: »Na, dann mal her damit, ich komme um zehn, wie immer, Sie können ihn mir aufs Bett legen, dann unterschreibe ich.«

»Geht nicht, das muß bei uns im Buch eingetragen werden. Wie sieht's denn morgen früh aus, ich bin ab viertel vor sieben im Haus.«

»Dann machen wir das so.«

Vorfreude und Ärger mischen sich. Wenn er morgen erst eine halbe Stunde später losfahren kann, ist das eine halbe Stunde zu viel JVA. In diesen Zeiten ist eine halbe Stunde äußerst wertvoll. Auf der anderen Seite könnte das endlich der Beschluß des zuständigen Landgerichts Bonn sein, daß das letzte Drittel der Haft zur Bewährung ausgesetzt wird. Am Morgen, auf der Fahrt zur Arbeit, liest er im Auto Seite um Seite des Schreibens. Kein Problem für ihn, denn er kennt die um diese Zeit leere Strecke in- und auswendig. Der 30. April wird also sein nächster Glückstag sein. Und dann kommt auch noch der »Hammer« auf der letzten Seite.

»Abweichend von der Regel des § 57 Abs. 3 S. 2 StGB konnte von der Bestellung eines Bewährungshelfers abgesehen werden.«

Kai haut mit Begeisterung auf die Hupe! Er hatte vor kurzem mit dem geplanten Bewährungshelfer ein sehr gutes Gespräch geführt. Die Zeugnisse der Anstalten für seine Prognose waren sehr positiv ausgefallen, auch das aus Hagen.

Amadeus hatte im Spaß sogar gesagt, solche »Expertisen« über seinen guten Charakter und seine hervorragende soziale Entwicklung solle er ruhig mit den Zeugnissen zu seinen Bewerbungsunterlagen packen.

»Kein Bewährungshelfer, der mir dann ständig in meinem Leben rumfummelt. Wahnsinn«, brüllt er und guckt auf die Uhr. Es ist jetzt kurz nach sieben. Sicher ist um diese Zeit noch keiner in der Anwaltskanzlei Blatzheim. Aber da steht es doch schwarz auf weiß. Na ja, lieber doch noch mal nachfragen, ob das auch so stimmt. Jetzt zuerst mit Vollgas in den Tag, die Sonne scheint, und Anna wartet zu Hause, damit er ihr ein Brötchen für die Arbeit schmiert. Blatzheim wird am Vormittag alles bestätigen und ihm gratulieren. Vorher wird Kai sich Gedanken um eine Gästeliste machen. Er will alle einladen, die ihm zur Seite gestanden haben. Er braucht dazu noch eine Location, eine Einladungskarte und ein Motto. Wie könnte das wohl lauten? Kai wird sicher etwas einfallen. Ihm ist immer etwas eingefallen, leider oft auch zu viel oder das falsche.

Ibiza-Tom und die Sonnenseite

Ibiza-Tom sitzt in dem Düsseldorfer Büro, wo seine Resozialisierung im offenen Vollzug stattfindet. Auch er ist nun Freigänger. In Euskirchen hatte er gehört, daß Kai einen Fehler gemacht hatte und für ein paar Wochen in den geschlossenen Vollzug gekommen war. Das hatte ihn geschockt und noch vorsichtiger werden lassen, denn auch er möchte gerne bald auf Bewährung raus. Da soll ihm kein Glas Wein in die Quere kommen.

»Schönen guten Tag, was kann ich für Sie tun? Ach ja, ich hatte Sie angerufen um Ihnen darzulegen, wie Sie Ihre Produkte bei uns plazieren können. Also ...«

Er ist in der Akquise eines Verkaufssenders beschäftigt. Zum Glück hat auch Tom eine Frau, auf die er sich verlassen kann. Momentan nutzt er jeden Sonnenstrahl, um seine schöne gebräunte Haut auf die Zeit nach der Haft vorzubereiten. Er hat schließlich auch in dieser Beziehung einen Ruf zu verlieren. Sein Schreibtisch steht deshalb an einem Fenster auf der Südseite des Gebäudes. Der Kontakt mit Kai hält sich in engen Grenzen. Die Anwälte der beiden hatten es beim Prozeß ihren Klienten so nahegelegt. Straftäter sollten Kontakte zu ehemaligen Mittätern meiden. Das könnte sonst von Gerichten und dem Vollzug negativ ausgelegt werden und eine vorzeitige Entlassung verhindern. Selten kommt es zu einem kurzen Gruß auf dem Anstaltsgelände. Aber am Wochenende war es mehr gewesen.

»Wie war denn die Hochzeit von Kai von Bargen und der Anna? Medrich heißt sie doch, oder?« fragt eine Kollegin, eine Bekannte seiner Frau.

»Nein, seit dem Wochenende heißt sie Anna von Bargen.«

»Und, wie war es?«

»Wunderbar. Einer seiner übriggebliebenen wirklichen Freunde hat ihm seinen riesigen Garten in Meerbusch zur Verfügung gestellt. Alles weiß, bis auf die Bäume! Eine lange Tafel, solides Essen, schöne Musik und gutes Wetter. Alles festlich, aber ohne Protz. Der hat Schwein, daß er solche Leute kennt. Sogar aus Australien ist Besuch gekommen. Natürlich war halb Lübbecke anwesend.«

»Australien? Wer war das denn?«

»Kai hat ja eine Tischlerlehre gemacht und war vor Jahren längere Zeit da unten bei einer Familie, mit der er sich angefreundet hat.«

»Wissen die denn alle, was mit Kai los ist?«

»Selbstverständlich, da macht er den verbliebenen Getreuen gegenüber keinen Hehl draus. Auch der Tamir, einer seiner ehemaligen Zellengenossen, war eingeladen.«

»Kommt Kai nicht bald auf Bewährung raus?«

»Ja, Ende April. Aber laß mich jetzt aufhören. Ich muß vor der Fahrt nach Euskirchen noch schnell zur Werkstatt. Irgendwas klappert da. Ich will nicht ohne Not auf der Autobahn liegenbleiben und mich dafür rechtfertigen müssen. Also, bis Samstag.«

»Es ist vollbracht, und ich danke euch von ganzem Herzen, daß ihr mir zur Seite gestanden habt! Allen voran meiner Frau! Anna, ohne dich hätte ich das nicht geschafft!«

Kai steht im *Estia*, einem gerade erst eröffneten griechischen Restaurant für gehobene Ansprüche. Es ist die Nacht der Freiheit. Alle Welt tanzt in den Mai. Nicht so diese Gesellschaft. Hier wird heute »in den Kai getanzt«! Heute, am Nachmittag, wurde Kai aus der Haft entlassen. Nie wieder Euskirchen, Hagen oder sonstwo Knast, das hat er sich fest vorgenommen. Er hat Freunde verloren, aber auch ein paar neue dazugewonnen. Ein paar ehemalige Bekannte, Kumpels, oder Weggefährten sind in diesen letzten drei Jahren zu echten Freunden und Vertrauten geworden. Kai hat mit der Zeit gemerkt, auf wen er sich verlassen kann, und sehr schnell, auf wen nicht. Bei Kais Worten strahlt Anna, sie wirkt jetzt schöner denn je. Kai ist stolz, daß er sie hat. Stolz auch auf die vielen Menschen, die seiner Einladung gefolgt sind, und stolz auf das, was er sich in der Haftzeit aufgebaut hat. Es ist eine Zusammenkunft sehr unterschiedlicher Menschen. Der ehemalige Sprecher des Justizministers, Frau Orth, die ihm trotz der Schlagzeilen damals den Job gegeben hat, Agenturchefs aus der Kommunikationsszene, ein wichtiger Manager des Axel Springer Verlags, natürlich seine Familie und viele weitere sind gekommen. Kai hält eine Rede. Er erzählt von einem unerwarteten Brief nach der Selbstanzeige und der Pressehatz.

»Da steht, ›du warst immer gut zu mir und meiner Familie … das ist einzig entscheidend … ich habe kein Problem, mich mit dir auch jetzt in der Stadt zusammen sehen zu lassen.‹«

Severin steht in der ersten Reihe. Auch er bekommt wäßrige Augen. In der harten Zeit, noch vor dem Prozeß, gab es kaum jemanden, der sich derart geäußert hatte. Kai hat sich daher Amadeus Namen auf den Unterarm tätowieren lassen, zusammen mit den Namen seiner Familienmitglieder und natürlich dem von Anna. Zwei weitere Namen stehen auch dort, sie sind allerdings nachträglich durchgestrichen: »Hildi« und »Frederic«. Nach 17 Jahre scheinbar bester Freundschaft. Kai hat ihnen immer geholfen. Dann brauchte er einmal Hilfe, und schon waren sie abgetaucht. Nach der Rede prosten sich alle zu, und irgendwie muß Kai in diesem Moment an Max denken. Was er wohl macht? Denn Kai ist weiter der festen Überzeugung, daß sein ehemaliger »Geschäftsfreund« nicht nur Rechnungen und Verträge gefälscht hat, sondern auch seinen eigenen Totenschein. Der Gedanke an Max verschwindet aber schnell wieder aus seinem Kopf. Jetzt gilt es, mit Vollgas wieder zurück ins Leben zu kommen. In ein Leben mit richtigen Freunden und mit der zwar verzichtbaren, aber dennoch äußerst wertvollen Lebenserfahrung aus dem Knast.

»Derzeit bist du ja unter der Pfändungsgrenze, aber du willst doch irgendwann wieder auf die Beine kommen und ein angemessenes Einkommen haben. Du möchtest doch gerne wieder zum ›Edelitaliener‹.« Kai lacht laut über den Satz seines Freundes Amadeus. Der fährt fort: »Nun hast du ja zwei Schuldanerkenntnisse abgegeben. Über eine Million an die Bank und 200.000 an White wegen deren Verfahrenskosten. Also, da hilft nur eins: eine Privatinsolvenz. Hast du da schon drüber nachgedacht?«

»Klar, und ich setze jetzt noch mal ausnahmsweise auf das Geld und die Gier. Die werden sich überlegen müssen, ob sie nie was bekommen oder nach meiner Insolvenz ein bißchen. Ich bin sicher, die entscheiden sich für letzteres. Zumal sie dann ja auch die Akte schließen können. Buchhalter macht das glücklich. Aber ich muß da noch ein bißchen warten.«

Nachbeben

Mit der Entlassung Kais aus dem Vollzug könnte die ganze Geschichte eigentlich ein vorläufiges Ende gefunden haben. Aber solche Geschichten enden nie! Kai und Anna feiern die Freiheit nicht nur beim »Tanz in den Kai«, sondern auch auf Bali. Was liegt da näher als ein kleiner Abstecher auf die Nachbarinsel Lombok? Dazu benötigt man allerdings eine Fähre. Am Anlegesteg kommt ein Kofferträger auf sie zu: »Mister Fuchs?«!

Kai glaubt, sich verhört zu haben, aber Anna hatte dasselbe vernommen. Getrunken hatten sie an dem Tag noch nicht. Auch das mit den Alpträumen war vorbei ... Also, erst einmal überhören! Vielleicht war's ja doch nur Zufall. Der Kofferträger schaut Kai jetzt fest in die Augen:

»Are you Mister Fuchs?«

»No, I am not Mister Fuchs. I am Mister von Bargen.«

Kai bleibt bescheiden, denn am Flughafen hatte man ihn bereits mit einem Schild begrüßt, auf dem stand: »Welcome Mister Kaiser von Bargen«. Da hatte wohl jemand seinen Spitznamen gegoogelt. Apropos googeln, jetzt wird ihm klar: Die Reederei oder sonstwer muß wohl über ihn recherchiert haben. Und dabei wird häufig der Name Fuchs erschienen sein. Auch so etwas passiert. Den Kofferträger jetzt intensiv über Zusammenhänge aufzuklären, dazu wäre dies nicht der Ort oder die Zeit.

Aber so ganz kann Kai es dabei nicht belassen. Am Abend, nach einem wunderbaren Essen, nimmt er am Pool den Laptop und versucht es einfach mal wieder. Suchwort: Max Fuchs. Den gibt es tatsächlich, in Los Angeles. »Max Fuchs looses weight! »Jetzt ist Kai hellwach. Das wäre damals schon dringend nötig gewesen, denkt er sich. Dann ein kleiner getwitterter Film. Nein, es ist ein junger Mann mit zu vielen Kilos, aber nicht sein Max, der laut Totenschein Verblichene. »Der kann es nicht sein, Anna! Bringst du mir noch einen Cocktail?«

Auch an einem anderen Ort, weit weg von Düsseldorf und Capri, scheint alles vorläufig zu enden. Eigentlich hält Gernot Nasemann von der Detektei Durchblick sein Treiben schon lange für fruchtlos. Er ist immer noch auf Spurensuche. Im Auftrag der »Allgemeinbank Herne«, die äußerst günstig eine Millionenforderung von einer Hamburger Factoringfirma namens Maxiplus übernommen hat, und zwar als diese durch ein hochkriminelles Betrugsmanöver pleite machte. Die Hamburger konnten genau diese hohe Summe bei den drei Betrügern nicht mehr eintreiben, da zwei von ihnen im Knast sitzen und einer tot ist, oder besser: sein soll. Er kennt die Ermittlungsakte und die Bankunterlagen mittlerweile auswendig. Besonders ein Dokument: den Totenschein, ausgestellt auf den 13. April 2010. Höchstpersönlich unterschrieben von einem Prof. Dr. med. aus Gelsenkirchen, einem Onkologen. Da steht es nun schwarz auf weiß: Der Fuchs ist tot!

»Und wenn er nicht gestorben ist, dann lebt er auch noch heute …! Wer's glaubt, wird selig!« hatte Nasemann beim ersten Durchlesen hinzugefügt. Denn einer der Typen, ein Kai von Bargen, hatte beim Verhör und im Prozeß immer wieder beteuert, die fehlenden fünf bis zwölf Millionen müsse sein Kumpel Max Fuchs, der Tote, beiseitegeschafft haben. Über dessen Konten sei das ganze Schneeballsystem gelaufen. Ja, und der sei niemals tot. Der sei irgendwo untergetaucht und mache sich mit dem Geld ein schönes Leben. Zu den Konten könne er nur vage etwas sagen. Fuchs habe hin und wieder von Monaco, Singapur, den Bahamas, den Cayman Islands, Aruba und Panama gesprochen, wo man Geld gut unterbringen könne. Klar, sagt sich der Detektiv, der von Bargen wollte doch nur von sich ablenken. Wahrscheinlich hat der die Beute gebunkert. Nasemann hat fast alle genannten Ziele bereits aufgesucht. Bei den knausrigen Spesensätzen der Allgemeinbank waren das keine Urlaubstouren und erst recht keine Weltreisen gewesen. Fliegen in der Holzklasse, Übernachten in Absteigen,

Essen bei Burger King. Dann die Suche nach Leuten, die zumindest Englisch beherrschten, wenn er bei den örtlichen Polizeistellen oder anderswo Gespräche führte und das Foto von Fuchs zeigte. Ja, und jetzt noch Panama. Auch hier nicht die geringste Spur von Fuchs. Er ruft in Herne an.

»Also, ich habe jetzt wirklich alle Stellen kontaktiert, bin mit dem Foto in Hotels, Läden und Bars gegangen, in denen Ausländer verkehren. Wenn der hier irgendwo wäre, müßte er irgendwann mal irgendwem aufgefallen sein. Also, laßt mich nicht weiter hinter einem Geist herlaufen! Der Typ ist tot, mausetot! Ich gehe jetzt noch mal kurz zum Strand und genieße wenigstens für ein Stündchen die Sonne von Panama. Mein Flug geht morgen früh um sechs. Einverstanden?«

Die Antwort aus Herne ist kurz und bejahend. Also, wieder nichts. Nasemann nimmt kurz darauf sein Handtuch und legt sich mit einer Dose Cola an den wunderbaren weißen Strand am Pazifischen Ozean. Blauer Himmel, Palmen. Hier würde er gerne mal Urlaub machen. Nicht im schmuddeligen Hotel Lopez, seiner kleinen, billigen Unterkunft, sondern am Pool der Luxusherberge dort drüben, dem »Palace«, bei Cocktails oder Schampus. Wenigstens bringt ihn die aus der nahen Hotelbar herüberwehende Sambamusik etwas in Urlaubsstimmung. Nach einer knappen Stunde steht er auf und geht. Dabei schlendert er an den weißen Sesseln mit Meerblick vorbei, wo ein wohlgenährter, gebräunter Herr mit Sonnenbrille inmitten einer Reihe attraktiver junger Weiber unterschiedlicher Hautfarbe »die Sau rausläßt«, wie man so schön sagt. Auf dem Tisch stehen Champagner, Früchte und eine opulente Fischplatte. Die Sonne läßt eine Rolex aufblitzen.

»Senor Massimiliano, tu eres el mas maravilloso hombre del mundo!« So stöhnt die Dame mit dem besonders knackigen Hinterteil laut vernehmbar. Ihre Freundin streichelt seinen fetten Bauch.

»I love you all, my beautiful girls.«

Der Dicke wird wohl Engländer oder Ami sein, obwohl sein Englisch komisch klingt. Tja, Glück muß man haben.

Und genug Knete. Nachdem Nasemann einige Meter weitergegangen ist, bleibt er kurz stehen, denkt nach und zieht das Foto heraus. Also, irgendwie ist dieser Fuchs dem Typen da ähnlich. Ist das eine beginnende Paranoia? Ich fange schon an zu spinnen und Gespenster zu sehen, denkt sich der Detektiv. Nein, er wird jetzt nicht rübergehen und fragen: »Excuse me Sir, are you Mr. Max Fuchs from Germany?«

Ne, er wird sich nicht wieder lächerlich machen wie auf den Bahamas. Er will nur noch nach Hause. So bewundert er noch kurz den Ferrari mit Liechtensteiner Nummernschild im absoluten Halteverbot und geht schließlich weiter, weit genug, daß er den Dicken nicht mehr hören kann. Der ruft gerade, mit dem Waikiki-Cocktail in der Hand auf Deutsch: »Nie wieder arm!«